멍들지 않는 세상을 꿈꾸며

멍들지 않는 세상을 꿈꾸며

초판 인쇄 2022년 2월 10일
초판 발행 2022년 2월 19일

저자 김태호
펴낸이 박현숙
펴낸곳 깊은샘미디어
편집 맹한승

등록 1980년 2월 6일 제2-69
주소 서울특별시 용산구 원효로80길 5-15 2층
전화 02-764-3018~9
팩스 02-764-3011
이메일 kpsm80@hanmail.net

ISBN 979-89-7416-261-0 03800
값 20,000원

* 깊은샘미디어는 도서출판 깊은샘의 임프린트입니다.

선수 출신 정치인이 전하는
체육인에 대한 비전 메시지!

멍들지 않는 세상을 꿈꾸며

김태호 지음

깊은샘미디어

공정과 정의가 살아나는 체육현장 만들기에 전념한 시간들

2018년 6월 더불어민주당의 험지 중의 험지라는 강남구(을)에서 수많은 지역 주민들의 지지와 성원으로 당선이 되어 7월부터 제10대 서울시의원으로 임기를 시작하였습니다. 저의 당선은 2000년 이후 더불어민주당 소속으로 강남구에서 최초로 서울시의원이 배출된 역사적인 쾌거였습니다. 의정활동 기간 동안 저는 강남구 소속 더불어민주당 서울시의원 최초로 체육단체 비위 근절을 위한 행정사무조사 특별위원회 위원장 및 예산결산특별위원회 2년 연속 계수조정위원을 역임하는 등 과분하게도 '최초의 시의원'의 대명사가 되었습니다. 이 자리를 빌어 도움을 주신 모든 분들께 감사의 마음을 전합니다.

의정활동 중 전반기에는 지역의 교통 현안이 시급한 관계로 교통위원회 위원으로 지역 현안을 해결하는 데 집중하였습니다. 그리고 많은 분들의 도움으로 지역 현안의 해결이라는 소기의 성과도 달성할 수 있었습니다.

하지만, 항상 의정활동을 하면서 제 마음 한편에 무엇인가 답답함이 가시지 않는 부분에 의문을 지울 수가 없었습니다. 어느 날,

저에게 우연히 들어오게 된 한 통의 제보로 인해 그 답답함이 무엇인지를 깨닫게 되었습니다. '스포츠 정신이 사라진 체육계', '공정함을 잃은 체육계'에 대한 저의 역할이었습니다.

한 통의 제보 이후 체육계 비위 근절을 위한 특별위원회 구성의 필요성을 느낀 저는 체육계 비위 근절의 당위성에 대해 동료 의원님들을 설득하여 '서울특별시 체육단체 비위 근절을 위한 행정사무조사 특별위원회'를 이끌어 냈으며, 특위는 2019년 4월 활동이 시작되었습니다. 바로 이 책의 시작이 된 역사적인 순간이었습니다. 그리고 특위에 집중하고자 후반기에는 소속 상임위원회도 문화체육관광위원회로 변경하여 2020년 12월까지 체육계 비위 근절과 공정성 확립을 위해 쉼 없이 달려왔습니다.

이 책은 1년 8개월 간 조사특위 활동을 집약하고 있습니다. 특위 활동이 시작되면서 여기저기서 체육계 비위에 대한 제보들이 쏟아졌으며, 모두들 한 뜻으로 서울시 체육계 공정성 확립을 위해 도와주셨습니다. 시민들의 제보는 태권도, 체조, 축구 등 서울시체육회 산하의 종목단체 및 서울시체육회 운영 전반 등 광범위했습니다. 어느 정도 비위 사실에 대해 예상은 하고 있었지만 서울시 체육계, 나아가서는 대한민국의 체육계의 비위가 이 정도로 심각하다는 것은 이번 특위를 통해 실감할 수 있었습니다.

저는 체육인 출신 정치인의 명예를 걸고 체육계 비위 근절에 앞장섰습니다. 특위가 진행되면서 조사의 대상이 된 체육단체들의 반발을 비롯해 다양한 방법으로 압박이 가해지기도 했습니다. 하지만 저는 굴복하지 않았습니다. 체육인은 공정과 정의를 바탕으로 하는 스포츠 정신이 살아있어야 합니다. 저는 스포츠 정신이 결여된 체육단체들에게 스포츠 정신을 다시금 일깨워 주기 위해 사력을 다해 그들의 비겁함에 맞섰습니다.

자신이 속한 조직이나 단체의 문제점을 제기하고 맞선다는 것은 매우 괴롭고 힘든 일입니다. 저도 역시 괴롭고 힘들었습니다. 포기하고도 싶었습니다. 하지만, 체육계가 바로 서고 시민들에게 신뢰받는 체육계를 만들기 위해 포기하지 않고 오직 시민들만 보고 뚜벅뚜벅 걸어 나갔습니다. 이 책은 오로지 시민들의 힘으로 만들어진 책이라고 해도 과언이 아닙니다.

이 책의 출판 목적은 저의 의정활동에 대한 기록이기도 하지만, 무엇보다도 다시는 체육계가 스포츠 정신을 잃고 공정성이 무너지고 정의가 사라지지 않길 바라는 마음에서 시작된 것입니다. 책의 내용을 체육단체들을 비롯한 체육계 인사들과 지방자치단체 및 지방의회 의원은 물론 모든 시민들이 공유하였으면 합니다. 체육단체와 체육계 인사들은 이 책의 내용을 바탕으로 비위에 대한 자정능력을 함양하도록 하고, 지방자치단체 및 지방의회 의원과 시민들은 체육단체를 감시하는 감시자의 역할을 함으로써 공정한 체육계를 이뤄나갔으면 좋겠습니다.

마지막으로, 이 책이 출간되기까지 많은 도움을 주셨던 모든 분들에게 감사의 마음을 전합니다. 고맙습니다.

2022년 2월

서울특별시의회 의원회관 736호에서

김 태 호

차례

문제는 현장에서 해결하라

스포츠로 아름다운 세상을 만들고 싶다

서울시의원 김태호의 행복한 강남 만들기

체육현장의 비리를 끝까지 파헤치는 정치인

체육특위 감사의 글

서울특별시의회 체육단체 비위 근절을 위한 행정사무조사 특별조사위원회(체육특위)가 2019년 4월에 시작한 후 2020년 12월 제19차 회의를 끝으로 1년 8개월간의 대장정을 마쳤습니다.

하나의 마침은 또 하나의 시작을 의미하듯 이제 체육특위의 모든 과정을 통해 작은 결실을 맺게 되었고, 이 결실이 이루어지기까지 도와주신 분들께 작은 지면을 통해서나마 고마움과 감사의 마음을 전합니다.

체육특위는 체육단체의 비위사실과 관련한 문제점에 대해 감사원 감사 청구안과 모태권도협회 관리단체 지정 촉구 결의안 등을 의결하고 2020년 문화체육관광부 국정감사 지원을 통해 상급 기관의 시정조치를 건의하는 등 의미 있는 성과를 달성하였습니다.

특히, 모협회의 심사 수수료 인상을 통한 부당이득 및 회원의 회비를 관장이 아닌 응심생에게 1인 심사비와 연동하여 전가하는 구조적 모순을 지적하였으며, 업무상 횡령, 승부 조작 및 배임수재 등으로 구속, 벌금형, 추징금 징수, 현재 국기원 부정심사 행위(업무방해)로 기소 후 형사재판 중이며 사회적 물의를 일으킨 전 협회장을 상임고문으로 임명해 단체를 사유화한 부분을 적발하였습니다. 그 결과 모태권도협회와 같은 문제의 재발 방지를 위해 서울시 감사위원회 감사가 이뤄졌으며 서울시체육회는 이사회를 개최해 모태권도협회를 관리단체로 지정하기로 의결하였습니다.

서울시 체육단체를 바로 세우기 위해 체육특위 위원님들과 동거동락 한 것이 바로 얼마 전 같은데 체육특위가 종료된 지도 벌써 1년이 지났습니다. 1년이 지난 지금도 체육특위의 성과에 뿌듯한 마음도 있지만 미흡한 점도 많았던 것 같아 아쉬운 마음이 큽니다.

체육특위 위원장으로서 많이 부족한 저와 함께 서울시 체육단체의 개선이라는 목표를 향해 동행해주신 의원님들께 감사의 인사를 드립니다. 의원님들과 일일이 열거는 할 수 없지만 많은 분들의 도움이 없었다면 체육특위의 성과는 결코 이룰 수 없었을 것입니다.

먼저, 서울시의회의 최고 결정권자로서 체육특위가 활동할 수 있도록 많은 도움을 주신 전 신원철, 현 김인호 의장님께 감사의 인사를 드립니다. 또한, 체육특위의 소관 상임위인 문화체육관광위원회의 황규복 위원장님 역시 물심양면으로 도와주신 점 감사드립니다. 그리고 체육특위의 시작부터 끝을 함께 해주신 박순규, 홍성룡, 이은주 부위원장님, 노식래, 유용, 이병도, 이승미, 임만균, 정진술, 정진철, 추승우, 송아량, 이성배 의원님 모두 감사드립니다. 마지막으로, 체육특위가 시작할 수 있도록 도움을 주신 서울시의회의 모든 의원님들께도 깊은 감사의 마음을 전합니다. 모두 감사합니다.

많은 분들의 도움으로 체육특위의 활동이 가능했고 성과도 거둘 수 있었습니다. 하지만, 아직까지도 저를 비롯한 체육특위의 의원님들이 원한 서울시 체육단체의 구조적 개선은 이뤄지지 않았습니다. 이 부분은 향후 제가 역량을 더욱 키운 후 다시 도전해 보겠습니다. 그때에도 많은 도움과 격려 부탁드리겠습니다.

다시 한 번 의원님들께 감사의 마음을 전합니다. 의원님들이 있어서 체육특위의 모든 활동이 가능했습니다. 고맙습니다. 앞으로도 서울시의 체육단체들이 투명하고 공정한 운영이 되고 회원들이 중심이 되는 단체가 될 수 있도록 많은 관심과 성원을 부탁드립니다. 함께해 주셔서 고맙습니다.

마지막으로 본 출판물은 일부 회원종목단체 및 관계자들을 비방하거나 명예를 훼손할 목적이 아닌 공공의 이익을 위하여 오로지 진실된 사실을 적시하여 체육계가 올바른 행정을 펼칠 수 있는 기초 자료를 제공하는 출판물임을 다시 한번 말씀드립니다.

아직 미성숙된 이 작은 결실은 다음 과정에서의 크고 좋은 결실을 위해 체육계에 꾸준한 정진을 마음속 깊이 다짐하며, 미력한 책이지만 체육인으로서 정치인으로서 공정하고 깨끗한 체육계 발전에 조금이나마 도움이 되기를 바라는 작은 소망을 담아 감사의 글을 마칩니다.

2021년 1월

이른 새벽

서울시의회 의원회관 연구실에서

체육현장의 문제는 민원으로 시작하라

○위원장 김태호: 이 시작이 어떻게 시작된 건지 아시지요? 2013년도에 승부조작으로 인한 아버지 자살 사건 있잖아요? 내용 알고 계십니까?

○서울시체육회장 박원하: 네, 알고 있습니다.

○위원장 김태호: 이 선수는 지금 현재 뭐하고 있을까요? 이 편파 판정으로 인해서 아버지가 자살함으로 인해서 이 아이는 지금 고아가 되었어요. 가정을 파탄시켰어요. 그것 알고 계십니까? 회장님, 이런 것까지 아셔야 되는 것 아니에요?(중략)

○위원장 김태호: 꿈 많던 소년이 아버지의 억울한 죽음으로 인해서 한순간에 고아가 되었는데 이거 대국민 사기 아니에요? 그 당시에는 뭔가를 조치하는 것처럼 얘기하지만 아시잖아요? 어떻게 조치했습니까, 행정처분을? 박원하 회장님, 모태권도협회 2016년도에 어떻게 처분했어요? 아니, 어떻게 그것도 아직 모르세요?

– 10대 제298회 제18차 체육단체 비위 근절을 위한 행정사무조사 특별위원회. 2020.11.02

한국의 스포츠는 그동안 대한민국 국민들의 자랑이었고, 전 세계가 한국을 빠르게 인정하는 기폭제가 됐던 아름다운 성취의 대명사였다. 일제 36년의 식민지 치하에서는 베를린올림픽 마라톤에서 손기정 선수의 금메달로 울분에 찬 국민을 환호케 했고, 해방과 한국전쟁, IMF 등 고난의 현대사 곳곳에선 각종 프로 스포츠와 양궁, 사격, 유도, 태권도, 쇼트트랙, 피겨스케이팅 등 분야를 헤아릴 수 없을 만큼 다양한 종목에서 뛰어난 기량으로 전 세계에 스포츠 강국의 면모를 유감없이 발휘했다.

우리 집은 아버지가 이북에서 전 운동선수 출신이었고, 형과 누나도 운동선수로 활동한 스포츠 집안이다. 나도 초중고 그리고 대학에서 엘리트 태권도 선수로 나름의 우수한 기량을 선보이며 태권도인으로서의 자부심과 철학을 가슴에 새기며 성장했고 지금은 서울시의회 문화체육관광위원회 부위원장으로 활동하고 있다.

내 마음을 아프게 했던 두 선수의 폭행·성폭행 사건의 전말

온 국민이 대한민국 스포츠를 자랑스럽게 생각하고, 엘리트스포츠 못지않게 생활스포츠도 국민들의 즐거움이 되고 있는 요즘, 우리 체육 환경이 서서히 병들어 가고 있다고 걸 감지케 하는 불행한 사건들이 지난 2019년과 2020년에 연이어 터지며 국민들을 실망스럽게 했다. 공교롭게도 이런 일련의 불행한 사태들이 연속적으로 터져 나오던 즈음, 필자는 서울시의회에서 체육단체 비위 근절을 위한 행정사무조사 특별위원회 위원장으로 체육계 비리와 부패의 현장을 조사하고 있었다.

이 즈음 내 마음을 너무 아프게 파고들었던 사건은 트라이애슬론 고 최○○ 선수에 대한 감독과 선수들의 폭행과 왕따로 인한 자살에 얽힌 일련의 사건과 쇼트트랙 심○○ 선수의 코치로부터 당한 수 년 간의 폭행과 성폭력 사건이었다. 이 사건들에서 내가 눈여겨봤던 건 피해선수들이 사고를 당하고도 수 년 동안 자신의 피해사실을 주변 동료에게 알리며 도움을 청했지만 아무도 귀담아 들어 주지 않아 극단적인 선택에 이르렀다는 점이다. 두 선수 모두 경찰에 신고도 하고, 체육회에 탄원서도 넣었지만 가해자와 피해자의 분리조차 이루어지지 않았다.

고 최 선수가 어머니에게 마지막으로 남긴 말은 "엄마 사랑해. 그 사람들 죄를 밝혀줘"였다. 대체 '그 사람들'이 누구인가? 그들은 다른 누구도 아닌 같은 직장인 경주시청 감독과 팀 닥터, 일부 선수들이었다. 하지만 대한체육회·대한철인3종경기협회·경북체육회·경주시청·경주경찰서 그 어디에서도 고 최○○ 선수의 말에 귀를 기울여주지 않았다.

이에 최 선수는 대한체육회 스포츠 인권센터에 폭행·폭언에 대해 신고를 하고 조사를 독촉했으나 센터에선 차일피일 시간만 끌어 별 소용이 없었다. 이에 마지막 수단으로 최 선수는 대한체육회와 대한철인3종경기협회에 진정서도 보내봤지만 아무런 조치가 없었다. 여기서 최 선수를 더욱 절망케 했던 것은 최 선수가 속해 있는 경북체육회에서 비리를 발본색원하지 않고 오히려 최 선수 부친에게 합의를 종용하고 사건을 무마시키려고 했다는 점이다. 결국 최 선수는 세상 어디에도 내 편은 없다는 좌절감에 세상과의 마지막 이별을 택하게 되었다. 이 사건을 국회에서 고발한 이○○ 국회의원은 "누가 이 선수를 죽음으로 내몰았는지 철저한 수사와 가해자들의 엄중처벌을 촉구한다."고 목소리를 높여 말했다.

쇼트트랙 국가대표 심○○ 선수의 경우는 어떤가. 3년여 간 성폭행한 혐의로 조 전 대표팀 코치가 기소됐다. 조 코치는 심○○ 선수가 고등학교 2학년이던 2014년 8월부터 2017년 12월까지 선수촌 빙상장 등 7곳에서 심 선수를 성폭행한 혐의를 받았다. 심 선수에 따르면 조 전 코치는 심 선수가 국제 대회 출전을 앞두고 있거나 대회가 끝났을 때 범행을 했고, "운동을 계속할 생각이 없냐?"며 협박과 폭행을 가했다고 한다.

심 선수는 조 전 코치의 범행 일시와 장소가 모두 담긴 메모 10여장을 제출했다. 심 선수의 메모에는 "오늘은 기분이 매우 좋지 않았다."는 당시 심정이 담겨 있었다.

피해 사실을 서울시의회 신문고에 민원을 넣는 데서부터 시작해야

위의 사건들에서 볼 수 있듯이 아직도 체육협회와 선수 사이의 거리는 물과 기름처럼 가까워질 수 없는 관계인 것 같다. 이렇게 문제가 심각할 수밖에 없는 건 항상 운동단체 협회들이 선수와의 관계에서 기본적으로 갑의 위치에 있다는 데 있다. 아무리 회원들의 진정을 받아 스포츠공정위에서 문제 있는 지도자에게 경고·주의를 주어도 협회는 피해자인 선수가 법적으로는 이겼더라도 행정적으로는 징계를 줘서 그 선수가 선수생활을 못하게 하는 경우가 많았다. 이처럼 선수들의 입장이 을이다 보니 가해자를 처벌해 달라는 민원이 해당협회에선 잘 받아들여지지 않는다.

따라서 어디를 둘러봐도 도움의 손길을 기대할 수 없을 경우에 우선 피해 부분에 대한 사실을 서울시청, 서울시체육회와 의회 신문고에 민원을 넣으라고 말하고 싶다. 이번에 체육단체 비위 근절 조사특위에서 집중적으로 조사했던 모태권도협회의 비리조사 시작도 처음엔 강남구와 송파구, 금천구의 태권도협회 회장들이 필자와 서울시의회에 투서와 민원을 제기함으로부터 시작된 길고 긴 싸움이었다. 그렇게 신문고를 통해 민원 접수를 하게 되면 상임위원회로 올라가고 조사관을 통해서 의원들에게 보고된다. 문화체육관광위원회 관련 민원이면 문화체육관광위원회 의원들이 민원을 맡아서 검토하게 된다. 그렇게 먼저 서울시에 민원을 접수시킨 다음 체육회에 진정서를 넣어야 한다. 대부분 체육회에서는 대응을 하지 않기 때문에 집행부와 체육회에 민원을 신청하고 원만하게 민원이 해결되지 않을 경우 차후로 시의회 신문고에 민원접수 처리를 하면 된다.

민원의 심각성에 따라 관리감독 및 감사를 위한 소위원회 구성돼

무엇보다 체육단체나 개인에게 피해를 당했다면 피해당사자는 민원을 넣어서 의원 손에 그 민원이 쥐어지게 해야 한다. 그렇게 되면 그 사안은 공론화와 조사, 기자회견 등으로 이어질 수 있다. 물론 심각성이 인정된 민원은 관련 협회 쪽에서도 소송에 대응하기 위해서 해당 사안을 한 번 더 검토하게 된다.

민원의 심각성에 따라 관리감독 및 감사를 하기 위한 소위원회가 구성되며 구성된 소위원회만이 심도 깊은 조사를 진행할 수 있다. 따라서 최대한 증거자료를 확보해 민원신청을 해야 한다. 민원신청 시 해당의원을 만나서 정리된 자료를 제출하면 된다. 의원들은 그때부터 자료를 검토하게 된다. 관련 사안이 시의회 차원에서 조사·감사가 필요하다고 확정되면 조사관들이 해당자료들을 검토하고 상임위원장에게 보고를 하는 형식으로 절차가 진행되게 된다.

시의원들은 수사권이 있는 것이 아니기 때문에 감사를 통해 비위사실에 대한 올바른 행정조치를 하는 것이 의원들의 임무이다. 조사권을 가지고 감사를 해서 그 사람들에게 징계를 주는 것까지가 우리가 할 수 있는 일이다.

최근의 잇따른 체육지도자들의 엇나간 행동과 불미스런 행태로 인해 온 국민이 일부 회원종목단체에 대한 울분을 터뜨리고 있다. 이제라도 깨끗하고 공정한 체육환경 조성을 위해서 체육계의 부정과 비리 관행을 근절해야 한다. 이를 위해 지금까지 조사특별위원회를 구성하여 철저한 조사와 진상규명을 요구하며 체육계의 고질적인 병폐가 뿌리 뽑힐 수 있도록 최선의 노력을 경주해 왔다. 그것만이 체육정치인으로서 내 존재가치를 증명하는 숭고한 사명이라고 생각했기 때문이다.

서울특별시의회
Seoul Metropolitan Council
SEOUL METROPOLITAN
COUNCIL
서울특별시의회
www.smc.seoul.kr

체육단체 비위 근절 특별위원회 활동의 필요성

본 요구안은 서울특별시체육회의 방만한 운영과 체육단체의 관리감독 소홀로 인한 불공정 사례를 밝혀내고 서울특별시체육회 운영사무의 절차와 과정이 객관적이고 공정하게 진행되었는지 조사할 수 있도록 하는 것을 골자로 합니다.

서울특별시체육회는 연간 약 560억 원 이상 시 예산이 교부되는 단체로 회원종목단체 78개와 자치구체육회 25개 사업에 대한 지도 감독에 의미가 있으나 종목단체 내 금품수수 및 배임, 횡령, 기타 비리, 성폭력 등 체육 분야의 부정과 비리가 끊임없이 발생하고 있습니다.

특히 회원 종목단체 중 하나인 모태권도협회는 승부 조작 등으로 관리단체로 지정한 바 있으나 이사회의 승인 없이 운영자금으로 이미 유용하였고 수지예산결산서를 작성하지 않았으며 경영공시를 공개하지 않는 등 불투명한 회계운영을 하고 있습니다.(중략)

모태권도협회의 끊임없는 부정과 비리로 인하여 민원 고발 등에도 드러나지 않는 근본적인 이유는 특정인을 중심으로 사유화된 조직과 서울특별시체육회가 배후에 있기 때문입니다.(중략)

- 10대 제285회 제2차 본회의 2019.03.08.

체육단체 비위 근절을 위한 행정사무조사는 2019년 3월에 본회의에서 의결이 됐다. 행정사무조사특위가 구성된 계기는 모태권도협회 소속 태권도장 관장들이 모협회 회장단과 일부 임원진의 권력 남용과 비리에 관해 민원을 제기하면서부터였다. 당시 필자의 태권도 지도자들이 수차례 모태권도협회에 찾아가서 시정 요구도 하고, 국회에서도 임오경 국회의원이 문제의 심각성을 제고해 원칙을 최대한 지키면서 모태권도협회의 정상화를 주문했던 것으로 안다.

체육 비위 근절 조사특위 활동의 목적

조사특위의 목적은 서울특별시체육회의 방만한 운영과 체육단체의 관리감독 소홀로 인한 불공정 사례를 밝혀내고 서울특별시체육회 운영사무의 절차와 과정이 객관적이고 공정하게 진행되었는지 조사할 수 있도록 하는 것을 골자로 하고 있다.

서울특별시의회 체육단체 비위 근절을 위한 행정사무조사 특별조사위원회(이하 조사특위)는 2019년 4월 조사특위 활동을 시작한 이래 19차례 회의를 개최하여 조사를 진행하였으며 2020년 12월 31일 조사특위 활동을 종료하였다.

조사특위는 기자회견(2회)과 다수의 보도자료 배포 및 언론 제보, 민원응대 등 시민의 알권리 충족을 위해 노력해왔다. 조사는 시민제보를 통해 접수된 태권도, 체조, 축구 등 종목단체 및 시체육회 운영 전반에 대해 진행되었다.

2019년에 조사특위가 구성돼 2년이라는 시간 동안 특위가 진행된 사례는 서울시체육회가 생긴 이래 한 번도 없었던 일이라고 한다. 대개 서울시체육회에 민원이 들어와도 관련된 조직의 압박이 심해서 길어야 몇 개월, 대개는 한두 달 만에 조사가 중단되는 경우가 많았다.

무엇보다 서울시의회의 체육단체 비위 조사특위의 시작이자 핵심이 된 모태권도협회의 문제는 다른 어떤 체육단체의 문제보다

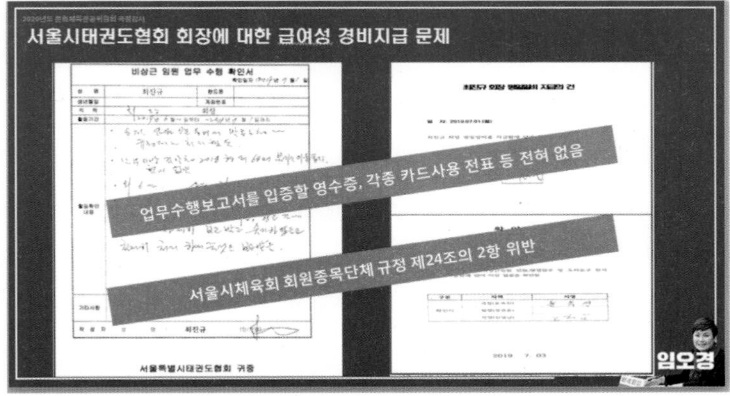

2020년도 문화체육관광위원회 국정감사

서울시태권도협회 회장에 대한 급여성 경비지급 문제

2018년 8월 1일 대체 무슨일이?

순서	거래일자	거래금액	적 요	기산일자
60	08.01	200,000	최진규 7-2고문	
61	08.01	200,000	최진규	
62	08.01	290,100		08.01
63	08.01	300,000	최진규 8 심사논의	08.01
64	08.01	1,934,000	최진규 7월분	08.01
65	08.01	3,600,000	최진규 휴일수당	08.01
66	08.01	3,300,000	최진규 휴일수당	08.01

2018년 8월 1일 하루 수당으로 회장에게 982만원을 지급

업무수행보고서만 제출하고 이를 증빙할 수 있는 영수증, 각종 카드사용 전표 없음

2020년도 문화체육관광위원회 국정감사

서울시태권도협회 회장에 대한 급여성 경비지급 문제

202	05.09	300,000	최진규 35 개선	05.09	거래점 000093 은행구분 011
203	05.09	300,000	최진규 고문단	05.09	거래점 000093 은행구분 011
204	05.10	450,00	최진규 준비비	05.10	거래점 000093
205	05.10	1,210,000	최진규 출장비	05.10	
206	05.14	300,000	최진규 37 개선	05.14	011
207	05.16	100,000	최진규 귀빈비	05.16	거래점 000093 은행구분 011
208	05.16	800,000	최진규 활동비	05.16	거래점 000093 은행구분 011
209	05.31	300,000	최진규 4 고문단	05.31	거래점 000093 은행구분 011
합 계	금93,644,117원				

1년 6개월간 각종 수당명목으로 총 9,360만원 지급

"비상근 임원에게는 급여성 경비를 지급할 수 없음"
서울시태권도협회 규약 (제 29조 6항) 스스로 위배

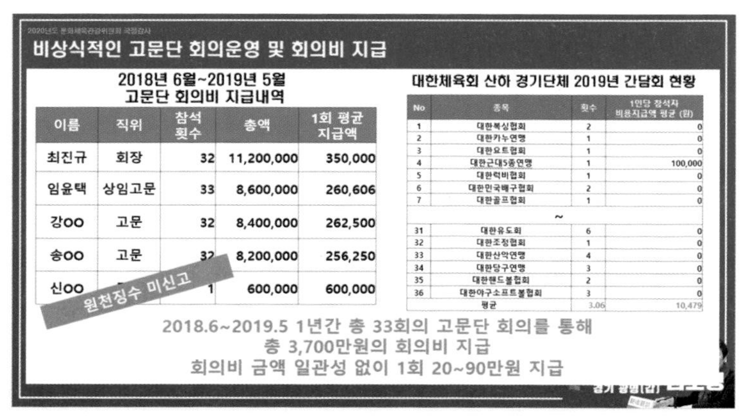
2020년도 문화체육관광위원회 국정감사

비상식적인 고문단 회의운영 및 회의비 지급

2018년 6월~2019년 5월 고문단 회의비 지급내역

이름	직위	참석 횟수	총액	1회 평균 지급액
최진규	회장	32	11,200,000	350,000
임윤택	상임고문	33	8,600,000	260,606
강OO	고문	32	8,400,000	262,500
송OO	고문	32	8,200,000	256,250
신OO		1	600,000	600,000

원천징수 미신고

대한체육회 산하 경기단체 2019년 간담회 현황

No	종목	횟수	1인당 참석자 비용지급액 평균 (원)
1	대한복싱협회	2	0
2	대한카누연맹	1	0
3	대한요트협회	1	0
4	대한근대5종연맹	1	100,000
5	대한럭비협회	1	0
6	대한민국배구협회	2	0
7	대한골프협회	1	0
~			
31	대한유도회	6	0
32	대한조정협회	1	0
33	대한산악연맹	4	0
34	대한당구연맹	3	0
35	대한핸드볼협회	2	0
36	대한야구소프트볼협회	3	0
	평균	3.06	10,479

2018.6~2019.5 1년간 총 33회의 고문단 회의를 통해
총 3,700만원의 회의비 지급
회의비 금액 일관성 없이 1회 20~90만원 지급

훨씬 심각한 문제를 안고 있었다.

우선 모태권도협회는 국기원과 대한태권도협회로부터 위임받은 승품·단 심사권을 통해 심사 수수료로 수십억 원의 자체 재원을 마련해 왔으며, 국기원의 사전승인 없이 심사 수수료를 인상하여 부당이득을 취하고, 협회 회원에게 부과하는 회비를 응심생에게 전가하는 구조적 모순을 안고 있었다.

또한 모협회는 과거 업무상 횡령으로 벌금형을 받고 승부조작 등 업무방해 혐의로 기소되어 재판 중인 前 협회장을 상임고문으로 두고 각종 수당 명목으로 경비를 지원하고 있고, 임원 결격 사유자에게 부당한 일비를 지급하거나 명확한 실비정산 근거서류 없이 회장에게 급여성 경비를 지급해오고 있었다.

특히 조사특위 활동에 대해 법률대리인을 선임하여 서울특별시의회 불법행위중지 청구나 직무활동금지 가처분신청 등으로 조사를 방해하고 자료 제출 불성실, 특정 언론사를 통한 사적 이익 대변, 시의원 자택 앞, 시체육회, 처갓집 가게 등에서의 집회시위, 노동조합을 통한 단체 활동 등을 통해 진실을 왜곡하는 행위도 서슴치 않았다.

특히 모태권도협회의 심각한 문제들이 개선되기를 바라는 마음으로 모협회를 관리단체로 지정하고자 했을 때, 법정 다툼에서 그들이 대형 로펌을 쓰는 것을 보면서 서울시의회 행정의 한계를 느끼기도 했다. 한마디로 돈이면 다 되는 거구나 싶을 만큼 자신들이 짜놓은 시나리오대로 흘러가는 경우가 비일비재하다는 점도 참고할 필요가 있었다. 그래서 우리 조사특위는 그들이 정확하게 누

서울시태권도협회에 대한 부당한 탄압을 중단하라

탐사보도 특집
태권도의 배신
2020년 10월 22일
서울시 강남구

「김 태 호」는 책임지고 국가시험하라
도협회에 대한 부당한 탄압을 중단하라
서울특별시태권도협회 비상대책위원회
남순남 순대국·족발

구를 고소, 고발했고, 주심 판사가 누구였고, 변호사는 어디 출신인지, 모협회와는 어떤 관계인지 등을 하나하나 주의 깊게 살펴보았다.

일반적으로 판결에 배석의 의중이 많이 반영되는 주심판사가 '사건 전문가'이기 때문에 합의부에 사건이 배당되면 두 배석이 순서대로 사건을 맡는데, 이때 사건을 맡은 배석을 '주심'이라 한다. 주심은 기록검토부터 판결문까지 선고에 이르기 전 사건에 관한 모든 업무를 맡는다.

그래서 주심은 자신이 맡은 사건을 부장보다 더 잘 알고 있고, 부장은 재판을 진행하기 때문에 모든 사건을 두루 알아야 하는 반면, 주심은 담당사건 위주로 검토 및 판결문까지 작성하게 된다.

그러다가 이 사건 주심이 사법연수원을 42기로 수료한 후, 2013년부터 2017년까지 ○앤○ 법률사무소에 근무하다가 경력법관으로 임용된 사실을 확인하게 되었다.

현재 경력법관으로 임용된 경우, 규정상으로는 임용 후 3년 간 본인이 근무하던 법무법인이나 법률사무소의 사건을 담당하지 못하는 것으로 알고 있다. 그러나 경력법관으로 임용된 지 3년이 지난 경우, 혹은 부부법조인(배우자 한쪽이 변호사, 다른 한쪽이 판사인 경우)이어서 변호사인 배우자의 사건을 담당하게 된 다른 배우자 판사의 경우 등에 있어서는 관련 규정이 없더라도 각급 법원 차원에서 자율적으로 재배당 등의 과정을 거쳐 불필요한 의혹을 없애는 것으로 법률전문가들로부터 자문을 받았다.

그런데 이 사건의 경우 왜 이러한 절차를 거치지 않았던 것인지, 법원의 절차 진행이 매우 아쉽다. 주심이 채권자 소송대리인 법률사무소 출신이라는 점이 결과에 영향을 미치지 않았다고 확신할 수도 없지만, 결과에 영향을 미치지 않았다고 하더라도 굳이 법원이 결과에 대한 불필요한 의혹을 산 것은 매우 아쉬운 상황이었다.

본 건에 대한 가처분 결정문을 면밀히 검토한 결과 본안소송에서도 불리하도록 만들어져 있었다. 우리 측(주장은 대부분 반영조차 되지 않았고 모협회의 비상식적인 괴변만 반영되어 있었다. 심지어 재판부에 제출한 준비서면은 물론 탄원서 일부가 조작되었음에도 불구하고 담당 재판부는 이를 지적조차 하지 않았다. 소위 말하는 국내 최대 대형 로펌 ○앤○의 현실에 직면하게 되었다.) 주장은 대부분 하나도 없고, 모협회의 일방적인 주장만 반영된 것이다. 이게 말로만 듣던 대형 로펌의 짜고 치는 고스톱과 전관예우로 인한 불량판결문이라는 생각이 들었다.

물론 가처분 합의부가 동부지방법원의 1개 재판부이기 때문에 재배당이 어려웠을 수 있다고 말할 수 있겠으나, 만약 그러한 사정으로 사건을 다른 재판부로 재배당하지 못했다면, 최소한 이 사건 주심을 변경하는 정도의 노력은 해주었어야 정상적이다.

더군다나 동부지방법원 가처분부는 가~라 주심까지 있는 특수한 재판부로서, 배석판사가 3명이므로, 얼마든지 '○앤○ 법률사무소'가 대리하는 사건에 대해서는 그 법률사무소 출신인 '다주심'을 배제하고 다른 재판부 구성원 만으로 재판을 진행하는 것이 충분히 가능한 상황이었다.

신뢰받는 재판을 위해서는 법관이 공정하여야 함은 물론 공정성에 조그마한 의심이라도 불러일으킬 수 있는 외관이나 상황을 만들어서도 안 됩니다.
[대법원 공직자 윤리위원회 권고의견 제1호]

일반적으로 사건이 해당 재판부에 배당이 되면 공정하고 투명한 재판을 위하여 재판부 스스로 자신이 과거 근무했던 ○앤○ 법률사무소의 사건을 기피하고 노력하는 모습을 보여야 마땅할 것임에도 불구하고 심지어 주심판사로 배당되어 사건을 진행, 판결에 이르렀다면 어떠한 국민이라도 신뢰할 수 없을 것입니다.

이 사건의 경우 이○○ 주심판사(전, ○앤○ 법률사무소)의 경우 채권자 모협회의 법률대리인이 ○앤○ 법률사무소라는 것을 알고 있습니다. 그렇다면 재판부 스스로 기피신청은 물론 안○○ 판사를 배정했어야 할 것이나 이러한 기본적인 노력조차 하지 않았다는 것은 불필요한 의혹을 살 수밖에 없었던 것입니다.(서울동부지방법원 제2*민사부 판사 4명)

가. 서울동부지방법원 제21민사부 구성(4명)

- 임○○ 부장판사
- 이○○ 판사
- 이○○ 판사(2013~2017년도 전, ○앤○ 법률사무소 변호사)
- ○○ 판사

최소한 이 사건의 주심만 바뀌었더라도 이러한 재판 결과에 대한 의혹은 모태권도협회의 1인 사유화 조직의 해체 및 불투명한 회계 운용, 협회 운영의 부정, 부당, 편파, 불공정한 업무처리 등은 생기지 않았을 것이다.

경력 법관으로 임용된 판사에게 자신이 임용 전에 5년간 근무했던 법률사무소가 소송대리인으로 맡고 있는 사건을 주심으로 배당한 것은 법원 스스로 불신과 의혹을 초래하는 행위이다.

중앙을 제외한 서울 동부·남부·북부·서부 각 지방법원에 '가처분 재판부'가 하나 밖에 없는 상황에서 앞으로 ○앤○법률사무소에서는 임시지위 가처분 사건이 생기면 어떻게 해서든지 서울동부지방법원에 관할을 만들어 서울동부지방법원에 신청을 제기한다면, 이번 사건과 같은 의혹은 계속될 수밖에 없다. 불필요한 의혹과 불신을 없애기 위해서라도 이의신청과정 및 본안소송에서는 주심이 변경되거나 재판부 변경이 있어야 할 것으로 사료된다.

또, 상대방이 제출한 자료들이 팩트인지 아닌지도 꼼꼼히 들여다보아야 했다. 그런데 당시 모협회가 법정에 제출한 서류는 말도 안 되는 내용들을 엉터리로 짜 맞춘 천 페이지짜리 자료였다. 가처분 신청 천 페이지를 누가 보겠는가.

그 당시 많은 태권도인들은 불량 판결문이라고 하여 해당법원과 대법원에서 1인 시위까지 불사했다.

불량 판결문
법관윤리강령 제3조 1항 공정성과 청렴성을
의심받을 행동을 하지 아니한다.
그 판결엔 죄가 없습니까?
김앤장 변호사로 5년간 활동한 판사가
김앤장 사건 '주심판사'로 맡아 판결하면
어느 국민이 신뢰할 수 있겠는가?
법원은 각성하고 재판부를 교체하라!

1. 이 사건 재판부에 제출한 가처분 신청서 일부 허위기재 (p.17쪽)

가. 모협회의 무책임한 전형적인 변명(관련내용 허위 기재)

1) 대한체육회로부터 노○○ 영구제명 → 자격정지 3년으로 허위 기재.

*노○○(승부조작 혐의로 대한체육회 자격정지 3년)
- 대한체육회 징계에 대해 법원에 효력가처분 신청을 하였고 신청이 인용됨에 따라 징계효력이 상실됨.

*최○○(승부조작 혐의로 대한체육회 자격정지 3년)
- 대한체육회 징계에 대해 법원에 효력가처분 신청을 하였고 신청이 인용됨에 따라 징계효력이 상실됨.

2) 대한체육회로부터 최○○ 영구제명 → 자격정지 3년으로 허위 기재.

소송대리인의 핑계 혹은 단순오기라고 변명할 것으로 예상됨.

나. 관련근거

1) 대한체육회 공정체육부-2443(2016.09.29.) 참고

2) 대한체육회 공정체육부-2444(2016.09.29.) 참고

성 명	대한체육회 징계	조작	가처분 신청서 p.17
노○○	제 명	→	자격정지 3년
최○○	제 명	→	자격정지 3년

"부정부패 없는 청렴사회 구현, 깨끗하게 거듭난 대한민국"

대 한 체 육 회

수신 수신자참조

(경유)

제목 제9차 스포츠공정위원회 심의결과 통보

대한체육회 제9차 스포츠공정위원회(2016. 9. 26.)가 심의 의결한 결정사항을 아래와 같이 통보합니다.

1. 관련근거 : 대한체육회 스포츠공정위원회 규정 제30조(징계의 의결 및 통보)

2. 통보대상 : 서울특별시태권도협회 조사 결과에 따른 징계요청 심의 결과

3. 의결내용

연번	성명	소속/직위	의결내용	비고
1	임○○	前서울시태권도협회 회장	제명	징계 효력 발생일 : 2016.9.26(월)
2	오○○	前서울시태권도협회 부회장	제명	
3	선○○	前서울시태권도협회 부회장	제명	
4	노○○	前서울시태권도협회 기술심의위원회 심판분과위원장	제명	
5	최○○	前서울시태권도협회 기술심의위원회 심판분과부위원장	제명	
6	최○○	前서울시태권도협회 기술심의위원회 심판	제명	
7	김○○	前서울시태권도협회 기술심의위원회 의장	자격정지3년	
8	전○○	前대한장애인태권도협회 품새 담당 부의장	자격정지3년	

4. 행정사항 : 징계대상자는 스포츠공정위원회규정 제31조(이의신청 등)에 의거하여 위원회가 의결한 징계에 이의가 있을때에는 징계결과 통보를 받은 날로부터 7일 이내에 이의신청의 취지 및 이유와 입증 방법 등을 명시하여 스포츠공정위원회에 이의신청할 수 있음. 끝.

대 한 체 육 회 장

수신 서울특별시체육회장, (사)대한태권도협회장

★주무 김영춘 부장 전결 09/29 이형근

협조자

시행 공정체육부-2444 (2016.09.29.) 접수 ( )

우 05540 서울특별시 송파구 올림픽로 424 (방이동, 대한체육회) /

전화 02-2144-8125 /전송 / timelyshot87@sports.or.kr / 공개

2. 이 사건 재판부에 제출한 가처분 신청서 거짓 주장 p.24.

- 국정감사 지적과 관련한 사유는 국회의원 면담 및 자료제출 등을 통해 소명된 내용임.

3. 탄원인 명단 중복 ·조작 의혹(모협회의 신뢰성 저하)

재판부는 이러한 모협회의 거짓주장을 신경조차 쓰지 않음.

2020.8.6. 작성된 서울시체육회 합동조사반 현장조사 결과 통보 자료에 2020.12.경 작성된 탄원서를 첨부하여 제출하여 마치 현장 조사 결과에 많은 탄원인이 동조한 것처럼 관련 없는 내용에 탄원서 첨부함(모협회의 전형적인 수법)

이 사건 소갑제5호증과 소갑제34호증에는 아예 동일한 명단이 양쪽 모두 포함됨.

생년월일과 이름, 핸드폰 번호가 동일한 정○○라는 사람의 서체가 모두 다르다. 정○○의 서명이 위조된 것으로 보인다. (서체가 다르고, 9를 쓰는 방식이 다르다.)

서 명			
탄원 서명부			
성 명	생년월일	주 소	연락처
정○○	66.5.20	중랑구 중화1동 132-2	010-3780-0009
중랑구	정○○	중랑구 중화동 132-2	010-3780-0009
정○○	66.5.20	[illegible] 30-26	010-3780-0009

○○○태권도협회의 전형적인 수법(실체적 진실 고의 누락)

소갑제5호증(2020. 12. 탄원서)

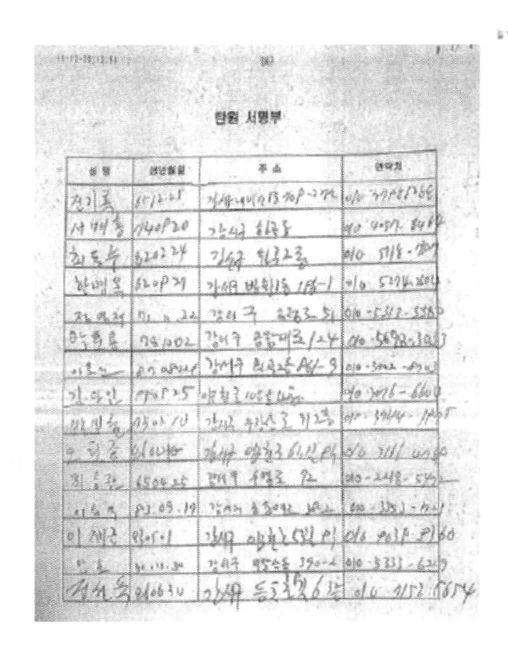

탄원 서명부

성 명	생년월일	주 소	연락처

소갑제34호증(2021. 2. 탄원서
-작성 년도 가필-

탄원 서명부

성 명	생년월일	주 소	연락처

4. 의결정족수 부족 하자 문제

이 사건 의결은 정족수를 위반한 것이 명백하므로 무효라는 주장

<table>
<tr><td>○ 의장 박원하
지금 몇 분 계시지요, 정확히

○ 사회자 송동준
원래 40분이 참석을 하셨는데 지금 이성노 이사님께서 이석을 하시고 돌아가셨기 때문에 참석 이사는 40명입니다. 40명 중에 의결 표수는 21표가 일단 의결 표수가 되는 것입니다. 그럼 투표용지를 나눠드리도록 하겠습니다.

(투표 개시)</td></tr>
<tr><td>○○○체육회 이사회 회의록 소을제15호증 P.47족</td></tr>
</table>

<table>
<tr><td>○ 의장 박원하
지금 몇 분 계시지요, 정확히?

○ 사회자 송동준
원래 40분이 참석을 하셨는데 지금 이성노 이사님께서 이석을 하시고 돌아가셨기 때문에 참석 이사는 40명입니다. 40명 중에 의결 표수는 21표가 일단 의결 표수가 되는 것입니다. 그럼 투표용지를 나눠드리도록 하겠습니다.

(투표 개시)

○ 사회자 송동준
이번 안건에 참여를 안 하셨기 때문에 유효 투표수는 39건으로 그렇게 처리하도록 하겠습니다. 그래서 의결정족수는 20표가 되겠습니다.</td></tr>
</table>

※ 모태권도협회 이사회 속기록 일부만을 발췌하여 허위사실을 주장함

5. 채권자 모협회의 허위 주장에 대하여

○ 태권도혁신 TF위원이 관리단체위원회 위원?

<채권자 2021. 4. 12.자 준비서면 4쪽>

위 배○○, 이○○, 신○○, 임○○은 모두 김태호가 주도하던 위 혁신T/F와 연관이 있는 사들입니나. 그리고 채권사인 서울특별시 태권도협회의 운영에 특별한 이해관계를 가진 자들입니다.

<채권자 2021. 4. 12.자 준비서면 3~4쪽>

4) 소갑 제52호증 서울시체육회 제6차 이사회 회의록 중 관리단체 운영위원회 구성결의 부분 참조 서울시청과 서울시의회에서 추천한 자들은, 서울시의회 서울시태권도협회 혁신 T/F에 소속되었던 자들이었는데, 그대로 채권자 단체 관리위원이 되었습니다.

❏ T/F 구성 · 운영개요

○ 운영목적 : 서울시의회 '체육단체 비위근절 행정사무조사 특별위원회'의 서울시태권도협회 관련 지적사항(55건)에 대한 조치방안 논의 등

○ 운영기간 : '20. 10. ~ 12.

❏ T/F 구성(안)

○ 위원 구성 : 10명

연번	구 분	소속 · 직위 · 주요경력	성 명	비 고
1	서울시	서울시 체육정책과장	이 창 현	
2	서울시체육회	서울시체육회 사무처장	임 홍 준	
3	유관기관 (4명)	문화체육관광부 스포츠유산과장	김 석 일	
4		대한체육회 체육진흥본부 업무자문관	윤 옥 상	
5		국기원 사업본부 국내사업팀장	고 광 문	
6		대한태권도협회 도장관리위원회 위원장	손 성 도	
7	시의회 추천 (2명)	경희석사태권도 관장 전)금천구태권도협회 회장	김 희 찬	
8		송파구태권도협회 회장 전)국기원 심사평가위원	정 문 교	
9	시 추천 (2명)	한서대 교육대학원장, 대한무도학회 부회장 ※ 한국체육학회 추천	김 승 재	
10		황수철법률사무소 변호사 ※ 서울지방변호사회 추천	황 수 철	

조사특위에서는 향후 서울시와 문화체육관광부, 대한체육회, 대한태권도협회, 국기원 등 유관기관과의 협조를 통해 정책을 마

련하고 재발방지 및 유사사례가 발생하지 않도록 법·규정 정비, 정관 및 규정 가이드라인을 마련할 것이다. 이를 통해 현재의 불공정한 시스템을 개편하고, 조사·감사에 적발된 사항에 대한 적극적인 행정조치를 실현해 타 종목단체 내 자정작용을 기대하며 나아가 체육단체 내 투명성과 공정성, 스포츠정신이 발휘될 수 있도록 지속적인 지도 감독을 계속할 예정이다.

나는 조사특위 위원장으로서 조사특위에 올라온 관련체육단체의 문제들은 어떠한 압박이 오더라도 철저하고 실증적으로 조사하고 감사해 보려 노력했다. 확실한 명분만 있다면 당에서도 국민들도 박수를 쳐줄 것이라고 생각하고 열심히 관련자료를 검토하고 현장을 조사했다. 다행히 의원님들이 조사 내용을 인정해 주었고, 주위에서 압박이 오면 그들이 자행한 일을 언급하여 변론을 펼치는 스피커 역할을 해주었다. 나는 덕분에 조사를 끝까지 진행하게 되었고, 이번 모태권도협회 건을 계기로 17개 시도협회, 작게는 25개 체육회, 75개 종목단체를 향해서 전달하고 싶은 메시지를 분명히 전할 수 있었다. 그것은 앞으로는 이런 문제가 있을 경우 이기든 지든 끝까지 문제점을 제기할 것이고 진실을 밝혀낼 테니 올바르게 행정업무를 해주기를 바란다는 메시지다.

내가 체육단체 비위 근절 조사에 임하는 자세

지난 2013년 모태권도협회 승부조작사건의 억울함을 호소하며 선수의 아버지가 자살한 사건을 기억하십니까? 당시 오심을 했다는 심판을 제명해 편파 판정 사건을 덮었고 승부조작에 가담했던 인사들은 최근까지도 임원과 각종 위원으로 활동하며 인사 청탁, 금품수수, 배임 횡령, 각종 고소를 취하하도록 압력을 행사하고 있습니다.

존경하는 의원 여러분, 승부조작으로 아버지를 잃고 눈물 흘린 소년의 억울함이 여전히 바닥에 묻혀 있다는 것을 기억해 주십시오. 폭행과 성범죄를 저질러도 금세 복귀하는 지도자들 때문에 두려워 묵인하고 승부조작과 편파 판정으로 젊은 선수들이 꿈을 포기하고 있습니다.

온 국민이 체육회 범죄사건에 분노하고 있습니다. 이제는 체육계의 부정과 비리 관행을 근절해야 합니다. 이를 위해 조사특별위원회를 구성하여 철저한 조사와 진상 규명을 요구하여 체육계의 고질적인 병폐를 뿌리 뽑아 대대적인 개선이 이루어져야 합니다.

- 10대 제285회 제2차 본회의. 2019.03.08.

2019년 3월, 서울시의회에서 '체육단체 조사특위'의 위원장직이

내게 맡겨졌을 때 잠깐 동안 머릿속에 수많은 생각들이 뇌리를 스치고 지나갔다. 무엇보다 본 조사위 구성의 단초가 된 2013년의 모 협회의 부정부패를 온몸으로 증언한 초로의 태권도 관장님의 피로 쓴 투서부터 모태권도협회를 고발한 송파구, 금천구 태권도협회 회장님들의 분노한 눈빛, 그리고 잇따라 실추되고 있는 자랑스러웠던 스포츠인들의 추락한 모습까지 참 말로 형언할 수 없는 복잡한 심정이 한순간에 파도처럼 밀려들어왔다.

한참을 머릿속이 회오리치듯 어지럽다가 문득 얼마 전 돌아가신 내 인생의 정신적 지주셨던 아버님의 형형한 눈빛이 생생하게 되살아났다. 아버님은 지금의 나라면 어떤 선택을 하셨을까. 그러면서 자연스럽게 평소 아버님이 말씀하셨던 '운동인의 당당함을 잃지 말라'는 말과 '정직하게 최선을 다해 이기는 사람이 되라'는 당부가 죽비소리처럼 내 귀를 두드려댔다.

태권도인으로서 항상 정정당당하게 최선을 다하고자 애썼던 그 마음 그대로 10대 서울시의원이 되서도 항상 의정활동의 밑바닥부터 샅샅이 훑고 다녔다. 그렇게 시의원으로서 점점 자신감이 붙어가던 어느 날 제대로 한번 해보고 싶은 일이 나에게 주어졌다.

건강한 체육문화 만들기는 체육단체 비위 근절로 시작돼야

그것은 평소에 시의원으로서의 존재이유로 내세웠던 '건강한 체육문화 만들기'의 기본인 체육단체 비위 근절 조사가 나에게 주어진 것이었다. 평소 나의 목표는 생활체육과 엘리트체육을 조화

롭게 발전시켜 생활체육인들과 선수들의 비전이 함께 이루어질 수 있는 체육환경을 만들자는 것이었다. 그러기 위해 운동의 생활화와 운동선수의 비전을 모두 달성할 수 있는 체육 환경의 토대를 마련하기 위해 시의원으로서의 역할에 충실하고 있다. 이는 14년 동안 운동선수 생활을 하면서 내가 겪은 좋지 않은 경험을 후배들에게 대물림 되지 않도록 하기 위해 체육 중심의 의정활동을 하고자 하는 내 신념을 반영하는 것이었다.

나는 체육계의 비리에 대한 제보를 받고 난 다음에 상임위원회를 문화체육관광위원회로 바꾸어 들어가게 되었고, 거기서 의장님과 민주당 원내대표가 조금 더 힘을 실어주었다.

"김태호는 체육 쪽에 전문성을 가지고 있으니 제대로 체육계가 변화될 수 있도록 노력을 해달라."고 해서 현장에 가 보니 현장의 체육인들이 하나같이 지금까지 운동경기장에 방문한 의원은 단 한 명도 없었다고 했다. 어떤 의원도 현장에 와서 직접 보고 예산을 반영한 적이 없었다는 뜻이었다. 22개의 종목 단체 감독들이 한 목소리로, 서울시청 소속인데 한 번도 의원들이 방문을 해서 현안을 듣거나 문제점을 해결해 주지 않았다고 이야기했다.

체육정치인의 소명을 실현할 수 있는 3가지 조건-선택, 집중, 의지

시의원 1년 차 때는 이 눈치 저 눈치 보느라 잘 몰랐고, 2년 차에는 조금씩 적응을 해나가다가 3년 차쯤 되니 자신감이 붙었다. 그런데 4년 차쯤 되서 일이 손에 잡힐 만하자 선거철이 다가왔다. 그래서 이제는 선택과 집중의 의지를 가지고 지방선거에서 꼭 승리하고 싶다. 체육정치인으로서 끈질기고 철저하게 체육현장을 제대로 감시할 수 있는 정치인이 한 명쯤은 나와야 하지 않겠나. 한번 주어진 일은 끝까지 파헤쳐 문제의 본질을 명명백백하게 밝히는 정치인이 되고 싶다. 그래서 조사특위 활동을 하면서 보다 철저하게 자료를 검토하고 현장을 조사하며 무엇이 문제였고, 어떤 해결방법이 있는지 대안을 찾아보려 노력했다. 조사하기로 했던 것은 가급적 다 해결하려고 노력했고, 만약 소정의 성과를 내지 못했을 때는 후임자가 내 자료를 보고 못 다한 것들을 해결할 수 있도록 정리된 자료도 잘 만들어 놓자는 마음으로 조사특위 활동에 임했다. 체육계의 비리와 부정, 문제들을 해결하는 자료를 백서 형식으로 만들어서 다른 사람들이 체육으로 인해서 피해를 보지 않았으면 좋겠고, 또 선수들이 원하는 실력이 나올 수 있는 환경에서 훈련을 받도록 하여 올림픽과 아시안게임에서 자신의 기량을 최대한 발휘할 수 있는 환경을 만들고 싶었다.

체육의 고질적인 문제를 개선하기 위해 서울을 넘어 대한민국의 부패된 체육 정치를 바로 잡고 싶었고, 그러기 위해서 내가 갖추어야 할 정치인의 3가지 정신을 지키면 충분히 나의 목표와 방향이 이뤄질 것이라 생각했다. 첫째는 선택, 둘째는 집중, 나머지 셋째가 의지이다. 선택했을 때는 많은 회유가 들어오고 집중을 했을 때는 나를 공격하며 공격이 길어지면 마지막에는 인내로 버텨야 이 싸움에서 이길 수 있는 것이다. 부패된 체육 정치를 바로 잡기 위해서는 서울시 의원으로서 한계와 범위가 있다. 그래서 더 나아가고 싶었다. 대한민국 체육이 세계의 체육으로 더 나아가기 위해 나 또한 도전하고 또 도전할 것이다.

1차 모태권도협회 비위조사

○위원장 김태호: 지금 보시면 회원의 회비를, 2014년도 9월 13일이죠? 그때 6단 이상 승단심사를 징수해 온 회원 회비 납부제도를 폐지시켰어요. 그렇죠? 이것 폐지하고 난 다음에 2015년 정기대의원총회 이때 대호식당에서 정기대의원 총회를 했나 봐요. 여기서 보면 본회가 직접 심사를 집행하게 됨에 따라, 여기는 서울시를 말하는 거예요. 응심생의 합격자는 본회 시행수수료, 회원의 회비, 대한태권도협회 수수료, 국기원 수수료 모두 본회에 입금하며, 이때 회원의 회비는 구분하여 본회의 회원의 회비 통장으로 입금하는 것으로 하고자 함, 이렇게 되어 있습니다.

그러면 여기서 응심자는 누구를 말하는 거예요?

○서울시체육회사무처장 정창수: 승단심사에 응심한 사람을 이야기하는 거죠.

- 10대 제287회 제8차 체육단체 비위 근절을 위한 행정 사무조사 특별위원회. 2019.06.27.

모태권도협회 비위사건의 발단

모태권도협회의 부정·비리사건의 발단은 2013년도 한 태권도 선수의 아버지의 비극적인 자살 사건으로부터 비롯된다. 2013년도에 전국체전 예선선발대회에서 한성고 2학년생인 전○○ 선수가 선발전에 출전해 우수한 기량으로 상대 선수에게 앞서가다 불과 몇 초만에 경고를 서너 개 받으면서 경기에서 지고 만다. 이 경기를 본 아버지는 승부조작을 강력하게 제기하고 이에 비관해 자살을 하는 안타까운 사건이 벌어지고 만 것이다.

그 아버지는 30년 동안 태권도장을 운영해 온 태권도인이었다. 그 태권도관장은 이미 자신의 제자들이 여러 차례 승부조작과 부정심사의 피해를 입었던 터에 아들마저 같은 피해를 당하자 그 억울함을 참을 수 없었고 자신의 목숨을 던져 항의했던 것이다. 개인의 극단적인 선택으로 인한 죽음으로 방관하지 말고 그때라도 모태권도협회는 바뀌었어야 했다. 그러나 그때도 모협회는 하나도 변하지 않았다.

그런데 중요한 것은 전○○ 선수가 아버지가 죽으면서 가정이 파탄이 났고 해당 소송은 아직 1심도 안 끝나 있었다는 점이다. 왜 그런지 살펴봤더니 소송 당사자들이 모태권도협회 당사자들로 전 선수쪽에 손을 들어주게 되면 징계될 사람들이 수두룩한 것이었다. 그래서 국내 대형로펌의 영향력과 전관예우 등을 기대하며 거대로펌 등에 사건을 맡기고 있었던 것이다.

승부조작으로 인한 아들의 경기 결과를 인정할 수 없었던 아버지의 자살사건은 2013년에 일어났지만, 2015년도에 언론에서 다

루면서 이슈가 됐고 2016년에 이 사건으로 인해서 모태권도협회가 첫 번째 관리단체가 된다. 관리단체 지정은 말 그대로 집행부를 해산시키는 강력한 조치이다. 관리단체 지정이 되면 이사회를 구성하지 못하게 돼 있다. 그런데 서울시체육회와 모태권도협회가 모종의 협의를 통해 먼저 관리위원회 구성원을 서울시체육회 중심으로 꾸리게 된다. 관리위원회 구성은 협회의 규정, 규약에 맞게끔 배분이 있을 것이 아니겠는가. 교수가 누가 들어와야 하고, 변호사가 들어와야 하고, 언론사가 들어와야 하는 규정이 분명히 있었지만 그런 걸 다 무시하고 위원회가 구성이 됐다. 그러면서 관리단체 지정사유를 승부조작으로 인한 아버지 자살사건이 아니라 그냥 집행부 부재라는 거짓 사유로 만들어 놓았다. 모태권도협회의 이사회 총사퇴로 인한 집행부 부재라고 하는 건 이 사람들이 짜고 치는 고스톱이 되고 만 것이다. 그냥 모협회를 자체적으로 다 해산해 버리자고 결론을 내린 것이다. 승부조작으로 인한 관리단체로 지정이 되면 당시 집행부 당사자들은 선출직으로 협회 정상화가 되려면 몇 년이 걸려야 된다. 하지만 집행부 부재로 해서 자체적으로 꼼수를 부려 해산을 해버린 것이다. 나도 안 해, 나도 안 해 이렇게 자체적으로 해산을 해버린 것이었다. 자체적으로 관리단체 지정을 하게끔 문제를 만든 것이다. 그래서 서울시는 모태권도협회를 집행부 부재로 관리단체로 만든 것이다. 그러고 나서 11개월 만에 다시 선거를 치러서 최○○ 회장은 선거를 통해 뽑혀 집행부를 구성하게 된다. 물론 집행부 모두가 전 회장(임○○) 사람이다. 임 전 회장은 한마디로 태권도협회의 대부로 그 사람이 막후에서 현 회장을 조정하는 합리적인 의심이 가능한 구조가 되고 만 것이다.

체육단체 비위 근절 조사특위 활동의 발단

체육단체 비위 근절 조사특위 활동의 발단은 모태권도협회의 갑질에 대해 강남구태권도협회와 송파구태권도협회, 금천구태권도협회의 회장들이 민원을 제기하면서 시작되었다. 민원의 핵심 골자는 모태권도협회가 자신들에게 비협조적인 소속 협회에 징계를 준다는 것이었다. 그런데 징계 사유가 규정, 규약에도 문제가 없는 것들이 대부분이었으며, 법적 불리함에도 불구하고 모태권도협회는 지역태권도협회에 대한 징계를 강행하였다. 한마디로 말을 안 듣는 협회를 길들이기 하는 식이었다. 그러다 보니 징계를 당한 사람들은 지쳐가고 있는 상황에서 필자를 아는 사람이 필자에게 민원 제기까지 한 것이다. "의원님, 다름이 아니고 이러이러한 사연이 있었습니다. 좀 도와주세요." 이렇게 강남구태권도협회 쪽에서 민원이 들어온 것이다. 그 민원을 듣고서 정말 그런지 확인을 하는 과정에 너무 뜻밖의 일들을 하나씩 하나씩 알게 되었다. 처음엔 민원들의 내용이 단순히 갑질 민원이었는데 하나둘 쌓이는 민원 내용들이 너무 다양한 문제들이 모태권도협회에서 불거졌던 것이다. 모협회가 하라는 대로 안 하면 협회에 소속되어 있는 태권도장이 징계를 당하고 있었던 것이다.

모협회의 도를 넘는 불공정 행위들

모협회의 도를 넘는 불공정 행위에 대한 피해협회 당사자들의 구체적인 민원내용은 다음과 같았다.

○○○협회 회장은 "과거 신규 회원이 도장 등록비 300만 원을 모협회에 납부하면 다시 250만 원은 자치구협회로 되돌려 주었기에 팀 창단, 회원도장 지원 활성화 정책 등을 할 수 있는 구조였지만, 2019년부터 모협회가 자치구협회에 지원해주는 250만 원의 행정보조금마저 중단해 운영이 매우 어려운 실정이다."고 밝혔다.

아울러 "이러한 구협회 길들이기 행정에 대해 문제점을 제기하면 모협회는 심사 ID 추천 정지와 징계로 보복조치 하고, 금천구 및 송파구태권도협회처럼 행정보조금을 비롯한 모든 지원금 지급이 중단될까봐 조사특위 위원님들께 적극 협조하지 못하는 현실이 태권도인으로서 부끄럽고 개탄스럽다."고 밝혔다.

과거 25개 구지회 행정보조금을 모협회 회계 운영비 항목의 별도 예산에서 지급을 하였으나 2014년 구지회 행정보조금을 폐지하라는 지적을 문화체육관광부, 서울시 체육회로부터 받았다. 그러나 일부 열악한 구지회에서 지원 요청을 하여 지급하다 일부 구지회에서 부당한 행정 및 방만 운영에 대하여 지적과 항의를 하자 구지회를 길들이기를 하기 위하여 행정보조금을 중단하였던 것이다.

모협회의 과거 일부 집행부는 자신들의 욕심 채우기에만 급급하고 25개 구지회가 예전 같이 통제가 되지 않자 예산을 손해 없이 지급하는 방법을 모색하다가 신규 회원 도장 등록비 250만 원을 어떠한 법적인 근거나 이유의 설명 없이 300만 원으로 인상 후 신규 회원이 도장등록비 300만 원을 모협회에 납부하면 다시 250만 원을 25개 구협회로 되돌려주는 방식으로 회원의 신규 등록비로 모협회 예산 손해 없이 행정보조금을 지급하다가 중단은 물론 심지어 자신들을 추종하는 회원들을 통하여 의도적으로 민원제기 후 감사권을 발동(현재, 구체육회 감사원)을 하여 심리적으로 압박 등을 가하여 25개 구지회 길들이기를 하는 행위도 서슴치 않았던 것이다.

○ 모협회의 행정보조금 지급 형태

신규도장 등록비용 300만원	→	모협회 300만원 신규등록비 50만원	→	25개 구협회 행정보조금 250만원
신규도장 등록비용 300만원	→	모협회 300만원	→	25개구협회 행정보조금 지급 중단

이러한 모협회의 불공정한 업무처리를 견딜 수 없었던 송파구 태권도협회, 금천구 태권도협회 회장님들이 모여 필자에게 민원이 들어온 것이다. 그때 강남구태권도협회와 마찬가지로 송파구 태권도협회와 금천구태권도협회도 심사 수수료 부분에 대해서 법적인 다툼이 있어 소송 중이었다. 이로 인해 모협회의 비리조사가 시작되자 모협회의 갑질에 대해서 기다렸다는 듯이 다양한 제보들이 쏟아져 들어오게 되었다.

앞서 강남구 태권도협회, 송파구 태권도협회, 금천구 태권도협회로부터 수많은 민원이 접수되고, 그 민원들의 진위 여부를 확인하는 과정에서 너무나 많은 비리가 속속 밝혀지면서 서울시의회에서는 체육비위 근절을 위한 특별조사위원회를 구성하고 필자를 위원장으로 하는 조사특위 활동을 본격적으로 벌이게 된다. 모태권도협회는 불투명한 회계 운용, 협회 운영상 부정, 승부 조작 및 불공정한 업무 처리, 인맥으로 유착된 이사회 등의 문제가 잇따라 발생하는 바, 타 종목단체를 포함하여 면밀한 조사·감사를 통해 각종 의혹에 대한 철저한 규명으로 사후약방문식 감사가 아닌 서울시 체육계 전반에 투명성을 확보하는 조사와 감사를 지난 2019년 6월과 7월에 걸쳐 집중적으로 진행하였다.

5~6차 체육단체 조사특위 회의 개최('19.6.4.~6.5.)에서 주로 다룬 모협회의 안건은 다음과 같은 것이었다.

첫째, 핵심증인 불출석 및 자료제출 불성실로 인한 조사·감사

방해, 둘째, 상임고문의 친인척 및 사제지간 인물을 협회 직원으로 채용, 전·현직 회장 및 임원 등에게 직위 부여와 조직인력 운용 허술, 셋째, 중국 공안에 모협회 관계자 성매매 혐의로 15일간 구류, 넷째, 국기원의 사전승인 없는 심사 수수료 인상, 다섯째, 회계의 불투명한 운영(경영 공시 불성실, 구협회 행정지원 보조금 차별 지원, 회비의 목적 외 사용, 임원선물 칼·도마 강매 등), 여섯째, 응심생에게 협회 회원의 '회비(1만8백 원)' 전가, 일곱째, 상위법 규정에 맞지 않는 정관 및 제·규정(제·개정 연혁을 알 수 없어 정관 및 규정에 위배되는지 확인 어려움 등) 등의 안건이 논의되었다.

기타 안건으로 심사ID 회수(모협회 행정에 대해 문제 제기를 하는 구협회의 심사 ID를 회수하여 운영의 어려움을 겪게 하는 등 권한행사)가 실제로 있었는지를 확인하는 조사가 있었다.

이후 7월에 실시된 8~10차 체육단체 조사특위 회의('19.6.27., 7.4~7.5.)에서는 다음의 내용이 집중 조사되었다.

첫째, 승품단 심사에서 부정심사(승부조작)로 인한 국기원 심사 규정 위반 여부, 둘째, 국기원 사전 승인 없는 심사 수수료 인상, 응심생에게 회비 부당징수 여부, 셋째, 모태권도협회 현회장의 급여성 경비 실비 정산 위배, 넷째, 모태권도협회 임원 결격 사유자의 부당한 일비 지급, 다섯째, 협회의 부실 운영 및 조직의 사유화 여부, 여섯째, 모협회의 부적절한 운영으로 진정, 고소, 고발 빈번 여부를 조사하였다.

그중 조사특위에서 중점적으로 조사·감사한 사안으로는 모협회 사무국 직원의 사유화 의혹과 비리·비위·전과 등 연루 문제, 임○○ 상임고문의 주요 비리 의혹에도 불구하고 상임고문 위촉 및 지원의 문제점, 법인카드 임의 사용의 문제, 현금 지출 중 의심 사례, 회원 회비 임의 징수와 승단·품 심사비 부당징수, 영구제명 자격 정지자 임원의 위촉 등이었다.

모태권도협회 사무국 직원의 사유화 의혹

먼저 조사특위는 모태권도협회의 현 사무국 직원의 사유화 의혹을 지적했다.

현재 사무국 직원은 임○○ 현 상임고문(전 회장)과 최○○ 회장의 측근으로 구성되어 있다.

임○○ 상임고문의 제자로 김○○ 사무국장, 진○○ 사무차장, 임○○ 심사팀장, 정○○ 기획팀장이 있고, 임○○ 고문의 지인으로 김○○ 총무주임과 김○○ 경기부 주임, 권○○ 심사팀장이 재직 중이며, 임○○ 고문의 친·인척으로 김○○ 심사과장(조카)이 근무하고 있다. 또한 최○○ 현 회장의 지인으로 윤○○ 기획과장(임○○ 제자)이 근무하고 있어 사무국의 전간부가 임○○ 최○○ 사유화 집단이라고 해도 과언이 아닐 것이다.

그런데 이들 중에서도 핵심 간부에 해당하는 사무차장과 심사과장은 비리, 비위, 전과 등에 연루돼 사실상 직원으로서 결격사유를 지닌 사람들이 버젓이 해당 자리를 지키고 있는 중이다.

진○○ 사무차장은 2009년 10월 코치 임용에 관한 청탁 등으로

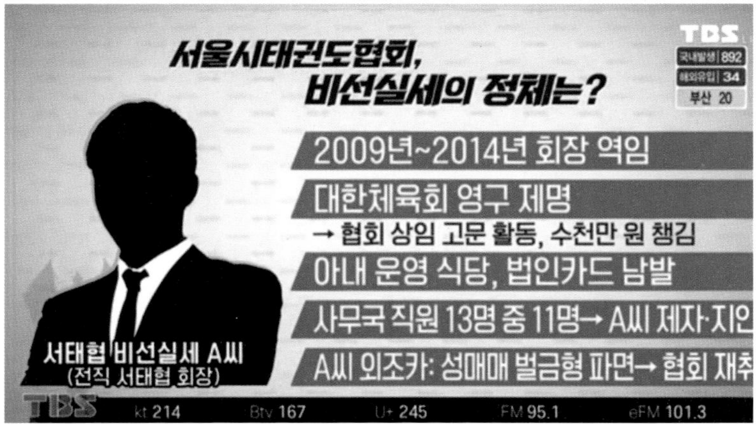

형사재판 중이었고, 고○○ 사무차장은 성범죄(성폭행) 전과, 특별조사 처분 대상이었으며, 김○○ 심사과장(상임고문 외조카)은 중국 성매매(공안 단속으로)로 10일간 현지 구류 처분을 받았다.

그럼에도 불구하고, 대형로펌의 자문 등으로 법의 사각지대를 악용하여 고의적으로 절차상 하자 즉, 해고사유가 정당(성매매)

하다 하더라도 절차상 하자(그 당시 노조 측 인사가 특정인의 제자로 구성되어 고의적으로 불참)가 있음에도 다시 복직한 사실이 명백히 밝혀졌다.

다음으로 임○○ 상임고문(전 모태권도협회장)의 주요 비리의혹 및 기소현황이 조사위에서 밝혀졌다.

> 임○○ 고문은 2001년 4월에 국가대표 최종선발과정에서 심판 김모 씨와 짜고 조카와 사위 등 친인척들까지 심판으로 동원한 것으로 드러났습니다. 임○○은 또 1998년 말에는 송모씨로부터 아들을 입상시켜 달라는 청탁과 함께 2,200만 원을 받아 챙긴 혐의도 받고 있습니다. 또한 검찰은 임○○ 씨가 거액을 뿌리고 전무직을 사들였다는 첩보를 입수하고 매관매직 의혹 등 태권도협회의 비리 전반을 파헤치기로 했습니다.
> [KBS 뉴스 태권협 비리관련 전 전무영장 수사 확대. 2002.2.6.]

결국 2000년 4월 0일 국가대표 최종 선발전 승부조작으로 인한 업무방해죄 및 배임수재 등으로 구속 기소 후 벌금형 1,500만 원(별도로 추징금 2,200만 원)을 선고받았다.

2000년 6월 00일에는 '업무상 횡령'(서울시 모협회장으로 재직 시 재판에 따른 변호사 비용을 협회 공금으로 처리)으로 벌금 1,000만 원 선고 후 2심 판결에서 300만 원 벌금을 선고받았다. 또한 2000년 9월 00일에는 '공금횡령'(2000년 횡령금 변제를 이유로 벌금 300만 원을 선고받은 후, 대법원 상고를 하기까지 추가로 약 2억 원 상당의 서울시협회 공금을 변호사 선임료로 유용) 혐의로 검찰에 고발되었고, 2000년 3월 00일에는 '편파판정' 및 '협회 운영비 횡령' 혐의로 경찰의 압

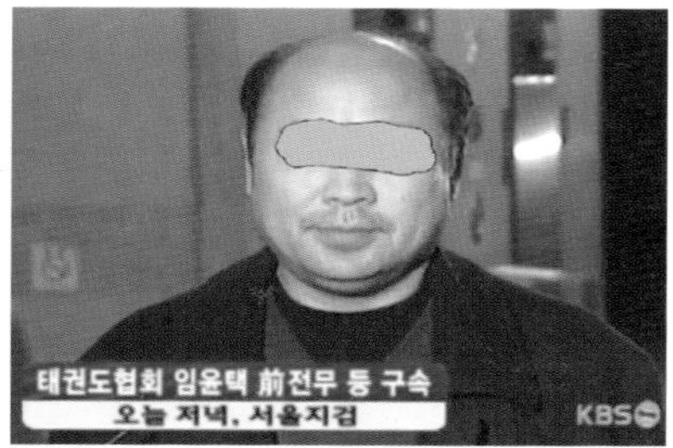

수수색을 받았으며, 2000년 4월에는 임○○ 前회장은 태권도를 전혀 하지 않은 사위에게 허위로 국기원 일단증을 발급하여 협회 활동을 도모토록 했다. 또한 2000년 승부조작(학부모 자살), 2000년도 10월 태권도 코치 임용청탁 대가로 500만 원 수수, 업무상 배임 등 혐의로 당시 9명의 임원이 기소 후 서울중앙지방법원에서 형사재판 중에 있다(그중에는 일부 고위 직원의 경우 직위해제조차 하지 않아 서울시의회 조사특위에서 지적하자 모협회 채용 전에 일어난 사건이므로 현재 근무하는데 전혀 문제가 없다는 비상식적인 답변만 하였다. 더욱 중요한 사실은 그 당시 태권도계에서 대부분 진○○이 사건 당사자라는 것을 알고 있음에도 불구하고 이러한 심각한 문제를 사전에 인사위원회에서 암묵적인 묵인으로 채용했다는 사실이 조직사유화의 근본적인 문제이다.)

국기원 심사 업무 방해 혐의로 인하여 임○○ 현 상임고문은 대한체육회에서 영구제명(2016. 09. 26.) 되었으며, 대법원에서 업무상 횡령으로 벌금형 300만 원 확정판결을 받았고, 현재(태권도 승품·단 국기원 부정 심사) 업무방해 혐의로 기소(서울중앙지방법원 2016고단 1994호)되어 재판 중임에도 불구하고 상임고문으로 위촉되는 상식적으로 납득할 수 없는 상황이 모협회에서 버젓이 벌어지고 있었던 것이다.

참고로 대한체육회 스포츠공정위원회 규정에 승부조작, 편파판정, 직무와 관련한 금품수수 비위 및 횡령·배임, 폭력·성폭력, 체육관련 입학 비리의 사유로 징계를 받은 사람은 감경, 사면, 복권할 수 없으며, 대한민국태권도협회 정관 제26조(임원의 결격사유) 승부조작, 폭력·성폭력, 횡령, 배임, 편파 판정으로 체육회, 회원종목단체, 시·도체육회, 시·도종목단체 또는 대한장애인체육회에서 1년 이상의 자격정지 이상의 징계처분을 받은 경우에는 영구히 임원에 선임될 수 없다.

이밖에도 임○○ 고문은 1개월 회의비로 1,860,000원을 부당 수령한 사실이 발각되어 주의 처분(「모태권도협회 특별조사 처분 요구서」- 2016년 8월 대한체육회)을 받았다. 그러나 이후에도 모협회 사무국에 별도의 상임고문실을 설치(인테리어비 수천만 원 소요)하고, 회의가 아닌 간담회에도 건별 회의비 200,000원을 지급받고, 최근 5년간 송사비 약 5억 원을 지출, 대기업 이상의 변호사, 법무사, 노무사가 있음에도 불구하고 가장 기본적인 원천징수신고조차 하지 않았다는 것은 상식적으로 이해할 수 없는 행위이다.

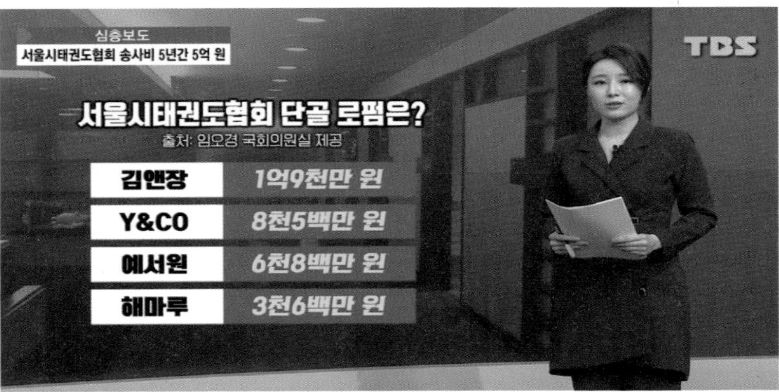

참고로 모협회 고문단 간담회는 연간 약 30~40회 실시하였으며 간담회 경비로 지불된 비용이 1인당 연간 600만 원~800만 원이 지출되었다.

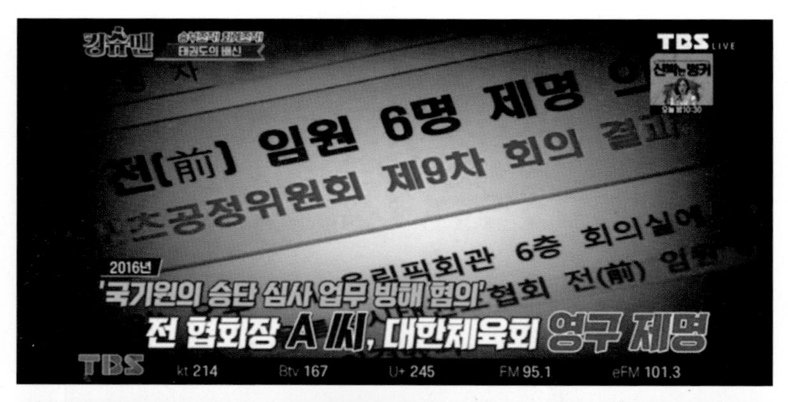

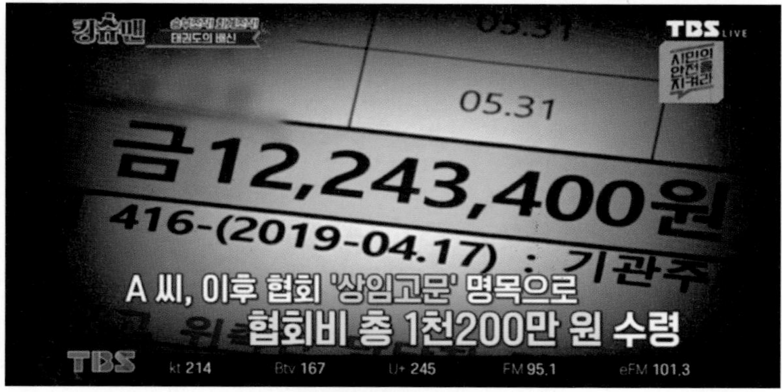

2020년 국정감사 당시 작성된 임오경 의원 PPT 일부자료

2020년도 문화체육관광위원회 국정감사

비상식적인 고문단 회의운영 및 회의비 지급

2018년 6월~2019년 5월
고문단 회의비 지급내역

이름	직위	참석 횟수	총액	1회 평균 지급액
최OO	회장	32	11,200,000	350,000
임OO	상임고문	33	8,600,000	260,606
강OO	고문	32	8,400,000	262,500
송OO	고문	32	8,200,000	256,250
신OO	[illegible]	1	600,000	600,000

원천징수 미신고

대한체육회 산하 경기단체 2019년 간담회 현황

No	종목	횟수	1인당 참석자 비용지급액 평균 (원)
1	대한복싱협회	2	0
2	대한카누연맹	1	0
3	대한요트협회	1	0
4	대한근대5종연맹	1	100,000
5	대한럭비협회	1	0
6	대한민국배구협회	2	0
7	대한골프협회	1	0
~			
31	대한유도회	6	0
32	대한조정협회	1	0
33	대한산악연맹	4	0
34	대한당구연맹	3	0
35	대한핸드볼협회	2	0
36	대한야구소프트볼협회	3	0
평균		3.06	10,479

2018.6~2019.5 1년간 총 33회의 고문단 회의를 통해
총 3,700만원의 회의비 지급
회의비 금액 일관성 없이 1회 20~90만원 지급

고문단 간담회에선 회의비 외 기타 교통비와 식사비 등을 별도 정산하며, 특히 임○○ 상임고문이 운영하는 경기도 이천 소재 순댓국집에서 2015년 10월부터 2016년 1월까지 총 9회에 걸쳐 12,552,000원을 집중적으로 이용(특히, 2015년 12월 18일의 경우 서울에서 '서울한마음태권도인 행사'를 진행하고 54.27km 떨어진 경기도 이천의 임○○ 식당에서 5,108,000을 결제)하였다.

상식적으로 모협회 임직원들이 굳이 법인카드 사용 관할 지역을 벗어나 고급 소고기집도 아닌 일반 순댓국집에서 삼겹살 340인분, 순대국 115개, 음료수 111개, 공기밥 112개를 먹는다는 것이 가능한 것일까?

임○○ 상임고문 음식점(198m², 약 59평)에 100명이 들어갈 수 있는지도 모르겠으나, 100명이 참석하였다고 가정하더라도 "1인당 각 돼지고기 3인분, 순대국 1개, 이와 별도로 공기밥 1개, 음료수

1병을 마시는 것이 가능한 것이지?" 모협회 임직원에게 되묻고 싶은 심정이다.

「모태권도협회 특별조사 처분 요구서」에서 문제된 임○○ 상임고문 지인이 운영하는 순댓국집 사용과 관련된 영수증이 추가로 발견(2020년 11월)되어 모협회가 과거부터 대한체육회 조사에도 허위자료를 제출한 것으로 보인다. 현금 지출 중 의심사례(증빙서류 미비 등)로 조사특위에서 지적되기도 하였다.

더욱 중요한 사실은 체육회의 중대한 지시사항을 또다시 불이행하고 법인카드 주사용 장소(목동사무국)가 아닌 특정인 임이 운영하는 종○○가집 ○○가든에서 2018.10.05.~2019.02.23.까지 1,350,000원을 사용했다는 것은 그 동안 모협회는 반성은커녕 개선의 여지가 전혀 없다는 것을 반증하는 사례라고 하겠다.

모태권도협회의 임○○은 자신의 왕국건설에 대한 꿈을 포기하지 않고, 자신이 운영하는 모밴드와 인터넷 모 신문사 편집인 겸 발행인으로 현재 강○○ 회장은 조직 사유화 저지 및 정상화를 위해 노력을 하고 있으나 임○○은 모략지시를 하였음에도 불구하고 자신의 명령대로 움직이지 않자 모밴드 등을 통하여 회원들의 분열 조장과 내정간섭을 하여 관리단체로 재 지정 후 본인이 쉽게 통제할 수 있는 자를 낙점하고 뒤에서 다시 왕국건설을 하려는 허왕된 꿈을 꾸고 있다. 그러므로, 주무관청인 서울시체육회에서 반드시 공식적으로 고문직 해촉 통보는 물론 계속적으로 협회 정상화를 방해할 경우 법적인 조치까지 고려해야 할 것이다.

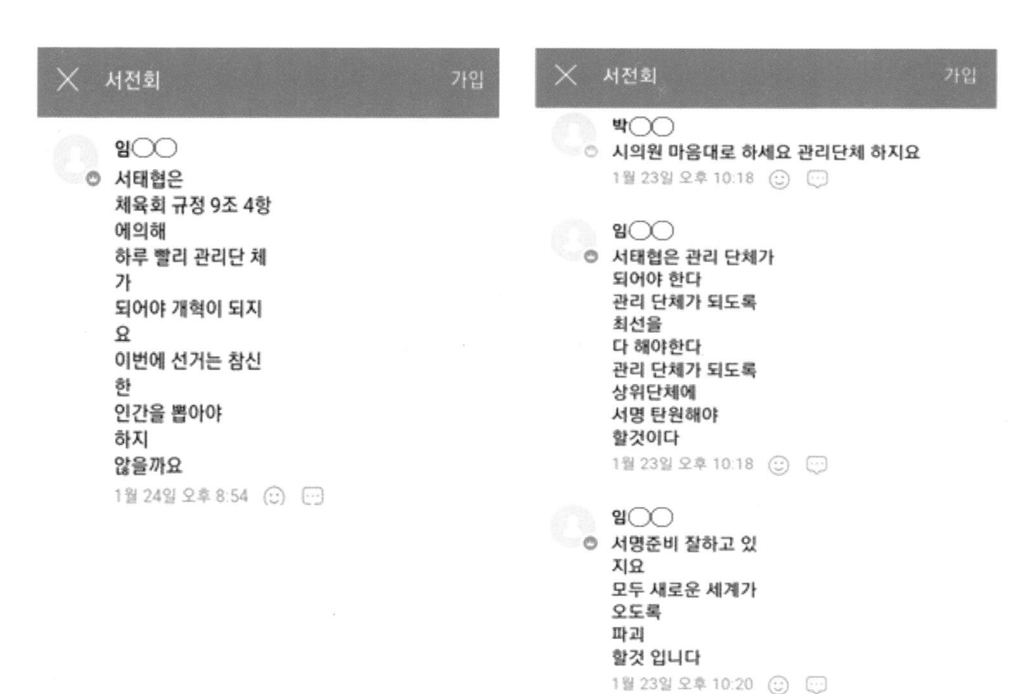

순서	거래일자	거래금액	적 요	기산일자	가맹점 사업자등록번호
1	2018.04.04	140,000	종○○ ○○가든	2018.04.04	20*-3*-6****
2	09.20	224,000	종○○ ○○가든	10.05	20*-3*-6****
3	12.06	270,000	종○○ ○○가든	12.06	20*-3*-6****
4	12.12	345,000	종○○ ○○가든	12.12	20*-3*-6****
5	2019.01.24	190,000	종○○ ○○가든	2019.01.24	20*-3*-6****
6	02.13	181,000	종○○ ○○가든	02.13	20*-3*-6****
합계		**금1,350,000원**			

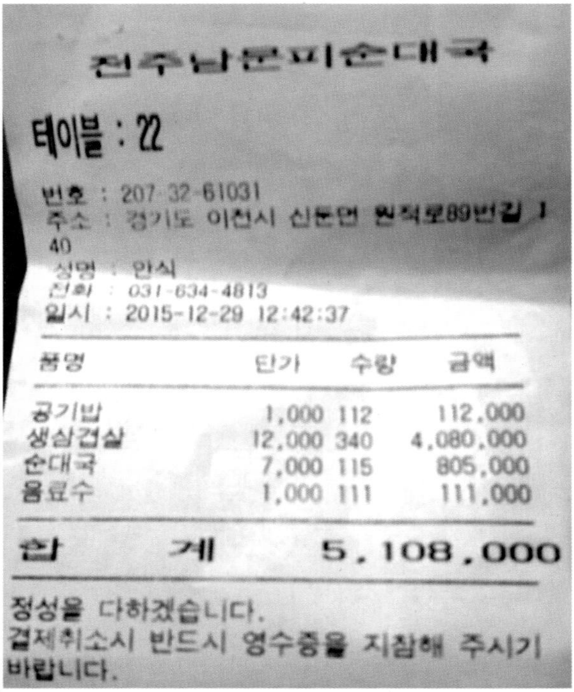

전주남문피순대국

테이블 : 22

번호 : 207-32-61031
주소 : 경기도 이천시 신둔면 원적로89번길 1
40
상명 : 안시
전화 : 031-634-4813
일시 : 2015-12-29 12:42:37

품명	단가	수량	금액
공기밥	1,000	112	112,000
생삼겹살	12,000	340	4,080,000
순대국	7,000	115	805,000
음료수	1,000	111	111,000

합 계 5,108,000

정성을 다하겠습니다.
결제취소시 반드시 영수증을 지참해 주시기 바랍니다.

경기도 이천시 장호원읍 이황리 317 [도로명주소] 경기도 이천시 장호원읍 이풍로33번길 4	연와조 스라브지붕 단층 일반 음식점198㎡ 파이프조 스레트지붕 단층창고	도로명주소 2012년9월3일 등기

모협회의 수상한 법인카드 결제

결제날짜	금 액	비 고	○○○○ 피순대국 2015.12.29. 12:42:27 모협회 법인카드 2015.12.18. 금5,108,000원
2015.12.18	5,108,000	2016.8. ○○○태권도협회 특별조사 처분요구서	테이블 : 22 일시 : 2015-12-29 12:42:37 공기밥 1,000 112 112,000 생삼겹살 12,000 340 4,080,000 순대국 7,000 115 805,000 음료수 1,000 111 111,000 합 계 5,108,000 정성을 다하겠습니다.
2015.12.29 12:42:37	5,108,000	별도 영수증	
2015.12.29	1,650,000	12.29. 5,108,000원 이중 결제	

• 법인카드 55**-26**-99**-98**

모태권도협회의 법인카드 임의 사용 문제

제일 근본적인 문제는 모협회의 법인카드 관련 규정이 전혀 없다는 사실과 이를 관리·감독·지도하지 않는 시체육회가 가장 큰 문제점이다.

다음으로 모협회 법인카드의 임의 사용의 문제를 들 수 있다.

조사특위에서는 2017년~2018년에 다○ 해물칼국수, G모텔, ○○코퍼레이션 등 총 24건의 카드 허위나 남용 의심 사례(61,670,308원)를 발견하였다. 또한 법인카드로 주유비를 과다하게 결제하거나 개인 출퇴근에 사용한 부분도 지적하였다. 또한 법인카드 중 일반숙박업소 단발 결제의 의심사례도 15건 발견하였다.

또한 모협회의 비정상 지출 의심사례가 조사특위에서 적발되기도 하였다.

먼저 카페M(송파구 방이동 소재 57.85㎡(17.5평), 20명 정도 수용인원)에서 모태권도협회와 대한태권도협회 임직원과의 원활한 업무협력 및 우의를 다지기 위하여 식사 비용으로 1,390,000원이 지출되었다. 카페M의 주요 판매음식은 3천 원 전후의 커피이며, 모협회에서는 갑작스러운 사정으로 회식에 불참(결제만 해줌)해 저녁 메뉴로 스파게티를 주문해 주었다고 했다. 대한태권도협회 참석자도 잘 기억은 안 나지만 25~30명이 간 것이 맞을 것이라고 확인해 주었다. 그런데 카페 확인 결과 식사 메뉴가 없는 테이크아웃 커피 전문점이었다. 더욱 중요한 사실은 근무시간인 대낮에 전문 커피점에서 세미뷔페가 가능한지 합리적 의심과 해당 업소의 회,

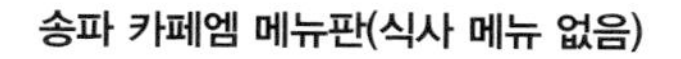
송파 카페엠 메뉴판(식사 메뉴 없음)

카페엠 카페
리뷰 6

전화 저장 길찾기 공유

홈 메뉴 리뷰 사진

서울 송파구 위례성대로12길 10 복사
지번 방이동 164-3 쾌양빌딩 지도
내비게이션

매일 10:00 - 24:00 연중무휴.

이디오피아 예르가체프 5,500원
콜롬비아 에스메랄다 슈프리모 5,500원

← 카페엠 MY

홈 메뉴 리뷰 사진

서울 송파구 위례성대로12길 10 복사
지번 방이동 164-3 쾌양빌딩 지도
내비게이션

매일 10:00 - 24:00 연중무휴.

이디오피아 예르가체프	5,500원
콜롬비아 에스메랄다 슈프리모	5,500원
에스프레소	4,000원
카페라떼	5,500원
더블토스트	4,000원
베리와플	8,000원
아메리카노 핫/아이스	3,500원
7가지 스무디	5,500원
생과일주스	5,500원
아이스크림 브라우니	5,500원

메뉴판(원산지) 전체보기 더보기

주차, 예약

매일 신선한 원두를 매장에서 직접 로스팅 합니다.(원두판매)

송파 카페M 카드깡 의혹?

식사메뉴 전혀 없는데..

137만8천원 결제?

순 서	메 뉴	가 격	비 고
1	이디오피아 예르가체프	5,500원	식사메뉴 전혀 없음
2	콜롬비아 에스메랄다 슈프리모	5,500원	
3	에스프레소	4,000원	
4	카 페 라 떼	5,500원	
5	더블토스트	4,000원	
6	베 리 와 플	8,000원	
7	아메리카노 핫 / 아이스	3,500원	
8	7가지 스무디	5,500원	
9	생과일 주스	5,500원	
10	아이스크림 브라우니	5,500원	

고기, 중화요리, 찜, 음료수, 디저트, 커피 등 서울시체육회가 해당 업소의 영수증(가격)을 전혀 조사조차 하지 않았고, 대한태권도협회가 준 사무차장 사실확인서 존재뿐이었다.

2020년 8월 시체육회 합동조사결과, 대한태권도협회 직원들이 주변 식당에서 배달음식을 시켜서 송년회(식사)를 했다고 주장하나 대낮에 근무시간에 커피 전문점에서 세미뷔페 형식으로 회, 고기, 중화요리, 찜, 음료수, 디저트, 커피 등 식사를 했다는 것이 상식적인 것인지?

더욱 중요한 사실은 이를 입증할 업소별 금액이 명시된 정산 영수증 혹은 카드전표가 전혀 없다는 점이다. 적절한 지출인지 확인이 필요한 사안이다.

그 당시 대한태권도협회 인근 송파구 방이동 뷔페업소를 확인한 결과 대부분 3만 원선(16명×30,000=480,000원·16명×50,000=800,000원)이다. 이러한 가격이라면 인근 주변의 뷔페업소에서 회식을 했어야 정상적이나 커피 전문점에서 대낮에 근무시간에 세미뷔페를 했다고 주장하는 모협회는 사회적 통념 상 허용범위의 내재적 한계를 벗어난 행위를 한 것이다. 뿐만 아니라 이를 입증할 소명자료도 없다는 점과 커피 전문점 또한 폐업했다는 점이다.(모협회 카드깡 의혹의 경우 대부분 폐업함)

다음으로 모협회에서 전국체전 숙박비로 G모텔에 14,850,000원

○**정진술 위원** 그래서 그것 때문에 제가 좀 말씀을 드리려고요.

M카페 관련해서 깜짝 놀랐어요. 여기가 합동조사 결과로 별첨4로 해서 제시를 했더라고요. 제가 잠깐 한번 죽 훑어보니까 여기에 페이지가 나왔어요.

36페이지 본회는 2018년 11월 30일 카페 M에서 최창신 회장 외 16명의 임직원이 회식에 참석한 바 있으며 비용처리는 하였음을 확인합니다. 37페이지 전 대한태권도협회 사무처장이, 보니까 이것은 메뉴에 있던 게 아니고 둘이 회식을 하려다 보니까 없는 메뉴를 가지고 세미 뷔페 형식으로 했다. 제가 이것 보고 나서 무섭구나 하는 생각을 했습니다. 제가 작년에 이것 하고 나서 대한태권도협회 임원분들이 제 방을 찾아왔어요.

첫 번째 여기서 임직원이라고 하셨는데 임원들은 참석을 안 했다. 자기들은 모르는 일이었다. 저한테 이렇게 이야기를 하셨거든요. 두 번째 "뭘 드셨습니까?" 그랬더니 "평소 직원들이 잘 가는 카페여서 거기 가서 했는데 왜 이렇게 돈이 많이 나왔는지 모르겠습니다. 저희도 한번 확인을 해보겠습니다. 그런데 대신에 오픈은 시키지 말아주십시오." 라고 이야기를 했었어요.

그런데 이분이 하셨던 내용은 그거였어요. 자기들은 간 적이 없다. 직원들만 갔다. 왜 이렇게 많이 먹었는지 모르겠다. 평소에 자주 이용하는 덴데 아마 저기 서울시태권도협회에서 와서 긁고 갔나 보다. 그런데 저희가 정말 그것 한번 확인하겠다. 저한테 이러고 갔어요. 그런데 그 내용 팩트가 여기에서는 우리 같이 먹었고 세미 뷔페 형식으로. 그 시간 아시지요? 일과 중에 갔어요. 일과 중에 회식을 하는 데가 정말 어디 있습니까? 그렇잖아요. 그때 시간도 제가 기억하기로는 낮 2시인가 4시 사이로 알고 있거든요. 그러면 직원들 일 안 하고 가서 했다는 거예요.

그리고 그때 이 내용도 아니었고요 서울시태권도협회 답변은 뭐였냐면 몇 명이 가서 하기로 했는데 3명인가 정도만 가서 뭐 하기로 했었는데 일이 생겨서 그 직원 한 명만 나중에 계산하라 그러고 나머지는 빠져나갔다고 그때 아마 회의록을 찾아보면 나와요. 그런데 완전히 그 내용 자체는 빼놓고 양 단체

을 지출(충북 충주시 소재)한 내역이 조사특위에서 지적되었다.

G모텔에서 모협회는 33객실을 1개당 90,000원에 써 총 14,850,000원을 결제했다고 돼 있다. 그런데 G모텔의 인터넷 예약가는 가장 비싼 시기(주말 토요일)를 기준으로 평균 47,500원(최저객실 35,000원~ 최고객실 65,000원)인데, 모협회는 90,000원으로 결제했다고 했으며, 이는 평균가 대비 5일간 약 623만 원을 과다 지출한 것이 된다. 따라서 숙박비로 지불을 하고 차액의 일부를 현금으로 돌려받았을 가능성이 높은 합리적 의심을 가능하게 한다.

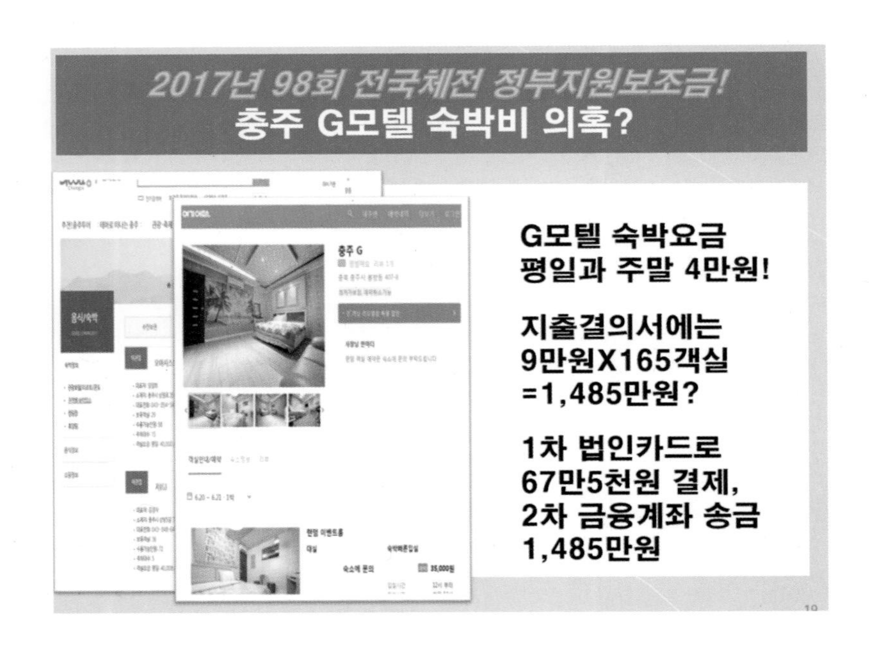

모협회는 전국체육대회 강화훈련(10월 16일 ~ 19일) 기간에도 동일 모텔을 이용(75객실)하였으며(법인카드 결제) 동일하게 객실당 90,000원을 지불하여 약 280만 원이 과다 지출된 것으로 추정된다.

2020년 8월 시체육회 합동조사결과, 모텔사장이 자필확인서를 제출하였으나 불공정한 거래 주체(모텔사장과 모협회)간 주장은 신뢰할 수 없고 별도의 계좌 확인, CCTV 확인 등 수사기법이 필요한 상황이다.

100주년 전국체전 정부지원보조금!

더리센츠호텔 숙박비 의혹?

리센츠호텔 숙박요금
45,500원

체크카드로
1,820만원 나눠서 결제?

1차 천만원,
2차 820만4천원

또 다른 숙박업체 결제 의혹은 전국체전 관련 숙박업체 결제 의혹을 들 수 있다.

모협회는 전국체전 관련 숙박업체 3곳의 정산/결산자료를 미비(전자세금계산서 미첨부)했고, 전국체전 실시 직전 체전 개최지인 무주가 아닌 서울에서 숙박한 것으로 기록돼 있다. 숙박자료에 의하면 전지훈련 후 귀가 및 휴식 조치 없이 바로 무주로 이동(발리관광호텔 퇴실일과 무주 일성콘도 입실일 동일)한 것으로 되어 있으며, 전지훈련 실제 참가인원 20명보다 사용한 금액(숙박비, 식비 등)이 과다하게 책정된 의혹을 받았다.

또한 전국체전 기간 동안 임원 지원비용이 과다하게 지출된 의혹도 지적되었다.

모협회는 전국체전 기간 동안 선수단 공식임원을 제외한 모협회 임의 임원단에 교통비, 활동비, 귀향비 등 비상식적인 금전을 지원하였다. 당시 고문, 임원, 상근이사 등의 활동비, 교통비, 귀향비가 중복 지급(합계 1인당 95만 원 지급)되기도 하였다. 이들에겐 활동비, 교통비, 귀향비 등을 지급하였음에도 법인카드로 약 500만 원의 식대도 지출(유류비, 숙박비 별도)한 것으로 밝혀졌다. 또한 모협회 사무국 직원인 이○○, 고○○, 김○○, 서○○, 김○○, 권○○, 김○○ 등은 서명부 및 활동근거 자료도 없었다. 이들은 편의점, 야식(치킨)까지 법인카드로 지출 후 별도의 업무추진비용을 중복 지급받았고, ○○면옥, ○○기사식당 등 과도한 식대지출도 발생시킨 것으로 나타났다.

과다한 임원 지원 비용의 문제

다음으로 문제로 지적된 것이 과다한 임원 지원 비용이었다. 조사특위에서는 모협회 임원 및 지인들의 금전 지원의 의혹을 제기하였다.

업무추진비(활동비)를 10만 원~80만 원까지 지급하고, 이와 별도로 교통비를 각 10만 원~40만 원까지 중복지급하고 있음에도 두 항목 모두 영수증 미첨부 규정을 두고 있다. 또한 교통비와 별도로 관용차의 주유비를 실비로 정산하게 되어 있어, 교통비의 중복지급임을 알 수 있다.

모협회 처무규정 별표 7호를 보면, "전국체전 관련 직원의 출장시 직원의 업무추진비(활동비)를 지급할 수 있으며, 급여성이므로 영수증을 첨부하지 않는다."라고 명시돼 있다. 또한 별표 7호에서는 "임원의 특별출장비는 영수증을 첨부하지 않는다." 등 근거 없는 영수증 미첨부 조항을 남발하고 있다.(서울시의회 조사특위 지적 사항임에도 불구하고 여전히 불이행하고 있는 바, 모협회는 반성 및 개선의 여지가 없는 단체임)

별표 7호 업무추진비(활동비)

<table>
<tr><th>구 분</th><th>지 급 액</th><th>비 고</th></tr>
<tr><td>사무국장</td><td>800,000원</td><td rowspan="7">- 직원의 업무추진비(활동비)는 급여성이므로 영수증을 첨부하지 않는다.
- 전국(소년)체전 관련 직원 출장 시 직원의 업무추진비(활동비)를 지급할 수 있으며 급여성이므로 영수증을 첨부하지 않는다.</td></tr>
<tr><td>사무차장</td><td>600,000원</td></tr>
<tr><td>부 장</td><td>400,000원</td></tr>
<tr><td>팀 장</td><td>350,000원</td></tr>
<tr><td>과 장</td><td>300,000원</td></tr>
<tr><td>대 리</td><td>200,000원</td></tr>
<tr><td>주임 및 직원</td><td>100,000원</td></tr>
</table>

모태권도협회 처무규정 제27조(급여기준)에는 "회장을 비롯한 비상근 임원에게는 보수 또는 급여성 경비를 지급하지 아니한다. 다만, 업무수행에 필요한 업무수행경비를 실비로 지급할 수 있다."고 명시해 놓고는 별도조항을 두어 "기본급과 제 수당 및 활동비는 이사회에서 별도로 정할 수 있으며 이는 별표기준보다 우선한다."(제27조 제2항 4호)고 명시하여 사실상 처무규정의 효력이 전혀 없는 이상한 임원들의 특별 처무규정을 명시해 두었다.

모협회가 교묘히 법망과 행정지도를 피할 수 있는 이유는 협회 규약 및 제 규정의 경우 제정, 개정, 삭제된 날짜가 전혀 표시가 되어 있지 않고, 특별감사 및 수사기관의 조사가 있을 경우에 자신들에게 유리하게 언제든지 작출 가능하다는 합리적 의심과 더불어 규약의 경우 주무관청인 서울시체육회 승인을 받지만 제 규정 개정의 경우 승인이 아닌 이사회 의결만으로도 가능하기 때문에 행정사각 지대가 생겨서 얼마든지 국민의 눈높이에 맞지 않는 비상식적인 규정들은 개정할 수 있기 때문에 협회의 불공정한 운영과 행위가 가능했다.

이러한 행정사각 지대를 개선하기 위해서는 주무관청인 서울시체육회에서 별도로 회원종목단체별로 규약 및 제 규정의 문제점을 365일 모니터링 할 수 있는 전담 부서를 신설하여 불공정한 협회 운영이 되지 않도록 사전에 예방할 필요가 있고, 이에 필요한 예산과 인력도 보충해야 할 것으로 사료된다.

여기서 전국체전 특별출장비는 업무수행경비로서 실비로 지급해야 하는데 정액으로 지급하고 영수증은 미처리해 자체 규정조차 위반하고 있었다.

승품·단 심사비 부당징수 논란

조사특위가 모협회 비리의 모든 시발점으로 본 것이 승품·단 심사비 부당징수 논란이다.

현재 승품·단 심사를 보기 위해 개인이 부담해야 할 비용은 1품 기준 15만 원 내외이다. 국기원의 발급수수료, 대한태권도협회의 권리위임수수료, 각 시·도 태권도 협회별 시행수수료와 함께 태권도장의 특별수강료, 심사당일 식사와 차량지원 등의 명목으로 잡혀 있는 비용이다.

그런데 2019년 3월 16/18일의 KBS의 보도에 의하면 모태권도협회가 국기원의 승인 없이 심사이행수수료를 3만5천 원에서

4만2백 원으로 임의로 인상해 8만여 명의 응심생에게서 약 4억 원을 부당징수했음이 드러났다.(승품·단 심사 이행수수료 부과는 규정상 국기원의 승인이 있어야 함)

이에 대해 일명 맘카페 댓글을 살펴보면 2품 기준 13만 원~21만5천 원까지 편차가 크며, 국기원과 대한태권도협회, 모태권도협회의 심사료를 제외한 납부액(관장분)의 산정기준이나 권고가 없어 관장의 폭리가 가능한 구조로 되어 있음을 지적하고 있다.

대한태권도협회「심사관리규정」제4조(심사 수수료) 항목에는 ①심사에 응시하는 수련자에게 소정의 심사 수수료를 부과한다. ②심사 수수료는 발급수수료와 위임수수료, 시행수수료를 포함한다,고 되어 있다. ③제2항에 따른 심사 수수료는 제2호 내지 제3호는 물가수준 및 원가조사를 통해 산정하며 국기원에 승인을 받아야 한다,고 명시되어 있다.

문제는 모태권도협회 회비 부과 관련 규정 및 현황에서 이미 부정한 방식의 납부 기준을 명시하고 있다는 점이다.

모태권도협회는 회원의 회비(10,800원)를 심사료 기준으로 부과하며, 심사 수수료(40,200원)와 함께 심사 시 부과 및 징수한다고 되어 있다.

이 규정을 기준으로 산정하면 연간 약 25,000명의 승품·단 심사가 이루진다고 추정했을 때, 현행 규정 하에서의 회비 징수액은 약 2억7천만 원(25,000명 × 10,800원)에 이른다.

모태권도협회「규약」제8조 제2항에는 ②회원은 다음 각호의 의무를 가진다.

1. 본 회의 규약, 제반 규정 및 총회 의결사항의 준수 3호엔 "회원은 회비의 납부의 의무를 가진다. 단, 본회 도장단체등록을 하지 않은 비회원의 경우 심사추천료 및 별도의 시도협회 심사집행료를 추가하여 납부한다."고 돼 있고 4호엔 "상기 제3호의 본회 회원의 회비(정기적 납부, 고정금액)는 심사 1인을 기준으로 일정액을 납부한다."고 돼 있다.

이러한 모협회의 회비 부과·징수 방식이 도장 관장들의 회비를 응심생에게 전가하는 논란의 근거가 돼 있다.

모태권도협회 회비는 회비 당사자인 도장의 대표(관장)가 납부하는 것이 원칙이나, 심사 시 심사대상 1인당 회비를 부과하고 심사 수수료와 함께 징수함으로써 회비를 응심생에게 전가하고 있는 것이다.

보통 회비란 '모임·단체의 개설이나 유지를 위해 회원이 내는 돈'으로 특별한 경우 자발적, 정기적으로 기부, 특별회비 등이 발생할 수 있으나 일반적으로는 동일자격 회원 1인당 회비는 정기적으로 동일한 금액으로 납부하도록 돼 있다. 그러나 모협회의 경우 소속도장 응심생 1인당 회비를 부과함으로써 관장이 아닌 응심생(수련생)이 회비를 대납하는 형태(부당징수)를 취하고 있는 것이다.

이러한 불공정한 태권도 승품·승단 심사제도의 개선을 요구하는 서신민원(2015.4)에 대한 국민권익위 의결 내용(의결 제2015-432호)은 다음과 같았다.

"○○협회는 응시자 1인당 회비를 심사 수수료에 포함 편법징수

('15.5 권익위 실태조사)하고 있으며 적정 심사 수수료 책정 및 공개할 것과 심사 수수료 징수·집행 등에 대한 관리감독 강화를 권고한다."

관장의 경우 승품·단 수수료 중 국기원의 발급수수료, 대한태권도협회의 권리위임 수수료, 각 시·도 태권도 협회별 시행수수료를 제외한 나머지(약 50~70%)를 가져가고 있는데, 회비까지 응심생에게 전가하는 것은 "시장의 지배적 지위를 남용하는 행위"이며 이에 대한 환수·환원조치가 필요하다.

관련 사태가 불거지기 전인 2010년 주요 언론들의 보도에 의하면, 모태권도협회가 심사 수수료에 '경조사비'를 포함시켰다가 공정위로부터 과징금 5,700만 원을 부과받았음이 드러났다. 이후 심사 수수료에서 '경조사비'가 제외되고 '회비'가 추가된 것이다. 명목은 '회비'이나 '경조사비'를 대체하고 있다는 합리적인 의심이 가능한 대목이 아닐 수 없다.

모태권도협회는 심사비 부당징수의 건으로 2003년 8월 공정위의 시정명령을 받은 이후, 현재까지 16년간 시장지배적 남용행위 고수. 초법적 기관으로 군림하고 있다. 심사비 부당징수는 국기원 심사규정(국기원 심사규정 제8조 5항 심사 수수료 이외의 기타 비용을 심사 수수료 명목으로 부과하여서는 아니된다. 〈개정 2016.4.12.〉) 위반이다.

통상적으로 복지비로 쓰이는 회비(정기적 납부, 고정적 금액)는 같은 금액을 내고 같은 혜택을 받게 해야 한다. 그러나 승품·단 심사권이라는 막대한 권력을 지닌 모협회는 일선 관장들에게 심사를

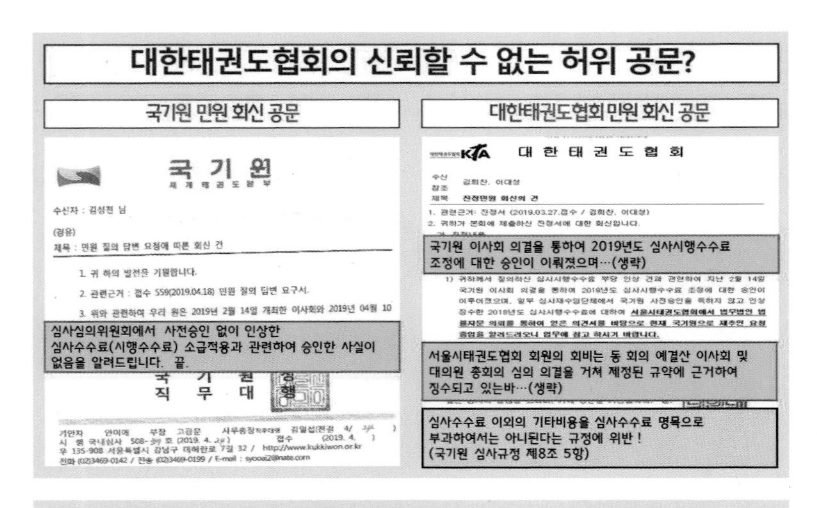

대한태권도협회의 신뢰할 수 없는 허위 공문?

국기원 민원 회신 공문

국 기 원
세 계 태 권 도 본 부

수신자 : 김성천 님

(경유)

제목 : 민원 질의 답변 요청에 따른 회신 건

1. 귀 하의 발전을 기원합니다.
2. 관련근거 : 접수 559(2019.04.18) 민원 질의 답변 요구서.
3. 위와 관련하여 우리 원은 2019년 2월 14일 개최한 이사회와 2019년 04월 10

심사심의위원회에서 사전승인 없이 인상한 심사수수료(시행수수료) 소급적용과 관련하여 승인한 사실이 없음을 알려드립니다. 끝.

국 기 원
직 무 대 행

기안자 안미애 부장 고강문 사무총장직무대행 김일섭(전결 4/ 24)
시 행 국내심사 508-397 호 (2019. 4. 24) 접수 (2019. 4.)
우 135-908 서울특별시 강남구 테헤란로 7길 32 / http://www.kukkiwon.or.kr
전화 (02)3469-0142 / 전송 (02)3469-0199 / E-mail : syooai2@nate.com

대한태권도협회 민원 회신 공문

KTA 대 한 태 권 도 협 회

수신 김회찬, 이대성
참조
제목 진정민원 회신의 건

1. 관련근거: 진정서 (2019.03.27.접수 / 김회찬, 이대성)
2. 귀하가 본회에 제출하신 진정서에 대한 회신입니다.

국기원 이사회 의결을 통하여 2019년도 심사시행수수료 조정에 대한 승인이 이뤄졌으며…(생략)

1) 귀하께서 질의하신 심사시행수수료 부당 인상 건과 관련하여 지난 2월 14일 국기원 이사회 의결을 통하여 2019년도 심사시행수수료 조정에 대한 승인이 이루어졌으며, 일부 심사재수임단체에서 국기원 사전승인을 득하지 않고 인상 징수한 2018년도 심사시행수수료에 대하여 서울시태권도협회에서 법무법인 법률자문 의뢰를 통하여 얻은 의견서를 바탕으로 현재 국기원으로 재추인 요청 중임을 알려드리오니 업무에 참고 하시기 바랍니다.

서울시태권도협회 회원의 회비는 동 회의 예결산 이사회 및 대의원 총회의 심의 의결을 거쳐 제정된 규약에 근거하여 징수되고 있는바…(생략)

심사수수료 이외의 기타비용을 심사수수료 명목으로 부과하여서는 아니된다는 규정에 위반 ! (국기원 심사규정 제8조 5항)

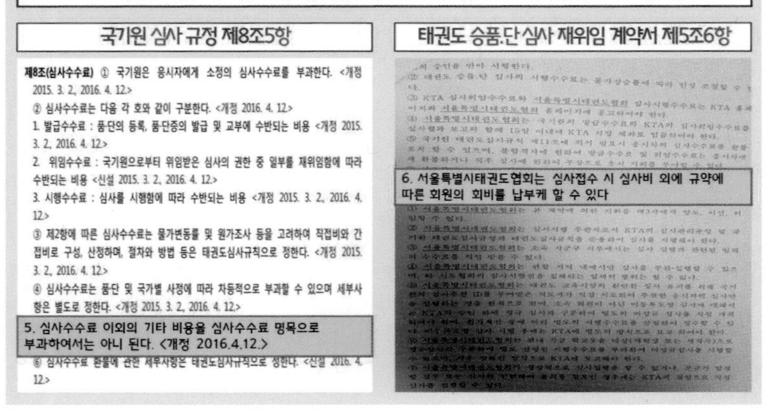

국기원 심사 규정에 반하는 서태협 재위임계약서?

국기원 심사 규정 제8조5항

제8조(심사수수료) ① 국기원은 응시자에게 소정의 심사수수료를 부과한다. <개정 2015. 3. 2., 2016. 4. 12.>

② 심사수수료는 다음 각 호와 같이 구분한다. <개정 2016. 4. 12.>

1. 발급수수료 : 품단의 등록, 품단증의 발급 및 교부에 수반되는 비용 <개정 2015. 3. 2., 2016. 4. 12.>
2. 위임수수료 : 국기원으로부터 위임받은 심사의 권한 중 일부를 재위임함에 따라 수반되는 비용 <신설 2015. 3. 2., 2016. 4. 12.>
3. 시행수수료 : 심사를 시행함에 따라 수반되는 비용 <개정 2015. 3. 2., 2016. 4. 12.>

③ 제2항에 따른 심사수수료는 물가변동률 및 원가조사 등을 고려하여 직접비와 간접비로 구성, 산정하며, 절차와 방법 등은 태권도심사규칙으로 정한다. <개정 2015. 3. 2., 2016. 4. 12.>

④ 심사수수료는 품단 및 국가별 사정에 따라 차등적으로 부과할 수 있으며 세부사항은 별도로 정한다. <개정 2015. 3. 2., 2016. 4. 12.>

5. 심사수수료 이외의 기타 비용을 심사수수료 명목으로 부과하여서는 아니 된다. <개정 2016.4.12.>

⑥ 심사수수료 환불에 관한 세부사항은 태권도심사규칙으로 정한다. <신설 2016. 4. 12.>

태권도 승품.단 심사 재위임 계약서 제5조6항

6. 서울특별시태권도협회는 심사접수 시 심사비 외에 규약에 따른 회원의 회비를 납부케 할 수 있다

받는 응심자 수만큼 회비를 내도록 하고 있다. 그러다보니 관장들의 복지비 성격의 회비가 응심자 주머니에서 나오게 되는 비정상적인 구조가 만들어진 것이다.

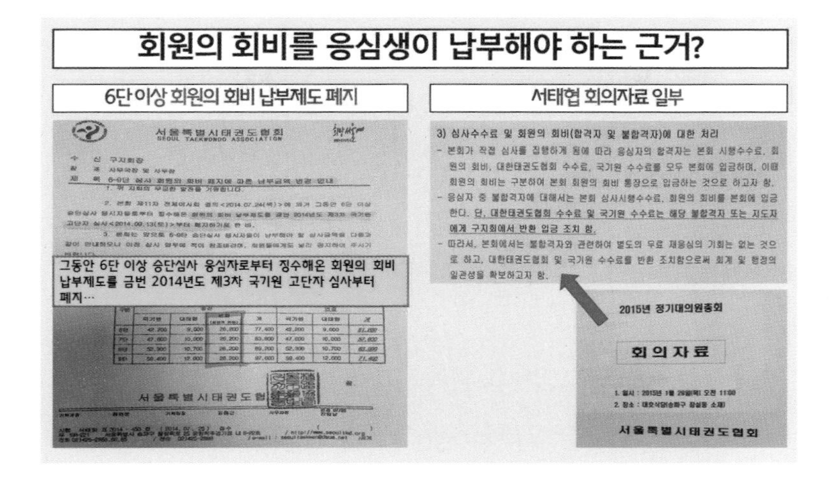

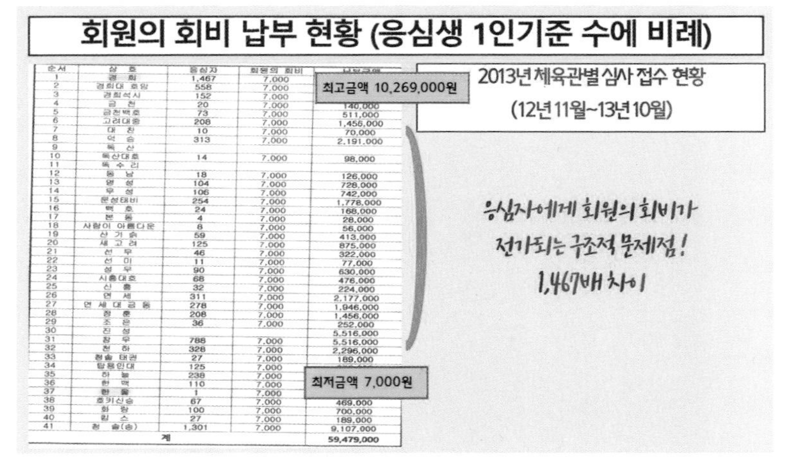

순서	상호	응심자	회원의 회비	납부금액
1	경희	1,467	7,000	
2	경희대 호암	558	7,000	
3	경희석시	152	7,000	
4	금천	20	7,000	140,000
5	금천백호	73	7,000	511,000
6	고려대중	208	7,000	1,456,000
7	대천	10	7,000	70,000
8	덕승	313	7,000	2,191,000
9	독산			
10	독산대호	14	7,000	98,000
11	독수리			
12	동남	18	7,000	126,000
13	명성	104	7,000	728,000
14	무성	106	7,000	742,000
15	문성태비	254	7,000	1,778,000
16	백호	24	7,000	168,000
17	본동	4	7,000	28,000
18	사랑이 아름다운	8	7,000	56,000
19	산거송	59	7,000	413,000
20	새고려	125	7,000	875,000
21	선무	46	7,000	322,000
22	선미	11	7,000	77,000
23	성무	90	7,000	630,000
24	시흥대호	68	7,000	476,000
25	신흥	32	7,000	224,000
26	연세	311	7,000	2,177,000
27	연세대금동	278	7,000	1,946,000
28	정훈	208	7,000	1,456,000
29	조은	36	7,000	252,000
30	진성			5,516,000
31	창무	788	7,000	5,516,000
32	천하	328	7,000	2,296,000
33	청솔 태권	27	7,000	189,000
34	탐용인대	125	7,000	
35	하늘	238	7,000	
36	한맥	110	7,000	
37	한울	1	7,000	
38	호키신술	67	7,000	469,000
39	화랑	100	7,000	700,000
40	윈스	27	7,000	189,000
41	청솔(송)	1,301	7,000	9,107,000
계				59,479,000

이렇게 모인 심사비와 복지비는 어떻게 쓰이는가? 협회는 이렇게 모인 기금을 비상근 임원들에게 급여성 경비로 지급하고 있다. 매월 꼬박꼬박 수백만 원을 정기적으로 지급하고 있지만 회의수당 등 일비라고 답변한다. 1년 반 동안 비상근 임원 한 사람에게 지

급된 경비가 약 9,000만 원이 넘는 것은 물론 별도의 고문단 회의비를 원천징수조차 하지 않고 지출하고 있다. 여기에 더해 이를 증명할 수 있는 영수증, 각종 카드 전표는 전혀 없다는 것이다. 이 예산이 모두 태권도를 배우고 승품·단 심사를 받는 응심자에게서 나오고 있는 기가 막힌 현실이 지금 모협회에서 벌어지고 있음에도 불구하고 주무관청은 전혀 모협회를 관리, 감독하지 않았다.

영구제명, 자격정지 임원의 위촉 문제

또 하나의 모협회의 중대한 부정행위로 지적된 사항이 영구제명, 자격정지 임원의 위촉이다.

2013년도 모태권도협회 승부조작에 연루된 전 모태권도협회 기술심의위원장 김○○은 대한체육회로부터 자격정지 3년 처분(2016.09.26)을 받고, 업무방해 혐의로 형사 기소되어 재판 중임에도 불구하고 모태권도협회는 태권도 승품·단 심사 업무 조정관으로 위촉했다.

2013년도 모태권도협회 승부조작에 연루된 전 모태권도협회 기술심의위원회 심판위원장 노○○은 대한체육회로부터 영구제명 처분(2016.09.26)을 받고 업무방해 혐의로 형사 기소되어 재판 중임에도 불구하고 모태권도협회는 다시 협회 임원으로 위촉했다.

또한 상임회장(최○○)의 급여성 경비 지급도 도마 위에 올랐다. 이 사안은 명백한 실비정산 위반이다.

모협회의 규약 제29조 제6항에 의하면, 비상근 임원에게는 급여성 경비를 지급할 수 없으며, 업무수행에 필요한 최소한의 경비는 구체적인 사업목적을 명시하여 실비로 지급할 수 있음에도, 실비 정산 없이 정기적, 고정적, 일률적으로 경비를 급여처럼 매월 선 지급하는 방식은 규약에 위반된다.

거기에서 끝난 것이 아니다. 이런 행위들로 유죄판결을 받으면 다시 발을 붙이지 못해야 하는데 모태권도협회에서는 그렇지 않았다. 모태권도협회는 비리를 저지른 사람들에게 유독 관대했다. 모태권도협회가 저지른 부정과 비리로 인해 2016년에 관리단체로 지정된 적이 있는데 부정과 비리에 관계된 임원들이 짬짬이 사퇴해서 관리단체 지정에 직접적인 사유를 부정과 비리가 아닌 임원 결원으로 만들어버렸다. 모태권도협회가 이토록 방만하게 운영되고 온갖 부정과 비리에도 불구하고 무탈한 이유로 체육계의 많은 사람들은 서울시체육회의 비호를 의심하고 있다.

협회에 부정이 만연한 이유는 국기원으로부터 위임받은 승품·단 심사권이라는 막대한 권력을 가지고 있기 때문이다. 모태권도협회의 주 수입원인 심사비는 태권도관장들의 복지회비 성격의 돈을 심사비에 포함시켜 내도록 하고 있는 것이다. 이는 공정거래위원회가 금지하고 여러 차례 시정명령을 내린 일인데도 모태권도협회는 아랑곳하지 않는다.

통상적으로 복지비로 쓰이는 회비는 정기적 납부, 고정적인 같은 금액을 내고 같은 혜택을 받게 해야 한다. 그러나 승품·단 심사권이라는 막대한 권력을 지닌 협회는 일선 관장들에게 심사를 받는 응심자 수만큼 회비를 내도록 하고 있다. 그러다보니 관장들의 복지비 성격의 회비가 응심자 주머니에서 나오게 되는 비정상적인 구조가 만들어지고 있다.

2차 모태권도협회 비위조사

○위원장 김태호: 정족이 어떻게, 한번 말씀해 보세요. 정족수 몇 명이지요?

○서울시체육회 사무처장 임홍준: 38명 중 19명으로 알고 있습니다.

○위원장 김태호: 34명이지요, 38명이 아니고.

○서울시체육회 사무처장 임홍준: 34명, 네.

○위원장 김태호: 그리고요?

○서울시체육회 사무처장 임홍준: 34명 중 19명 참석하셨고요. 회의 중에 세 분이 중도에 퇴장하게 되었습니다.

○위원장 김태호: 퇴장하셨어요. 그러면 16명으로 의결했어요. 그렇지요?

○서울시체육회 사무처장 임홍준: 네.

- 10대 제295회 제15차 체육단체 비위 근절 조사특위. 2020.06.26.

서울특별시의회 체육단체 비위 근절을 위한 조사특별위원회는 모태권도협회의 부정과 비리에 대한 적극적인 시정조치를 요구하였음에도 불구하고 관리감독 책임이 있는 서울시와 서울시체육회가 수수방관하고 있어 모태권도협회의 조속한 관리단체 지정을 촉구하는 안건을 내놓는다.

모태권도협회의 관리단체 지정 촉구 제안 이유

모협회의 관리단체 지정 촉구 제안 이유는 다음과 같다.

먼저 조사특위가 총 5회에 거쳐 모태권도협회 관계자들에게 자료 제출과 증인 출석을 요구하였으나 특별한 사유 없이 불출석하고 자료 제출을 성실히 하고 있지 않으며 참석한 증인 역시 회의장에서 난동을 부리는 등 비상식적인 피감 태도를 보이고 있어 조사특별위원회의 업무를 방해하고 있다는 점.

다음으로 모태권도협회를 관리, 감독을 해야 할 서울시와 서울시체육회가 드러난 비리에 대해 「대한체육회 스포츠공정위원회 규정」 제24조(우선 징계처분)에 따라 "형사사건이 유죄로 인정되지 않았거나 수사기관이 이를 수사 중에 있다 하여도 징계처분이 가능함"에도 불구하고 사법적인 판결에 따라 처분할 예정이라는 원론적인 답변만을 되풀이 하고 있는 점.

셋째, 서울시체육회는 승부조작에 대한 벌금형 처분이 있었음에도 불구하고 징계나 제재를 하고 있지 않으며 논란이나 책임을 회피하기 위해 법적인 판결이 내려진 뒤에나 징계조치를 한다는 입장을 고수하고 있어 서울시체육회 내부 감사 기능이나 이사회 기능이 제대로 작동하지 않고 있음은 물론 서울시체육회의 존재의 이유와 가치도 무의미한 것으로 판단되는 점.

넷째, 모협회는 대한체육회, 서울시체육회, 모태권도협회의 정관 및 규약, 제 규정의 위반 등 체육회의 중대한 지시사항 불이행, 현 모협회 사무국 직원과 일부 평가위원이 공모하여 승부조작(부정심사, 심사권 회수 및 취소, 정지) 등 기타 사유로 원만한 사업 수행이 불가능하며 1인 조직 사유화로 인하여 정상적인 조직운영이 어렵다고 판단되어, 조사특위 일동은 모태권도협회의 관리단체 지정이 불가피하다고 판단한다는 점, 등이다.

모협회 관리단체 지정 안건 관련 이사회를 부결시킨 서울시체육회의 무리한 의결 과정

이처럼 조사특위가 모협회의 관리단체 지정을 촉구하는 안건을 내놓기 무섭게 서울시체육회(이하 시체육회)가 '모태권도협회 관리단체 지정' 안건을 부결시키는 과정에서 의결정족수가 충족되지 못했음에도 무리하게 의결을 밀어붙이면서, 모태권도협회에 면죄부를 주기 위해 이사회를 거수기로 이용했다는 논란에 휩싸였다.

이사회 상정에 앞서 '모태권도협회 관리단체 지정' 안건 상정 때, 이사회에 참고자료를 제공하기 위해 모태권도협회 관리단체 지정 가능 여부에 대해 법률자문을 의뢰하였으며, 총 7건의 자문 결과를 받았다. 그러나 조사특위 회의에서 제공한 자료(조사특위 중간보고서, 관리단체 지정가능 입증보고서)로 자문을 의뢰하지 않고 일부 자료를 누락하여 제공하였다. 그 이유는 모협회 측의 관리단체 지정이 불가능하도록 유도한 고도의 전략이었다.

조사특위는 5월 8일 공문발송 시, 용량관계상 별도로 서울시체육회 직원에게 메일로 자료를 발송하여 법률자문에 활용해달라는 특위위원장의 의견을 전달한 바 있다.

서울시체육회는 안건에 대한 자체 입장 표명 없이, 법률자문 결과만을 이사회에 제공할 계획을 갖고 있음에도 변호인에게 조사특위의 조사결과 및 자료를 선별적으로 제공하여 사실관계와 다른 법률자문 결과를 받게 되었다.

'20년 5월 22일 임명받은 이사들은 사안에 대한 충분한 검토가 절대적으로 부족한 상황에서 안건 의결 시, 시체육회 제공자료에 의존할 수밖에 없음에도 불구하고 고의로 일부 자료를 누락함으로써 법률자문 결과를 편향되게 받은 것으로 보인다.

이와 관련하여 신임 회장과 처장의 모협회 관리단체 지정에 대한 의지, 모협회 문제점에 대한 이해 정도, 법률자문의뢰 과정의 문제점 등에 대한 검토가 필요하다.

모협회 관리단체 지정사유 입증보고서(p.223)와 조사특위 중간보고서 두 건 모두 전달되었는지 확인이 필요하며, 모협회 관리단체 지정 사유 입증보고서를 간략 자료(80페이지 내외)로 법률검토에 활용하여 일부 입증자료가 누락된 채 법률 자문결과를 받게 되었다.

이에 대해 필자는 서울시체육회 회장에게 이 사안의 미필적 고의 여부에 대해 의문을 제기하였다. 필자는 특위위원장과 회장 간 간담회 자리에서 "회장님이 정확한 검토를 위해 법률자문을 받겠다고 하셨고 저희가 자료를 제공했습니다. 그런데 그 자료가 정확히 전달되지 않았습니다." 하고 문제 제기를 하였다.

법률자문 결과는 결과일 뿐, 이 결과에 종속될 필요는 없다. 변호인마다 의견이 다른 상황인데 관리단체 지정불가 의견을 내는 변호인의 주장을 배척하는 입증자료가 충분히 있음에도 불구하고 전달이 되지 않았다.

조사특위에 의하면, 시체육회는 지난 1년간 조사특위에서 밝혀진 약 34개 의혹 및 시정요구에 대해 이렇다 할 조치를 취하지 않고 있다. 그러다가 조사특위가 요청한 '모태권도협회 관리단체 지정' 안건을 두고 제20차 이사회('19.12.31.)를 개최했으나, 의결정족수 요건이 충족되지 않았음에도 무리하게 의결을 강행하는 봉숭아학당식으로 시체육회가 정관상 절차도 무시한 채 졸속으로 안건 상정을 한 것으로 드러났다.

서울시체육회 정관 제20조(의사 및 의결정족수)에 따르면 '재적이사 과반수의 출석으로 개회하고 출석이사 과반수 찬성으로 의결'하도록 하고 있다. 제20차 이사회 당시 감사를 제외한 34명의 이사 중 19명이 참석하여 개회요건은 충족하였으나, 해당 안건의 의결 이전에 3명의 이사가 회의장을 벗어나 의결정족수 18명을 채우지 못한 채 16명만이 의결했다. 또한 회의 당시 속기록을 통해 의결 당시 의장은 표결에 붙이는 것이 원론적으로 부적절함을 알고도 이를 묵인하였고 서울시체육회 관계자인 스포츠공정감사실장의 행위는 정관을 본인들 해석에 따라 무리하게 강행한 것으로 확인되었다. 따라서 안건 심의 당시 재적인원을 기준으로 의결해야 하는 바 명백히 정족수 부족으로 인해 의결은 무효가 된다는 것이 조사특위의 판단이다.

또한 조사특위에 따르면, 서울시체육회 정관에 따라 이사회를 소집할 경우 회의 5일 전까지 안건·일시 및 장소를 명시하여 서면으로 이사에게 통지하도록 하고 있으나 31일 오전 10시 회의 개최 5일 전인 26일까지 관련 내용을 통지하지 않은 것이 확인되었다.

조사특위의 지적에 시체육회 정○○ 사무처장은 단순실수와 판단착오라는 답변으로 일관했는데, 특히 의결정족수 부족 문제에 대해 '관련부서의 판단에 의하면 문제없다'고 답변하면서 무책임한 모습을 보이기도 했다.

또한 이사회 진행 과정에서 회의의 공정성과 중립성이 훼손되었다는 지적도 제기되었다. 조사특위가 입수한 이사회 회의록을 검토한 결과 시체육회는 이사회 개최 전 또는 이사회 개최 당시에 조사특위의 조사활동과 지적사항에 대해 구체적인 자료를 제공하지 않았다. 사무처장을 비롯한 시체육회 일부 관계자들의 편파적인 발언도 문제가 되었다.

조사특위의 수감기관인 시체육회는 적극적으로 조사특위의 내부 조사결과와 분위기를 전달해야 함에도 불구하고 '감정적인 처사', '일부 위원만의 관심사항', '미미한 사유'라며 이사회의 정당한 의결을 의도적으로 방해한 정황이 포착되었다. 실제 일부 이사들이 안건에 대한 조사특위의 판단에 대해 근거자료를 충분히 검토하고 의결할 것을 제안하였고 여러 이사들이 동의하였으나 시체육회와 특정 이사들이 절차적 정당성도 무시하고 '떡 본 김에 제사 지낸다'는 행태로 의결을 강행했다.

특히 조사특위의 자료는 제공하지 않은 채 당사자인 모태권도 협회를 이사회에 참석시켜 장시간 소명의 기회를 주거나, 스포츠 공정감사실장을 통해 "중대한 지시사항 불이행은 없다.", "시의회에서 12월 31일까지 요청했다."고 허위사실을 언급하는 등 이사회의 공정성과 중립성을 훼손하려는 의도가 이사회 내내 있었던 것으로 조사특위는 보고 있다.

모협회 관리단체 촉구 안건 상정 이사회의 절차상 하자에 대한 변호사 의견

서울시체육회의 이사회의 '모협회 관리단체 지정 촉구 안건' 상정 이사회의 무리한 절차상 하자와 정족수 미달 사태에 대해 조사특위는 심각한 문제 제기와 함께 해당 사항에 대한 조치계획을 발표하였다.

제20차 이사회에 관해 조사특위는 의결정족수 미달로 이사회가 성립되지 않음을 지적하였다. 당시 시 이사회의 모협회 관리단체 지정안 의결 당시, 34명의 재적이사 중 16명이 참여하여 의결정족수 18명을 채우지 못하였으므로 무효라는 의견이다. 이는 서울시 자문변호사를 통한 법률자문 결과로도 확인되는 바 시 자문변호사 3명중 2명 무효, 1명 유효 의견을 내었다.

무효의견 2명의 의견은 "의사정족수는 회의 개시 요건일 뿐만 아니라 회의 계속 요건이므로 의결시까지 유지되어야 함. 따라서, 본건의 경우 참석이사 19명 중 3명이 이탈하여 의사정족수(18명)에 미달한 상태에서 표결을 진행하였으므로 무효로 판단된다."고

보았다.

유효의견을 낸 변호사의 의견은 "의결정족수 관련하여 시체육회 정관의 규정(출석이사 과반수 찬성)은 시의회 회의규칙의 규정(재적위원 과반수 출석과 출석위원 과반수 찬성)과 그 내용이 상이함. 따라서, 본 건의 경우 출석이사 19명 중 3명이 의결 시 퇴장하였다고 하더라도 이사회에 출석한 것은 다툼의 여지가 없으므로 의결정족수를 충족하였고 이사회 결의도 유효한 것으로 판단된다."고 보았다.

시체육회 정관에서는 의결 시 재적 과반수 출석 요건을 명시하고 있지 않아 규정을 해석·적용함에 있어 절차상 하자 논란이 발생할 수 있었다.

이에 조사특위에서는 동일 사례가 재발되지 않도록, 시체육회 정관 규정상 의결정족수 조문을 명확히 하는 등 제도정비를 추진할 필요가 있다는 의견을 추가로 제기하였다.

조사특위의 활동을 방해하는 모협회 관련 신문사·노조의 편파 여론전

체육단체 비위 근절 조사특위가 모태권도협회의 심각한 비리와 부정·부패 사안을 예리하게 비판하면서 점점 모협회의 실체를 밝혀내 나가자 모협회는 모협회 전 회장이 발행인, 현 상임회장이 회장으로 근무하는 인터넷 신문사와 전국 금융사무서비스 노조까지 동원해 조사특위에 대한 반대 여론전과 압박에 박차를 가하게 된다.

모협회는 전국 금융사무서비스 노조, 인터넷모태권도전문지, 모 인터넷 신문사 등을 동원하여 '표적감사', '노동자에 대한 부당한 탄압' 등의 용어를 써가며 조사특위의 활동을 왜곡·폄훼하는 일을 서슴치 않았다. 여기에 조사특위의 자료요구에 대해 조사 당일 트럭 두 대 분량의 인쇄물 폭탄으로 대응하면서 조사특위 활동을 무력화하려는 의도가 아니냐는 논란을 자초하기도 했다.

인터넷○○태권도신문사는 7월 9일(수) "서울시체육회 비위근절을 위한 특별위원회 김태호 위원장 사임?"이라는 제하의 기사에 '위원장이 갑작스레 사퇴한 것과 관련해 일각에서는 특위의 조사와 질의가 한계에 부딪혀 체육단체 비위의혹에 대한 진상규명이 한계에 달한 것이 아닌가 판단하고 있다.'라는 허위보도를 자사 홈페이지에 게재했다가 삭제했다.

이에 앞서 신생 인터넷신문사인 '모 신문'은 "모태권도협회 (전) 집행부와 사무국은 검·경, 법원, 문체부, 대한체육회, 서울시체육회에서 수없이 검증받은 단체인데, 특별위원회에서는 감정적으로 표적감사를 하여 수많은 민원이 본사에 접수되어 취재를 요청합니다."라는 공문을 보내기도 했다.

인터넷태권도전문지 모 신문사의 대표는 현 모태권도협회 이사로 재직 중이며, 특히 승급심사비 부당수령 및 겸직조항 위반 등의 의혹으로 증인 출석했던 P관장의 아버지이기도 하다. 2019년 4월 10일 급조된 인터넷 신문사인 '모 신문'의 인적구성 면면은 더욱 당황스럽다. 박○○(회장), 김○○(사장), 임○○(발행인) 모두가 모협회의 비위 의혹에 연루되어 증인으로 요청된 바 있다.

특히 전국 사무금융서비스 노동조합을 동원, 수 차례의 공문을 통해 조사특위의 활동을 노동자에 대한 부당탄압으로 호도하고, 조사특위의 즉각 중단을 요청한 사안은 자칫 민노총에 대한 왜곡된 이미지 생산까지 초래할 수 있다는 점에서 매우 심각한 사안으로 받아들여진다.

2019년 6월 19일 전국 사무금융서비스 노동조합 명의의 공문이 각 조사특위 위원들 연구실마다 팩스로 수신되었다. 해당 공문은 조사특위에 대해 '법적 증거불충분 또는 종결된 사안에 대한 표적감사 및 권한남용에 대한 강력한 유감과 항의', '조사특위로 인한 모협회의 피로와 스트레스 누적', '노동자 탄압 시 강력한 대응' 등을 내용으로 하고 있다.

당시 조사특위는 민노총의 일반적 기조와 상반되며, 공문의 내용이 모협회의 주장과 대동소이하고, 특히 "법률적으로 행정적으로도 문제가 없는 모협회" 등의 표현이 등장하는 것에 의문을 가지고 전국 사무금융서비스 노동조합 측에 사실 확인과 공식입장을 요청했다. 이후 전국 사무금융서비스 노동조합과 조사특위는 별도의 면담을 통해 모협회 관련 사실관계를 정리하고 상호 오해

전국사무금융서비스노동조합
KOREAN FINANCE & SERVICE WORKERS' UNION
04166 서울특별시 마포구 토정로35길 11 인우빌딩 4층 Tel 02) 771-0774 전송 02) 771-0776

문서번호 : 사무금융노조 제19-06-206호
시행일자 : 2019. 06. 19.
수 신 : 서울특별시의회 의장 및 특별위원회 위원장, 위원 제위
참 조 :
제 목 : 서울시의회 '체육단체 비위근절을 위한 행정사무조사 특별위원회'의 행정사무감사 및 조사에 대한 사무금융노조 입장 전달의 건

1. 귀 서울시의회 및 특별위원회의 발전을 기원합니다.

2. 전국사무금융 … 보험, 손해보험, 증권, … 로 이루어진 민주노총 … 입니다.

3. 서울특별시의 … 태호, 이하 '특별위원회')는 서울시태권도협회(이하 '서태협')에 대한 행정사무감사 및 조사를 실시하고 있습니다. 그러나 특별위원회의 조사내용은 서태협 현재 집행부 문제가 아닌 과거 2013년 이후 3차례나 바뀌어진 집행부에서 이미 법적으로 무혐의 처분된 내용이며, 2013년 정부합동감사, 2016년 대한체육회 특별조사, 최근 서울시체육회 특정감사 등 중앙 행정기관 및 체육회 관계단체 감사를 통해 수차례 감사 및 조사를 받고 종결된 사항에 대한 중첩된 내용입니다.

4. 금번 특별위원회에서 보존기간이 넘는 과거 10년 전 방대한 자료 및 권한 범위를 넘어서는 상당수의 자료와 노동조합자료까지 포함된 과도한 자료제출 요구는 자칫 표적감사 및 권한남용으로 비춰질 수 있을 것입니다. 특히, 특별위원회는 법률적으로도 행정적으로도 문제가 없는 사안임이 확인되고 있음에도 불구하고 정상적인 절차에 의해 채용된 우리노조 소속 조합원들에 대한 확인도 되지 않은 근거 없는 민원, 투서, 진정만으로 조합원 급여의 많고 적음을 운운하고 구조조정 및 직원 감축을 강요하며 사무국 인사에 관한 월권을 행사하는 실정에 대해 사무금융노조는 매우 강력한 유감과 항의를 표합니다.

탄 원 서

존경하는 의원님!

대한민국의 무궁한 발전과 번영을 위하여 불철주야 애쓰시는 의원님의 노고에 진심으로 경의를 표합니다!

저희 서울특별시태권도협회 등록회원 및 태권도 가족 일동은 현재 진행 중인 서울특별시의회 체육단체 비위근절을 위한 사무행정조사(위원장 김태호, 더불어 민주당, 강남 4)와 관련하여 더 이상 서울특별시태권도협회(이하 "서태협"이라 함)가 부당하고 억울한 일을 당하지 않도록 탄원하오니 부디 동 조사가 즉각 중단 될 수 있도록 많은 관심과 협조를 부탁드립니다.

존경하는 의원님!

1980년 창립된 서태협은 수도 서울의 태권도 발전과 저변확대를 위하여 지대한 역할을 해 왔으며, 태권도의 세계화와 … 많이 있다는 사실을 … 위해 대대적인 직원 … 각종 제도개선에도 … 함)에서 조사 중인 … 경찰, 법원)의 수사와 재판을 통해 무혐의 처분된 사항일 뿐만 아니라 정부합동(문화체육관광부 및 대한체육회)감사(2013년), 대한체육회 특별조사(2016년), 서울특별시체육회 특정감사(2019년) 등 정부기관 및 상위 체육단체의 감사·조사 등을 통해 종결 처리된 사항들과도 중복·동일합니다.

그럼에도 특조위에서는 불순하고 악의적인 의도를 가지고 상습적으로 진정, 투서, 고소·고발을 일삼는 일부 부도덕한 태권도인들이 제기한 내용만을 가지고 종주국 수도 서울의 태권도 발전에 큰 역할을 담당해온 서태협과 태권도계를 마치 비리의 온상인양 지목하며, 언론을 통해 외곡 발표하여, 서태협은 물론 일선에서 후진육성을 위해 땀 흘리며 고생하는 수많은 태권도 지도자와 태권도의 사회적 이미지를 훼손하고 있는 상황이며, 이와 같은 표적조사를 통해 서울시체육회를 압박하여 서태협 해산을 종용하고 있는 상황입니다.

이에 우리 서태협 등록회원 및 태권도 가족 일동은 서울특별시의회 체육단체 비위근절을 위한 행정 사무조사로 인해 더 이상 서태협이 탄압받지 않고, 태권도에 대한 이미지가 실추되는 일이 없도록 의원님께 간곡히 청원 드리니 부디 살펴 헤아려 주시기 바랍니다.

서울특별시태권도협회 등록회원 및 태권도 가족 일동

1

의장, 특별위원회 위원장 및 시의원에게 발송된 전국사무금융서비스노동조합 공문 1차

전국사무금융서비스노동조합
서울시태권도협회지부
07990 서울특별시 양천구 목동 914, 목동야구장 141호 Tel 02)425-2866

문서번호 : 서울시태권도협회지부 제 19-06-02 호(2019.06.26)
수 신 : 서울특별시의회 의장, 특별위원회 위원장 및 시의원
참 조 :
제 목 : 행정사무조사 특별위원회의 부적절한 조사 방식에 관한 건

1. 2019.06.19. 전국사무금융서비스노동조합 서울시태권도협회지부 입장(성명서) 관련입니다.

2. 우리 … 동조합(이하 '사무금융 … 시의회 행정사무조사 … 관련하여 서울시의회 … 될 수 있도록 당부했 … 조합원들에 대한 구조 … 등의 부당한 조사는 즉각 중단하고 시정할 것을 촉구한 바 있습니다.

3. 그러나 특별위원회는 현재 집행부 문제가 아닌 과거 2013년 이후 3차례나 바뀌어진 집행부에서 이미 법적으로 무혐의 처분된 내용과 2013년부터 최근까지 수차례 중앙행정기관 및 체육회 관계단체의 감사 및 조사를 받고 종결된 사항에 대한 중첩된 내용을 무리하게 조사하며 10년전 자료까지 총 82개 목록의 방대한 자료를 3일만에 제출할 것을 요구한 바 있으며 기한 연장요청에도 불구하고 이후에도 수차례 추가 자료를 요구하며 독촉한 바 있습니다.

4. 이에 응해 서태협은 위 특별위원회의 요구자료 총 82개 목록 중 1개 목록에 해당하는 일부 2018년도 1년치 분량만으로도 방대한 요구자료를 붙임 자료(사진 참조)와 같이 1톤 트럭 2대에 실어 제출하였으며 자료준비에 따른 비용만 3천만원에 이릅니다. 이와 같은 매번 반복되는 방대한 자료 준비를 위해 서태협에서 근무하는 우리 조합원들은 과중한 업무로 인한 피로와 스트레스, 과로에 의한 불행한 사고가 언제든지 발생한다 하여도 이상하지 않다 할 만큼 그 사유가 분명히 있다 할 것입니다. 이 같은 우리 지부의 호소에도 불구하고 만약 이러한 불행한 사태가 발생한다면 이와 관련이 있는 기관, 단체, 개인을 포함한 모든 대상자들은 책임에서 자유롭다 할 수 없을 것입니다.

5. 특히, 특별위원회는 2019.6.4.~5일 진행된 행정사무조사에서 사실관계를 오인하게 하고 명분도 근거도 없이 서태협의 해산, 발괴, 관리단체지정을 요구하는 등 일부 특별위원회의 부적절한 발언에 대해 우리 지부는 매우 강력한 유감을 밝히며 엄중한 항의의 뜻을 전합니다.

6. 만일, 위와 같은 특별위원회 소속 일부 시의원의 무책임한 발언으로 조합원들의 생존권이 위협받고 임금체불과 그에 따른 고용불안 등의 상황이 발생하는 어처구니없는 사태가 현실로 이어질 경우 우리 지부는 그 책임자에 대한 모든 법적조치는 물론 전국사무금융서비스노동조합 나아가 민주노총 등과 연계하여 투쟁할 것이고 대국회, 대언론을 통해 이 사실을 알리는 등 우리가 동원 가능한 모든 수단으로 대응할 것임을 분명히 알려드립니다.

서울시태권도협회지부장 정연준(직인생략)

2

의장, 특별위원회 위원장 및 시의원에게 발송된 전국사무금융서비스노동조합 공문 2차

특별위원회 위원에게 발송된
글로벌신문 공문 3차

글로벌신문
GN www.Globalnews.com

수 신 : 서울시의회
참 조 : 복조위 이승미 위원
제 목 : 정식취재 요청의 건

서울시태권도협회 (전)집행부와 사무국은 검.경 법원, 문체부, 대한체육회, 서울시체육회에서 수없이 검증받은 단체인데 특별위원회에서는 강정적으로 표적감사를 하여 수많은 민원이 본사에 접수되어 취재를 요청합니다.

취재기자 : 김동석 010-9003-5010
부회장 겸 취재기자 : 우내형 010-6350-3539
부회장 겸 취재기자 : 김유찬 010-6221-1310
편집국장 겸 취재기자: 박언용 010-3701-0016

글로벌신문(직인생략)

총재 / 장대식 회장 / 박창식 사장/ 김귀전 사무총장 / 황소선
편집국장 / 박언용 발행인 / 임용택 기자/ 김동석 기자/ 김유찬
시행 글로벌신문 제2019-01호 (2019. 06. 30) 접수 ( )
발신 우 05033 주소 : 서울특별시 광진구 구의로 70 영덕빌딩 1층
전화 02)456-7979 / 전송 02)453-2844 / e-mail : [admin@globaltkdnws.com]

3

를 풀었는데, 그 자리에서 전국 사무금융서비스 노동조합은 공문 발송 과정에서의 일부인사의 사적 의도와 왜곡된 내용에 대한 검토가 미흡했던 점을 사과하고, 조사특위의 목표와 필요성에 공감한 것으로 알려졌다.

조사특위는 모협회가 주도한 왜곡된 여론전에 강경대응 방침으로 맞섰다. 조사특위의 '강력대응' 방침은 허위사실보도, 급조된 언론을 이용한 압박, 민노총 동원 등 일련의 사태에 대해 대응을 자제해 왔던 그 동안의 기조와 180도 달라진 모습이다. 필자는 "조사특위의 목적과 본질에 집중하고자 무대응으로 일관하였으나, 특위 무산을 위한 모협회의 조직적 방해 행위가 도를 넘는다고 판단, 법적 조치를 포함한 모든 수단을 강구하여 대응할 것"이라고

조사특위의 분위기를 언론사에 피력했다.

모태권도협회는 민주노총 전국 사무금융서비스 노동조합 서울지부 입장이라며 의회의 특위활동을 비방하는 선전물을 지속적으로 배포하고 있다. 이는 노조 뒤에 숨어서 논점을 흐트러뜨리는 행위이다. 모태권도협회의 여러 가지 비리와 부정의 문제는 단순한 노사문제로 치환될 수 없다. 뿐만 아니라 선량한 관장들에게 협회를 탄압한다는 내용의 성명서 및 탄원서에 서명을 받고 있다. 노조는 모협회의 내부 운영과정의 이러한 잡음을 모두 알고도 입장을 전달한 것인지 의문이다.

모태권도협회의 불성실한 답변과 부실 자료 제출

증인 및 참고인이 출석한 세 차례 조사에서 모태권도협회는 초지일관 불성실한 답변태도와 모르쇠로 일관했다. 요구한 자료는 감사 전날에서야 도착했고 제출한 자료 역시 요구 내용의 일부만 제출했다.

문제의 가장 핵심이 되는 증인은 계속하여 적절한 소명도 없이 불출석하여 이들에게 과태료를 부과하는 안건을 6월 27일 의결하였다.

조사특위는 지방의회 '지방자치법' 제41조의 행정사무 감사권 및 조사권을 부여받아 특정사안에 관하여 본회의나 위원회에서 조사할 수 있도록 되어 있는 법조항을 근거로 5회(2019년 6월 4일, 5일, 27일, 7월 4일, 5일)에 거쳐 모태권도협회 관계자를 증인과 참고인으로 출석시켜 회의를 진행했으며 사전 요구자료와 회의 중 추

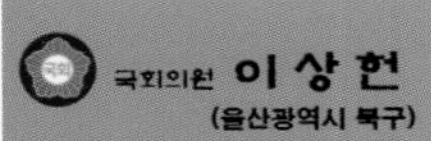

(울산광역시 북구)

국정감사

서울시태권도협회

2016년 5월 19일(목)

<기자회견> **전국사무금융서비스노동조합**

※ 수 신 : 각 언론사 노동.경제.사회.문화.체육 담당자
※ 문 의 : 전국사무금융서비스노동조합 정연준 서울시태권도협회지부장 (010-5285-6395)

대한체육회의 관리단체 지정 중단 촉구 기자회견
서울시태권도협회에 대한 부당한 탄압을 중단하라!

지난 4월 20일, 대한체육회는 서울시체육회에 서울시태권도협회를 관리단체로 지정할 것을 요구하는 공문을 보냈다. 연이어 5월 13일에는 또 다시 공문을 보내 5월 20일까지 서울시태권도협회를 관리단체로 지정하고, 결과를 대한체육회에 통보하지 않을 경우 서울시체육회에 대한 권리사항을 제한하거나 각종 지원 사항을 중단, 회수, 감액하겠다고 밝혔다.

대한체육회가 서울시체육회에 요구한 서울시태권도협회에 대한 관리단체 지정은 명분도 실익도 없는 권위주의 체육행정의 극단이라 할 수 있다. 관리단체 지정이라는 제도 자체는 정상적인 조직 운영이 불가능한 경우에 내리는 특단의 조치이다. 경기단체로서의 운영을 정지시키는 중대한 행위이기 때문에, 지정 요건 자체가 행정처분 내지 형벌법규와 마찬가지로 엄격하게 해석되어 적용되어야 한다.

대한체육회 회원종목 단체규정 제36조는 시 · 도 종목 단체에 대한 관리단체 지정요건으로 '승부조작 및 단체운영 관련 범죄사실로 다수의 임직원이 기소되는 등 정상적인 조직운영이 어려운 경우'와 '정부감사결과 관리단체 지정의 처분 요구가 있을 경우', 두 가지 사항을 명기하고 있다.

2013년 전국체전 당시 태권도 고등부 서울시대표 3차 선발전에서 역전패를 당한 학부모가 자살하는 사건이 일어났다. 편파판정 시비가 불거졌고, 2014년 경찰청 및 2016년 서울중앙지검에

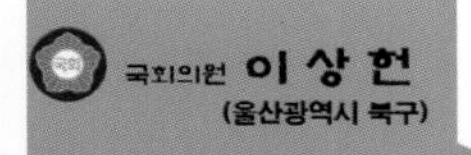

(울산광역시 북구)

국정감사

서울시태권도협회

GN글로벌신문

'임○○ (전) 서태협회장 SNS게시글'

네이버 밴드 캡처본

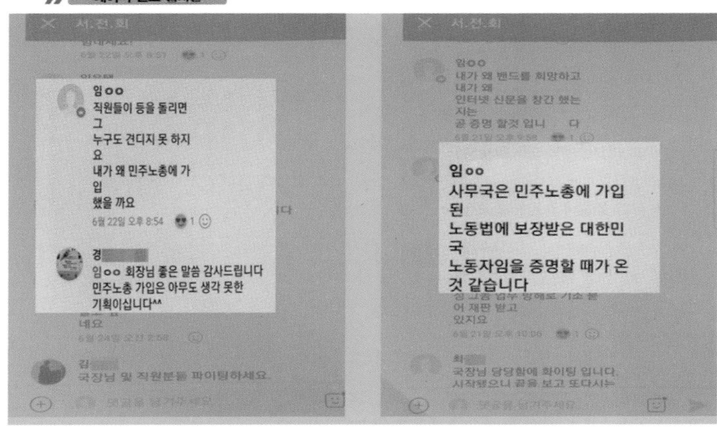

'서태협 비리 조사하는 서울시의원 협박 및 비난'

서울시의회 김태호 위원장에 대한 '심사 ID도용 비리의혹 제기'

[글로벌신문] 서울시태권도협회 비상대책위원회에서는 서울시의회 김태호 위원장에 대해 24일 서울시태권도협회(도장심사 공정위원회)에 정식으로 '심사 ID도용에 대해 민원

서울시의회 김인호 의장은 체육단체 비위 근절 조사를 즉각 중단하라

[글로벌신문] 서울시의회 김인호 의장을 비롯한 시의원들은 서울시민으로부터 위임받은 의회 권력을 이해관계가 충돌되는 특정 시의원을 위한 의정 활동이 웬 말인가? 어려

김태호 위원장 부당탄압에 대한 서울시체육회 앞 대대적인 집회

[글로벌신문] 서울시의회 특별조사위원회 김태호 위원장의 서울시태권도협회에 대한 부당한 탄압을 규탄하는 집회가 6일 오전 7시 김태호 위원장 집앞에서 20여명을 시작으

서울시태권도협회 비상대책위원회 '서울시의회 김태호 위원장 부당탄압 규탄'

[글로벌신문] 서울시태권도협회 비상대책위원회 위원들은 30일 오전 8시부터 1인시위를 시작으로 서울시태권도협회에 대한 일방적인 탄압이며,1만 태권도 인에 분노를 일으

서울시의회 신문고 부당의혹, 서울시태권도협회 비상대책위원회 대대적인 집회시작

민원처리에 관한 법률 제 4조(민원처리 담당자의 의무)민원을 처리하는 담당자는 담당 민원을 신속 · 공정 · 친절 · 적법한 응답하게 처리하여야 한다.제 5조(민원인의 권리와 의

서울시의회 특조위 '김태호 위원장' 부당사항 민원접수

글로벌신문
GN www.Globalnews.com

수　신 : 동영태권도체육관
참　조 : 김태호 사범
제　목 : 정식취재 요청의 건

1. 귀 체육관의 무궁한 발전을 기원합니다.

2. 40년 전통 1000명 서.전.회 회원모금으로 만들어진 글로벌신문사에서는 다음과 같이 취재를 요청하오니 바쁘시더라도 취재에 협조해 주시길 바랍니다.

- 다 음 -

서울시태권도협회 (전)집행부와 사무국은 검 경 법원, 문체부, 대한체육회,서울시체육회에서 수 없이 검증받은 단체인데 특별위원회에서는 감정적으로 표적감사를 하여 수많은 민원 중에는 전○○의원 사무실에서도 민원이 접수되어 취재를 재차 요청합니다. 끝.

부회장 겸 취재기자 : 우내형 010-6350-3539
편집국장 겸 취재기자 박언용 010-3701-0016

글로벌신문(직인생략)

총재 / 장대식　회장 / 박창식　사장/ 김귀전　사무총장 / 황소선
편집국장 / 박언용　발행인 / 임윤택　기자/ 김동석　기자/ 김육찬
시행 글로벌신문 제2019-02호 (2019. 07. 09)　접수 (　　)
발신 우 05033　주소 : 서울특별시 광진구 구의로 70 영덕빌딩 1층
전화 02)456-7979 / 전송 02)458-2844 / e-mail : [admin@globalkdnws.com]

더불어민주당

가 요구자료를 요청하였다. 그런데 모협회가 출석한 첫 회의 당일까지도 자료가 제출되지 않아 감사의 어려움이 있었으며 특히 계좌입출금 내역 및 신용카드 사용내역 자료는 협회의 비정상적인 회계 운용을 단적으로 증명할 수 있음에도 불구하고(육안으로 식별할 수 없도록 복사 농도를 고의적으로 흐리게 하거나 영수증을 뒤집어서 제출함) 제출되지 않았다.

이에 조사특위에서 자료 제출에 협조할 것을 거듭 요청하자 모협회는 문서파일(한글, PDF, 엑셀 등)이 없다는 이유로 인쇄하여 제출하겠다고 답변하였다.

통상 행정사무조사, 감사를 위한 요구자료는 책자로 제출받고 있으며 분량이 많을 경우 USB 등 저장장치를 이용하여 제출받고 있어 협의의 여지가 있음에도 협회의 원에 따라 책자로 제출하라고 했다.

이후 불법행위 중지 등 청구(2020구합75439), 직무활동 금지 가처분신청(2020아12547) 등 행정소송과 인터넷 모 뉴스신문(발행인 임○○) 언론보도, 서울특별시의회 신문고에 지속적인 민원 제기, 집회, 전국 사무금융서비스 노동조합 성명서 등을 통해 조사특위로 인해 협회가 1톤 트럭 5대 분량의 4천만 원이 넘는 인쇄비를 사용하는 등 부당한 탄압을 받고 있다는 얼토당토 않은 주장을 하고 있다.

모태권도협회 법인카드 영수증을 신뢰할 수 없는 이유

모태권도협회 법인카드 사용 보고서

카드번호	5585-26**-****-9871
소 지 자	(금고)
결 재 자	홍보·대외 협력팀장 권영준
사 용 일	2018년 1월 25일 사용시간 : 10:42
사용사유 (목적)	• 본회 상황용 사무실(內) 사용중인 일부 보관중인 사무집기 및 사무용품 이사물품 이전 배송
사용내역	•
관 련 자 (식대의 경우 주요 참석자 2명이상 기재)	기타
해당항목 (협회 예산서 해당 관항목 기재)	영선비
영수증 첨부	

상기와 같이 ... 하오니 결재를 ...

직 ... 협력팀장
사 ... 영준
보 ... 1월 29일

모태권도협회 법인카드 사용 보고서

카드번호	5585-26**-****-9871
소 지 자	(금고)
결 재 자	홍보·대외 협력팀장 권영준
사 용 일	2018년 2월 1일 사용시간 : 15:51
사용사유 (목적)	• 본회(임원실) 사용중인 T-테이블 유리+녹색천 주문 제작비
사용내역	•
관 련 자 (식대의 경우 주요 참석자 2명이상 기재)	
해당항목 (협회 예산서 해당 관항목 기재)	잡비
영수증 첨부	

상기와 같이 법인 ... 니
결재를 ...

직 ... 팀장
사 ...
보 ... 월 2일

※ 서울시의회 조사특위 법인카드 사용내역서 중 시간(2~3회 중복결제)이 명시된 영수증은 대부분 육안으로 확인할 수 없도록 제출함

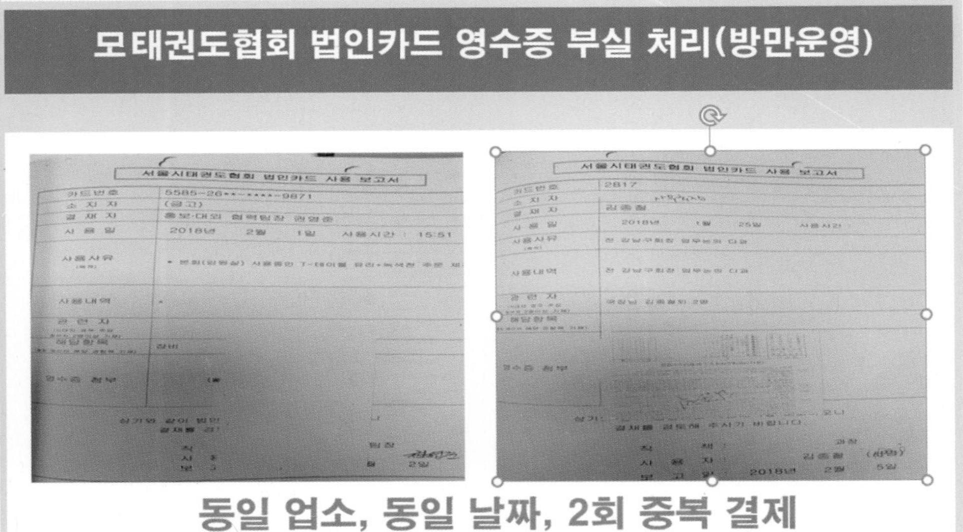

여기에 그치지 않고 국회 문화체육관광부 국정감사(10. 26)에서 임오경 국회의원과 이상헌 국회의원이 모태권도협회 관련 자료요구를 요청하였으나 모협회는 조사특위 때와 마찬가지로 요청한 목적에 맞는 자료가 아닌 허울뿐인 자료들을 제출하였다.

협회 규정의 제정, 개정 등 연혁을 표기한 자료를 요청했으나 최종버전의 규정만을 제출하거나 동일 날짜에 동일 업소에서 다수의 법인카드 결제 건에 대한 확인을 위해 요청한 법인카드 사용시간이 표기된 자료는 끝내 제출하지 않았다. 제출된 자료 역시 내용을 알아볼 수 없게 제출하여 조사특위는 물론 2020년도 국정감사에서도 질타를 받았다.

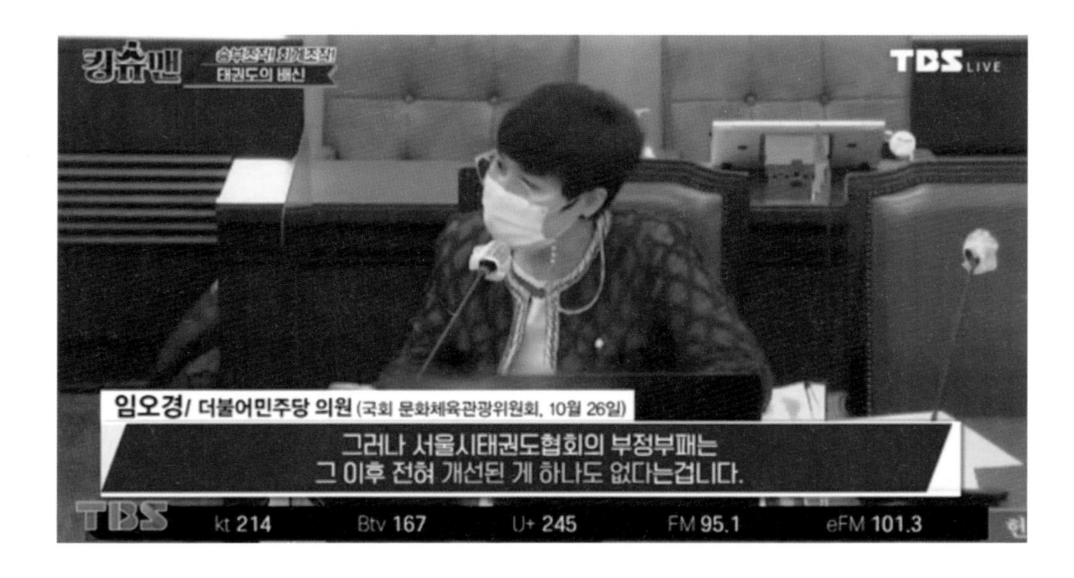
킹슈맨
승부조작! 회계조작!
태권도의 배신
TBS LIVE
임오경/ 더불어민주당 의원 (국회 문화체육관광위원회, 10월 26일)
그러나 서울시태권도협회의 부정부패는
그 이후 전혀 개선된 게 하나도 없다는겁니다.
TBS kt 214 Btv 167 U+ 245 FM 95.1 eFM 101.3

킹슈맨
승부조작! 회계조작!
태권도의 배신
이상헌/ 더불어민주당 의원 (국회 문화체육관광위원회, 10월 26일)
그 중심에는 OOO씨라는 사람이 있습니다.
서울시태권도협회의 황제 같은 존재입니다.
TBS kt 214 Btv 167 U+ 245 FM 95.1 eFM 101.3

모태권도협회가 국회에 손상된 파일 제출 ? . . . . .

이름

201020 이상헌 의원님 요구자료_취합_서울시태권도협회 관련

201020 이상헌 의원님 요구자료_취합_서울시태권도협회 관련

이름

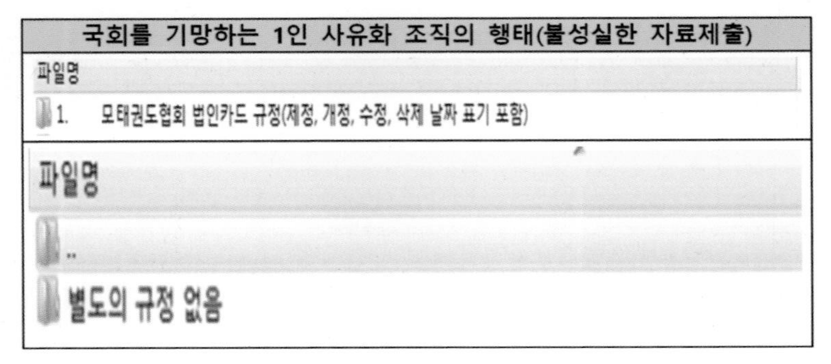

국회를 기망하는 1인 사유화 조직의 행태(불성실한 자료제출)

파일명

1. 모태권도협회 법인카드 규정(제정, 개정, 수정, 삭제 날짜 표기 포함)

파일명

..

별도의 규정 없음

※ 모협회는 법인카드 운영규정이 전혀 없고, 현재도 여전히 별도의 규정은 없음. 주무관청의 관리, 감독 부실(현재도 법인카드 관련 제 규정 없음)

킹슈맨
승부조작! 회계조작!
태권도의 배신!
TBS
서울시태권도협의회 국감 자료 관련
임오경·이상헌 의원실 통해 압박 가해
TBS
kt 214
Btv 167
U+ 245
FM 95.1
eFM 101.3

심층취재
서울태권도協 방만 운영 질타
모태권도협회, 국회의원 요청 자료 미제출

조사특위의 현장 실태 조사

체육단체 비위 근절 조사특위는 지금까지 모태권도협회 조사를 통해 제기된 의혹이나 부실 등의 지적사항들이 실제로 현장에서 일어난 사실인지에 대한 현장 실태 조사를 벌였다. 조사특위 회의의 지적사항에 대한 조사는 시의회 홍성룡 의원이 조사관들과 함께 지적사항에 대한 본회 및 협회 정관(규약)·제 규정에 의거 지적사항 관련 사실 여부 확인 후 검토 및 조치를 하였다. 조사인원은 본회 합동조사반장 및 현장조사팀 총 6명의 조사관들이 조사를 벌였다.

조사기간은 2020. 7. 1.(수) ~ 7. 10.(금) (10일간)였으며 현장조사는 2020. 7. 2.(목) ~ 7. 7.(화)까지 시행되었다. 조사방법은 서면 및 실지(현장)조사를 병행했으며, 증거자료를 확보하였다.

먼저 경영공시 불이행(체육회 정관 위반, 관리단체 지정사유)에 대해 조사하였다.

조사결과 경영공시 불이행에 대한 관련 지적내용은 '일부 사실이었음'을 확인하였다.

모협회 홈페이지에 경영공시는 "2018년 집행 및 결산내역"이 게시되어 있음을 확인. 다만, 모협회 규약상 공시 항목인 "이사회 및 대의원 회의록, 임원의 업무추진비 집행 및 법인카드 사용내역, 외부평가, 감사결과"를 경영공시하지 않았음을 확인하였다.

단, 2019년 경영공시는 모협회 정기총회에서 공시항목 심의 후 게시예정이었으나, 코로나-19 여파로 정기총회 개최가 늦어진('20. 06. 30) 관계로 시체육회 정기총회 결과 보고 후 즉시 경영공시

3. 조사사항 : 총 15건

1. 경영공시 불이행(체육회 정관 위반, 관리단체 지정사유)
2. 법인카드 영수증 부실 처리(동일 업소, 2회 중복 결제 등)
3. 법인카드 임원 사유화(사무국 직원 13명, 카드 13개)
4. 제47회 전국소년체전 개최 기간 중 사용 부당결제 의혹(태백, 충주 등)
5. 2015년도 일부 법인카드 결제 내역 카드깡 의혹(렉스빌 숙소 사용 등)
6. 2016년도 법인카드 동일 일자 동일 업소 2회 결제(주유소, 숙박 등)
7. 2017년도 법인카드 동일 일자 동일 업소 2회 결제(식당 사용 내역 중)
8. 2018년도 법인카드 동일 일자 동일 업소 2회 결제(식당, 주유소 등)
9. 2019년도 법인카드 동일 일자 동일 업소 2회 결제(식당, 마트 등)
10. '15~'19년 모협회 법인카드 부당사용 의혹 합계 575,480,346원
11. 렉스빌피엠씨(주) 수상한 결제(특정업소 반복 결제, 9,832,000원)
12. 렉스빌피엠씨(주) 오피스텔 하우스방 의혹(카드깡 의혹)
13. 송파 M카페 카드깡 의혹(식사메뉴에 없는 메뉴로 137만 8천 원 결제)
14. 충주 G모텔 숙박비 의혹(인터넷 상 4만 원, 모협회 9만 원 결제)
15. 더리센츠호텔 숙박비 의혹(인터넷 상 4만 5천 원, 모협회 9만 원 결제)

예정임을 모협회 관계자로부터 확인하였다.

모협회의 경영공시 불이행은 서울시체육회 정관 제56조(경영공시) 2) 회원종목단체 규정 제50조 3) 모협회 규약 제56조(경영공시) 4) 위반에 속하며, 서울시체육회 정관 제9조(관리단체의 지정) 제1항 1호 5) 체육회의 정관(또는 규약) 등 제 규정의 중대한 위반사항에 해당한다.

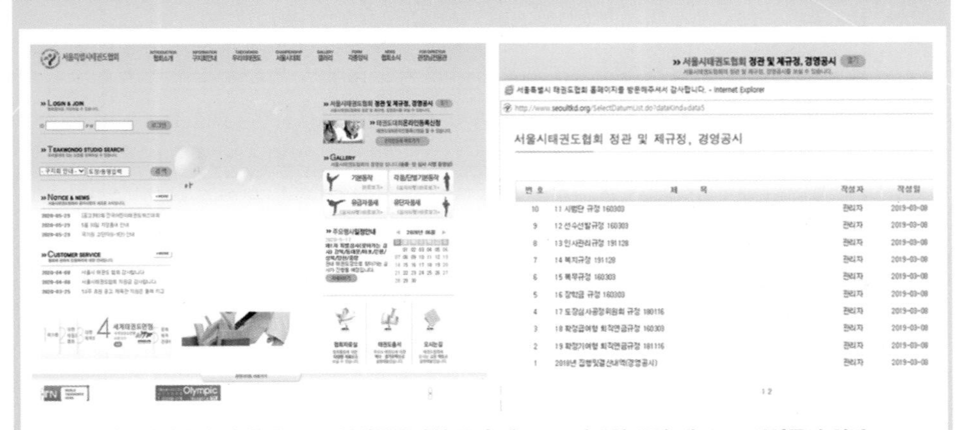

모협회의 법인카드 영수증 부실 처리(동일 업소, 2회 중복 결제 등)와 관련된 현장 조사결과 많은 사례는 의혹제기가 사실과 다름으로 확인되었지만 3건은 '카드깡 여부'의 확인이 불가한 것으로 조사되었다.

모협회 의혹이 '사실이 아님'으로 조사된 사안은 '법인카드 영수증 부실 처리', '법인카드 임원 사유화', '제47회 전국체전 기간 중 사용 부당결제 의혹', '2016년도 법인카드 동일 일자 동일업소 2회 결제(식당 사용 내역 중)', '2018년도 법인카드 동일 일자 동일업소 2회 결제(식당, 주유소 등)', '2019년도 법인카드 동일 일자 동일업소 2회 결제(식당, 마트 등)' 등 11건이었다.

문제는 2015년도 일부 법인카드 결제 내역 카드깡 의혹(○○○

숙소 사용 등)과 ○○○피엠씨(주) 오피스텔 하우스방 의혹(카드깡 의혹), 송파 M카페 카드깡 의혹(식사메뉴에 없는 메뉴로 137만 8천 원 결제) 등은 '카드깡 여부' 확인이 불가한 것으로 조사되었으며, 필요시 수사 의뢰가 필요한 사안으로 조사되었다.

먼저 2015년도 일부 법인카드 결제 내역 카드깡 의혹(렉스빌 숙소 사용 등) 여부이다.

조사결과 2015년도 일부 법인카드 결제 내역 카드깡 의혹 관련된 지적내용은 사용보고서의 영수증 원본은 확인하였으나, '카드깡의 여부'는 확인불가한 것으로 조사되었다.

○○○ 숙소 사용료에 대해 동일날짜에 2회 중복하여 결제한 사실은 있으나, 당일 뿐 아니라 전일 숙소 사용료에 대한 개별 결제 내용이었다.

동일업소 및 동일날짜에 2회 중복하여 결제한 사실은 있으나, 추가식대 결제, 전일 사용식대 결제, 다른 항목 결제, 점심 및 저녁 식사 비용 결제에 대한 내용이었다.

조사관은 '2015년도 일부 법인카드 결제 내역 카드깡 의혹' 관련된 지적내용은 법인카드 결제내역 및 집행사유와 사용보고서를 확인하였으며, 실제 '카드깡의 여부'는 확인이 불가했다.(필요시 수사의뢰)

다음으로 ○○○피엠씨(주) 오피스텔 하우스방 의혹(카드깡 의혹)이다.

조사결과 ○○○피엠씨(주) 오피스텔 하우스방 의혹에 대해 사용보고서 영수증은 확인하였으나, '카드깡의 여부'는 확인이 불가했다.

조사특위의 지적내용은 ○○○피엠씨(주)이 일반 숙박 시설이 아닌 오피스텔로 운영 중인 곳에서 숙박을 했다는 의혹을 제시했었다.

조사관이 ○○○피엠씨(주)를 현장 방문('2020.07.07.)한 바로는 모협회가 제출한 소명 자료와 동일하게 강화훈련 숙박 후 숙박업체가 '16.11.29일 폐업한 사실을 확인했으며 오피스텔로 업종이 변경되어 내부시설을 확인할 수가 없었다.

당시 레지던스 숙박업체(객실당 세탁기 및 조리시설 보유)의 형태로 전지훈련 등 운동부 선수단의 숙박에 좋은 환경이었다는 현재 관리사무실(02-3432-2016) 측의 답변을 받았다.

현 사업주는 오피스텔 개별 사업주로 바뀌어 폐업 신고한 당시 사업주의 확인은 하지 못했다. 조사관은 '오피스텔 하우스방 의혹' 관련된 지적내용은 법인카드 결제내역 및 집행사유와 사용보고서를 확인하였으나, '카드깡의 여부'는 확인할 수 없었다고 했다.(필요시 수사의뢰)

다음으로 송파 M카페 카드깡 의혹(식사메뉴에 없는 메뉴로 137만8천 원 결제)이다.

조사결과 송파 M카페 카드깡 의혹은 행정조사의 한계로 '카드깡 여부'에 대한 사실 확인이 어려웠다. 다만, M카페 메뉴에 없는 메뉴로 식대를 결제한 사실은 확인하였다.

조사특위의 지적내용은 송파 M카페 커피전문점에서 메뉴에도

렉스빌피엠씨㈜ 수상한 결제?

□ 특정업소, 같은 날짜 2회 이상 반복 결제(10월 총9회)

날 짜	카드번호	금 액	비 고
2015.10.1	5585-2691-9723-**6808**	1,050,000	2회 결제
10.1	5585-2691-9723-**6808**	1,240,000	
10.2	5585-2691-9723-**6808**	1,050,000	1회 결제
10.3	5585-2691-9723-**6808**	1,050,000	1회 결제
10.4	5585-2691-9723-**6808**	1,050,000	1회 결제
10.5	5585-2691-9723-**6808**	1,098,000	2회 결제
10.5	5585-2691-9723-**6808**	1,098,000	
10.8	5585-2691-9723-**6808**	1,098,000	2회 결제
10.8	5585-2691-9723-**6808**	1,098,000	
합 계		**9,832,000원**	총9회 결제

렉스빌피엠씨㈜ 오피스텔 하우스방 의혹?

상세 내용

소재지	서울 송파구 잠실 신천 렉스빌 오피스텔		
보증금	95	월세	95
방수	1개	화장실	1개
주차	1대	타입	오픈형
계약기간	1개월 부터 사용가능		
계약조건	기본 계약은 3개월 입니다. 3개월 이상 계약시 월세 95만원 이며, 2개월 계약시 월세 105만원 입니다. 1개월 계약시 월세 110만원 입니다.		
교통	2호선9호선 종합운동장,신천역 도보 3~4분거리, 버스노선 다양 많음.		
옵션내용	냉장고,세탁기,가스렌지,에어컨,옷장,신발장,침대,책상,화장대,TV,소파,전자레인지,밥솥,케이블 방송,인터넷 등등		
문의	02-568-1173		

없는 것도 식대를 결제하여 카드깡을 했다는 의혹이었다.(메뉴가 없는데 근무시간에 세미뷔페 각 업소별 ◯영수증 없음)

조사관이 현장을 방문해 조사한 바로는 '송파 M카페 식사메뉴에 없는 메뉴로 137만8천 원 결제' 관련된 지적내용은 법인카드 결제내역 및 집행사유와 사용보고서를 확인하였으며, 당시 참석한 대태협 사무처장의 확인서를 수신받았으나 실제 '카드깡의 여부'는 확인할 수 없었다고 했다.(필요시 수사의뢰)

아울러 모협회 카드깡 의혹 대상인 업소의 경우 대부분 폐업을 했다는 사실은 합리적 의심을 할 수밖에 없다.

시체육회 정관에 모협회의 서울시체육회 의결을 따를 의무 명시돼

원칙적으로 회원종목단체는 상위기관의 지시사항을 준수해야 할 의무가 있다.

시체육회는 정관 제7조(권리와 의무) 제8조(회원단체의 권리와 의무)에서 대한체육회 정관 제10조의 제1항의 권리와 제10조 제2항의 의무를 갖는다고 정하고 있어 종목단체는 체육회의 정관과 제 규정을 준수해야 할 의무를 갖고 있다.

또한 시 체육회는 회원종목단체가 시체육회의 정관, 제 규정 및 총회 의결사항을 준수할 의무를 규정하고 있다.

○ 모협회가 대한체육회 처분요구에 따를 의무

▶ 모협회 규약 제10조 제2항 제1호, 제4호 : 모협회는 시체육회의 정관, 제 규정 및 대의원총회 의결사항을 준수할 의무(제1호),

모협회 스스로 시체육회의 정관, 제 규정 및 대의원총회 의결사항을 준수하게 할 의무(제4호)를 부담한다.

▶ 서울시체육회 정관 제7조 제1항 : 시체육회는 대한체육회 정관 제10조 제2항의 의무를 갖는다고 규정하고 있다.

▶ 서울시체육회 정관 제8조 : 회원종목단체 및 구체육회(이하 "회원단체"라 한다)의 체육회에 대한 권리와 의무는 대한체육회 정관 제10조를 준용한다.

▶ 대한체육회 정관 제10조 제2항 : 회원단체 및 시·도체육회는 대한체육회에 대하여 체육회의 정관, 제 규정 및 총회 의결사항을 준수할 의무(제1호), 소속지회 및 회원단체에 대해 대한체육회의 정관, 제 규정, 총회 의결사항을 준수하게 할 의무(제4호)를 부담한다.

▶ 소결 : 결론적으로 모협회는 서울시체육회와 대한체육회의 정관, 제 규정 및 총회의결사항을 준수할 의무를 부담하며, 상위기관의 특별감사 및 조사결과는 공식 지시사항이므로 모협회는 위 처분 요구에 따를 의무를 부담한다.

▶ 상위기관의 지시사항 불이행으로 인한 불이익 감수 : 시체육회의 회원종목으로서 상위기관이 지적된 사항을 이행하지 않을 경우 시체육회는 정관 제7조에서 정한 권리사항을 제한하거나 시체육회 지원금 또는 지원 사항을 중단, 회수, 감액 등의 불이익 처분을 할 수 있도록 정하고 있다.

다음으로 시체육회와 모협회에 대한 조사·감사 및 그에 따른 처분요구 이행 의무가 있다.

모협회 규약 제48조 및 제48조 2와 '시체육회 정관' 제48조 및 제48조의 2에 따라 시체육회는 모협회의 조직 운영, 사업 및 회계 등 전반에 관하여 조사·감사할 수 있고, 위법 또는 부당한 사실이 있는 경우 징계처분 또는 시정조치를 하거나 이를 요구할 수 있도록 규정되어 있으며, 모협회는 그 요구에 따르도록 되어 있다.

'대한체육회 정관' 제11조에 따라 대한체육회는 회원단체와 시·도체육회의 사업 및 회계업무를 조사·감사할 수 있고, 위법 또는 부당한 사실이 있는 경우 징계처분 또는 시정조치를 요구할 수 있도록 규정되어 있다.

'시체육회 감사규정' 제22조와 '대한체육회 감사규정' 제20조에 따르면, 감사수감기관의 장 또는 부서장은 지체 없이 이에 대한 조치를 취하고, 그 결과를 처분 종류별로 조치를 요구받은 날부터 정해진 기간(변상: 3개월, 징계·경고·주의: 1개월, 시정·개선·권고·통보 등: 2개월) 내에 증빙자료와 함께 통보 또는 보고하도록 규정되어 있다.

위와 같이 모협회는 '모협회 규약', '시체육회 정관', '대한체육회 정관'에 따라 시체육회와 대한체육회의 정관, 제 규정 및 총회 의결사항을 준수할 의무를 가지며, 시체육회와 대한체육회의 조사·감사를 받고 그 결과에 대한 처분요구를 받은 경우 그에 따를 의무가 있다. 그러나 모협회는 2016년 8월 대한체육회로부터 받은 '특별조사 처분요구서'에 명시된 사항 대부분을 이행하지 않고 있으며, 처분 종류별로 조치요구를 받은 날부터 정해진 기간 내에 증빙자료와 함께 통보 또는 보고하여야 함에도 2년 동안 아무런 조치를 취하지 않고 있는 상황이다.

또한 모협회를 조사·감사해야 할 시체육회는 모협회의 반복되는 위반행위에 대해 어떠한 조치도 취하지 않은 채 안일하게 대응하고 있는 상황이다.

모태권도협회의 경영 공시 위반도 중요한 업무 위반 행위이다.

모태권도협회의 경영공시 위반 내용 및 이와 관련된 직원의 근무태만, 관리·감독을 하지 않은 서울시체육회의 책임에 관한 엄중한 조치가 필요하다.

2019. 1.23. 서울시체육회 스포츠공정감사실에 모태권도협회의 1인 사유화 조직의 불투명한 경영공시와 폐쇄적인 운영으로 인한 국민들과 회원들의 알 권리를 침해하는 행위에 관한 민원에 대하여 담당자인 서울시체육회 스포츠공정감사실 과장 심○○은 2019. 2월 중 실제 경영공시 공개 여부를 확인하고 주관부서와 함께 지속적으로 관리 감독을 약속한 바 있으나 2020. 6월 현재까지도 업무태만으로 시정조치 하지 않고 있다. 이에 관한 향후 조치 및 관리 감독하지 않은 담당자들의 책임을 엄중히 물어야 할 것이다.

또한 모태권도협회의 임직원 급여와 업무수행 경비와 관련된 사항과 관련해 자료의 공시 방법 및 공개 정도에 관하여 서울시체육회에 질의하자 서울시체육회는 경영공시 및 방법은 시태권도협회에서 결정할 사항이라고 회신하였다. 하지만 경영공시 및 방법은 모태권도협회에서 결정할 사항이 아닌 의무사항으로써 미이행 시 주무관청이 지도, 감독해야 할 대상이다. 또한 모태권도협회 내 규약 제56조 제2항에 보면 공시항목에 법인카드 사용내역, 업무추진비 등이 적시되어 있으나, 2018년도 집행 및 결산내역을 보면 전체가 아닌 일부만 공개하며 업무추진비 집행 및 법인카드 사용 내역 등 중요사항은 비공개로 하고 있다.

그러나 서울시체육회 회장(혹은 사무처장)은 법인카드 사용 규정 없이 임의대로 사용하고 공시하지 않은 것만으로도 모태권도협회를 관리단체 지정하여야 하는데, 주무관청인 서울시체육회가 단 한 차례도 법인카드 특정감사를 하지 않은 점과 회장(혹은 사무처장)은 모태권도협회를 비호하고 관리단체로 지정하지 않는지 중대한 문제점이라고 사료된다.

서울시체육회가 법률자문 의뢰한 질의요지 및 내용에는 모태권도협회의 여러 중대한 위반 규정에 관한 내용을 고의적으로 배척하고 있다. 위반 내용으로 ①법인카드 관련 특정감사를 하지 않음, ②서울시 체육회 정관, 모협회 규약 제56조 경영공시 위반, ③법인카드 특정감사를 하지 않음, ④개인 소액 결제 대다수 사용, ⑤사용한 금액이 사회적 통념상 허용범위를 벗어남, ⑥일부 법인카드 영수증을 간이영수증으로 대체하거나 복사를 흐르게 하거나 육안으로 보이지 않게끔 뒤집어서 제출 후 현금으로 송금, ⑦사용시간에 대한 자료 없음 등이 지적되고 있다.

다음과 같이 첨부된 자료는 극히 일부에 불과함.

■ 모협회 제반 업무(?)와 관련된 소액 결제 법인카드 일부 사용 내역(外 다수)

모태권도협회 법인카드 임원 사유화

연번	카드번호	이용일	사용장소	금액
1	5585-2693-1502-0837	2018.06.19	세븐일레븐 잠실주경기장점	7,000원
2	5585-2961-9723-6808	2015.08.13	미니스톱 국기원	5,600원
3	5585-2961-9986-2817	2015.09.07	티-타임푸드	9,000원
4	5585-2961-9986-2817	2015.09.07	티-타임푸드	3,000원
5	5585-2961-9986-2817	2015.09.07	티-타임푸드	2,500원
6	5585-2961-9986-2817	2015.07.06	GS 25연동제원점	2,500원
7	5585-2961-9723-6808	2019.12.06	만물슈퍼	7,000원
8	5585-2961-9984-9871	2016.06.23	야구장 휴게점 2호	9,000원
9	5585-2963-3748-8822	2018.11.20	세븐일레븐 강남IBC점	5,720원
10	5585-2963-1500-5879	2018.10.21	월계문화체육센터 매점	2,500원
11	5585-2963-3747-3865	2018.10.05	줄리노	3,000원
12	5585-2963-1501-7817	2018.08.09	씨유장호원이황점	3,600원
13	5585-2693-1502-0837	2018.06.18	바이더웨이화곡제일점	6,150원
14	5585-2693-1502-0837	2018.06.01	주식회사 카페홀릭	7,000원
15	5585-2963-1500-5879	2018.03.18	토스트랑 커피랑	7,000원
16	5585-2693-1502-0837	2018.03.14	교보핫트랙스(주)	4,000원
17	-	2018.12.03	맥도날드 서울둔촌DT점	3,700원
18	5585-2693-1502-0837	2018.04.11.	세븐일레븐 화곡까치산로점	6,950원
19	5585-2693-1502-0837	2018.06.18	세븐일레븐 화곡까치산로점	4,100원
20	5585-26**-****-2825	2018.04.15	씨유 역삼시티점	2,600원
21	5585-26**-****-2825	2018.04.15	씨유 역삼시티점	8,500원
22	5585-2963-3748-8822	2018.11.18	씨유 역삼시티점	3,100원

소액결제된 내역이 과연 서태협의 제반 업무와 상관 있나?
사무국 직원 13명 , 법인카드 13장(하이패스 2장 포함)

※ 사용목적 등 누구를 접대하였는지 입증하지 않음.

그 동안 주무관청 시체육회는 단 한번도 법인카드 사용에 대한 정기감사 없었음.

모 태권도협회 법인카드 임원 사유화

홍길동? 법인카드 동해 번쩍! 서해 번쩍!

카드번호(2825)	사용날짜			금액		사용처	사업자등록번호	비고
5585-26**-****-2825	2018/05/28	2018/07/05	정상	165,000	30033892	KS넷(통신판매)-(주)블루티에프	120-81-97322	강남구 소재 전기통신업
5585-26**-****-2825	2018/05/28	2018/07/05	정상	107,000	30033846	수안보만남의광장주유소	382-12-00832	수안보만남의광장 주유소
5585-26**-****-2825	2018/05/28	2018/07/05	정상	170,000	30033918	차이싱	477-50-00239	동작구 소재 중식당
5585-26**-****-2825	2018/05/28	2018/07/05	정상	14,000	30033886	주식회사파라다이스푸드코리아	576-88-00688	충주시 소재 한식당
5585-26**-****-2825	2018/05/28	2018/07/05	정상	316,000	30033900	솔비식당	222-07-92545	강원도 태백소재 한식음식점
5585-26**-****-2825	2018/05/28	2018/07/05	정상	2,272,000	30033857	향나무식당	303-11-41696	충북 충주 수안보 소재 식당

같은 법인카드로 강원도 태백시, 충북 충주 수안보 결제

■ 모협회 법인카드 사용 의혹에 관한 건(방만운영 및 부적정 사례)

모협회 법인카드 규정 없이 임의대로 방만하게 사용한 총금액

- 2015.1.1.~2019.5.12.까지 -

모태권도협회 법인카드 부당사용 의혹

2015년 : 160,363,113원
2016년 : 93,080,760원
2017년 : 56,892,287원
2018년 : 172,831,196원
2019년 1월~5월 : 92,312,990원

합계 : 575,480,346원

법인 매출액별

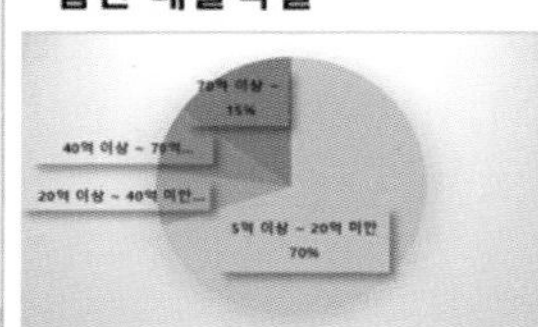

2018년 1월 23일 중소기업을 위한 법인카드 추천 솔루션 '법카스퀘어'를 운영 중인 (주)삼정컨설팅이 지난 한해 국내 301개 중소기업의 법인카드 사용내역을 분석한 결과, 중소기업들은 월평균 300만~500만원을 사용했다고 밝힘

- 서울시체육회 정관 제56조, 서울시체육회 회원종목단체 규정 제50조 모태권도협회 제56조(경영공시) 위반
- 서울시체육회 정관 제9조(관리단체의 지정) 제1항 제1호 위반
  1. 체육회의 정관(또는 규약) 등 제 규정의 중대한 위반
- 서울시체육회 정관 제9조(관리단체의 지정) 제1항 제6호 위반
  6. 재정악화 등 기타 사유로 정상적인 사업수행 불가
- 대한체육회 법인카드 및 업무추진비 집행 지침 위반
- 매년 사업계획에 따라 집행되어 금액이 일정해야 정상이나 모협회의 경우 어떠한 이유인지 매월, 매년마다 금액차이가 심하게 나고 있음

※ 본 자료는 모협회가 제출한(사용시간 고의 누락) 자료임.

■2015년도 일부 법인카드 동일 일자, 동일업소 2회 결제 내역 (사용시간 없음)

연번	카드번호	이용일	금 액	가 맹 점	사업자번호
33	55**-26**-97**-68**	10.02	1,050,000	렉스****(주)	23*-8*-00***
34	55**-26**-97**-68**	10.01	1,140,000	렉스****(주)	23*-8*-00***
35	55**-26**-97**-68**	10.01	1,050,000	렉스****(주)	23*-8*-00***
36	55**-26**-99**-98**	09.25	167,000	중국요리 ○○	21*-2*-69***
37	55**-26**-99**-98**	09.25	28,000	중국요리 ○○	21*-2*-69***
38	55**-26**-99**-98**	09.22	1,900,000	L쇼핑 잠실점 상품권	21*-8*-000**
39	55**-26**-97**-68**	09.21	127,000	○○상사	21*-1*-86***
40	55**-26**-97**-68**	09.21	108,500	○○상사	21*-1*-86***
41	55**-26**-97**-68**	08.25	120,000	㈜**에너지	21*-8*-07***
42	55**-26**-97**-68**	08.25	100,000	㈜**에너지	21*-8*-07***
43	55**-26**-99**-98**	08.05	260,000	**대학교 생활협동조합	20*-8*-11***
44	55**-26**-99**-98**	08.05	27,800	**대학교 생활협동조합	20*-8*-11***
45	55**-26**-99**-98**	08.04	333,800	**대학교 생활협동조합	20*-8*-11***
46	55**-26**-99**-98**	08.04	37,800	**대학교 생활협동조합	20*-8*-11***
47	55**-26**-99**-98**	08.04	8,850	**대학교 생활협동조합	20*-8*-11***

연번	카드번호	이용일	금 액	가 맹 점	사업자번호
48	55**-26**-97**-68**	07.24	84,000	㈜**에너지	219-81-07042
49	55**-26**-97**-68**	07.24	63,000	㈜**에너지	219-81-07042
50	5585-2691-9984-9871	07.23	1,210,000	○○매점	10*-1*-70***
51	5585-2691-9984-9871	07.23	1,126,000	○○매점	10*-1*-70***
52	5585-2691-9984-9871	07.22	1,075,000	○○매점	10*-1*-70***
53	5585-2691-9984-9871	07.23	131,700	*** 장어	10*-8*-40***
54	5585-2691-9984-9871	07.23	59,700	*** 장어	10*-8*-40***
55	5585-2691-9723-6808	07.06	46,000	○○치킨	31*-1*-92***
56	5585-2691-9723-6808	07.06	36,000	**치킨	23*-0*-49***
57	5585-2691-9986-2817	05.29	25,000	○○마을	61*-1*-88***
58	5585-2691-9986-2817	05.29	303,000	○○마을	61*-1*-88***
59	5585-2691-9986-2817	05.31	28,000	○○식당	61*-2*-22***
60	5585-2691-9986-2817	05.31	25,000	현옥식당	61*-2*-22***
61	5585-2691-9986-2817	04.14	550,000	○○사무용가구	21*-3*-30***
62	5585-2691-9986-2817	04.14	300,000	○○사무종합가구	21*-0*-71***
63	5585-2691-9723-6808	04.06	549,400	해 ○	22*-1*-26***
64	5585-2691-9723-6808	04.06	500,500	해 ○	22*-1*-26***

▶ 어떠한 이유로 동일 업소(거래처), 동일 일자 결제 시 사용시간을 고의적으로 누락?

조사특위에서는 앞서 모협회의 관리단체 지정 촉구 관련한 이사회가 정족수 미달로 무산되자 향후 모협회 관리단체 지정 관련 조치계획을 강구하였다.(서울시 관광체육국)

먼저 현 상황에 대한 진단으로 모협회의 회원종목단체에 대한 관리단체 지정은 현 임원의 즉각적인 해임을 비롯한 회원단체로서의 권리를 제한하는 사항으로 엄격한 요건 적용을 요한다고 봤다.

「서울시체육회 정관」 제9조(관리단체의 지정) ②관리단체 지정된 시회원 종목단체의 임원은 관리단체 지정한 날에 그 직에서 즉시 해임된다.

③관리단체로 지정된 체육회의 정회원단체는 체육회의 총회 개최 시 재적대의원 수에는 포함되나 출석대의원 수에는 포함되지 않으며, 의결권도 행사할 수 없다.

시체육회 이사회에 관리단체 지정 요건에 해당하는 명확한 근거 제시를 위해서는 관광체육국 자체 조사는 한계가 있는 바, 조사권한이 있는 시감사위원회 등 감사기관의 조사가 필요할 것으로 보인다.

「서울시체육회 정관」 제9조(관리단체의 지정) ①체육회는 다음 각 호의 어느 하나에 해당 될 때에는 이사회의 의결을 거쳐 종목단체를 관리단체로 지정할 수 있다.

1. 체육회의 정관(또는 규약) 등 제 규정의 중대한 위반 …(중략)…

6. 재정악화 등 기타 사유로 정상적인 사업수행 불가

조사특위에서는 앞으로의 조치계획으로 대략 두 가지 조치를 취할 것이다.

먼저 조사특위에서 모협회 비위사실에 대한 구체적인 자료 등을 첨부하여 서울시 감사위원회에 조사를 요구하면, 시 감사위원회에서 관리단체 지정을 위한 구체적 비위사실 확인 및 입증자료를 보완하도록 하겠다.

다음으로 시 감사위원회 조사 결과 관리단체 지정 요건에 해당하는 사실들이 확인되는 경우 관리단체 지정안을 시체육회 이사회에 재상정하고, 이사들에게 충분한 설명을 하여 심의토록 하겠다.

3차 모태권도협회 비위조사

○김태호 위원: 국장님, 제가 이번 수행비서 채용 건과 관련해서 자료들을 살펴보니까 현재 자치구 체육회가 너무 방만하게 운영되고 있습니다. 사무국장이 업무상 횡령 건으로 처벌받으면 사무국장만 잘라내고, 회장이 처벌받으면 잠시 자리에서 물러나면 끝입니다. 실질적인 재발방지 대책이 이루어지고 있지 않습니다. 회장이 물러나면 뭐합니까? 전임 회장 때 요직을 차지하던 사람이 후임 회장이 되고 그러면 전임 회장 때와 다를 바가 무엇이 있습니까?

시 차원에서는 도대체 무엇을 하고 있는지, 이제라도 제발 25개 자치구 체육회에 대해서 전수조사 하시고 재발방지 대책을 마련하셔서 투명한 체육회 운영이 될 수 있도록 해주시기 바랍니다. 아시겠습니까?

○관광체육국장 주용태: 네.

– 10대 제298회 개회식 문화체육관광위원회 2020.11.09.

지금까지 체육단체 비위 근절 조사특위에서 조사된 모협회의 각종 지적사항에 대해 국기원과 대한태권도협회에서는 사안별로 어떤 부분은 강력하게, 또 다른 부분은 미온적인 대응을 약속하였다. 조사특위 지적사항 관련 관계기관 입장(2019.8.20.) 중 중요한 현안은 다음과 같다.

국기원, 대한태권도협회 등 각 기관의 대응 방안

국기원[조치계획 제출 / TF 참여]

국기원에서 제출한 조치계획의 주요내용은 다음과 같다.

첫째, 모태권도협회 심사 수수료는 '19.2.14 이사회 승인 일자부터 적용된다.

둘째 시도태권도협회의 회원의 회비와 관련하여 국기원 태권도 심사규정 제8조(심사 수수료)에 명시되어 있듯이 심사 수수료 이외의 기타 비용을 심사 수수료 명목으로 부과하여서는 안 되며, 대한태권도협회 및 시도태권도협회와의 전반적인 논의 후 심사위임계약서 및 심사재위임계약서를 면밀히 검토하여 회원의 회비 투명성 제고 및 절차상 개선을 위해 노력할 것이다.

유선확인 결과 조치계획과 관련한 국기원 담당자의 비공식 의견은 공정거래위원회에서 심사 수수료 관련 규정 개정 등 제도 개선을 요구할 경우, 국기원에서 태권도 혁신을 추진하는데 큰 힘이 될 수 있을 것이며, 공정위에서 회원의 정의, 적정 심사 수수료 등을 명확히 할 필요가 있다고 전해왔다.

대한태권도협회[조치계획 미제출 / TF 참여]

(유선 확인결과) - 대한태권도협회 이종천 도장사업부장

TF 구성 시 대한태권도협회도 참여하여 제도 개선 등에 협력하

겠다. 조치계획은 대한체육회에서 정식으로 요청할 경우 제출토록 하겠다.

대한체육회[TF 참여]

(유선 확인결과) - 대한체육회 이현진 체육진흥본부장

TF 구성 시 대한체육회도 참여하여 제도 개선 등에 적극 협력하겠다. 대한태권도협회가 기한 내 조치계획을 제출하지 않은 사실을 금일 인지한 바, 협회에 조치계획 제출 등 적극적인 협조를 촉구하는 공문을 시행할 예정임을 알려왔다.

문화체육관광부[TF 참여]

(유선 확인결과) - 문화체육관광부 스포츠유산과 국기원·대태협 담당자

조사특위 동향, 요구사항 등을 2차관까지 보고하고 있으며, 심사 수수료 및 회원 회비 등 제도 개선 필요성에 공감하며 TF 참여 등 적극 협력하겠다. 시체육회 특정감사 결과 지적사항 등 규정 위반사항을 적시하여 일비 환수 및 조직 개편 계획 등 제출토록 지시(9월 말까지)하겠다. 지시를 이행치 않을 경우, 3회 이상 반복(1주 단위) 지시 후, 지시 불이행 시에는 TF 안건으로 상정하여 적절한 조치방안을 강구하겠다.(현재도 모협회 미조치)

모태권도협회[조치계획 제출 / TF 참여]

사전 승인 없는 심사 수수료 인상 문제는 대태협과 국기원의 행

정업무 지연 및 국기원의 불합리한 결정에 의해 논란이 야기된 것이다. 따라서 국기원을 상대로 업무방해 등 고소·고발 예정이며, 그 법적 결과에 따라 조치할 예정이다.

회원 회비 부담방식은 모협회에 국한된 문제가 아니며, 대태협 및 17개 시도협회가 관련사항에 대해 협의 중인 바, 논의 결과에 따라 조치할 예정이다.

모협회는 시체육회의 관련 규정 및 규약에 따라 비상근임원에 대한 업무수행경비를 지급하여 왔으나 동 사항과 관련한 문제점이 있다면 시체육회 지침에 따라 이를 준수하여 시정조치 할 예정이다.

모협회의 '임원 자격 없는 자에게 지급된 일비 환수' 요구는 사실관계 오인에 따른 사항이며, 향후 시체육회의 지침에 따라 이를 준수하고 개선해 나갈 것이다.

모협회 집행부는 특정인 중심이 아닌 객관적이고 합리적인 절차에 따라 구성된 것이며 향후에도 집행부 구성에 있어 시체육회 지침 및 관련규정을 준수하여 합리적이고 공정하게 이루어지도록 최선을 다할 것이라는 입장을 조사특위에 보내왔다.

모협회의 유선 확인결과 진○○ 사무차장은 이○○ 상근이사가 TF에 참여할 예정이라고 알려왔다. 그러면서 시체육회 특정감사 결과 지적사항 등 규정 위반사항을 적시하여 일비 환수 및 조직개편 계획 등 제출토록 지시(9월 말까지)했고, 지시를 이행치 않을 경우, 3회 이상 반복(1주 단위) 지시 후, 지시 불이행 시에는 TF 안건으로 상정하여 적절한 조치방안을 강구하겠다는 입장을 전해왔다.

조사특위 모태권도협회 각종 부정·비리 사건에 관한 적절한 조치 강구

지금까지 모태권도협회의 방만한 경영과 각종 부정·비리 사건, 국기원 승품단 심사비 인상 및 응심생에게 회비 전가 등의 문제에 대해 국기원과 대한태권도협회에서는 앞서 확인한 대로 제기된 문제에 대해서 적절한 조치를 강구하겠다는 입장을 알려왔다.

이를 토대로 조사특위에서는 모태권도협회 정상화 추진방안을 모색해 보기로 했다. 이를 위해 먼저 모협회의 현 실태 분석 및 조치방향을 알아보았다.

먼저 회원 회비를 응심생에게 전가하는 문제는 전 시도 협회 공통사항이므로 범정부 차원의 관심과 개선 노력이 필요할 것으로 판단한다.

이를 위해 문체부, 대한체육회 등 참여하는 (가칭)태권도 혁신 TF 구성·운영이 필요하다는 결론에 이르렀다. 현재 문체부는 국내 승품단 심사제도 개선을 2019년 정책과제로 선정·추진 중이다.

다음으로 심사 수수료 이외의 기타 비용을 심사 수수료 명목으로 부과하지 못하도록 공정위가 지적한 사항에 관한 해결방안이다.

국기원에서 규정 개정('16. 4월) 및 심사위임계약서에 반영하였음에도 대태협은 심사재위임계약 시 규정의 취지에 반하는 회비 징수 규정을 마련, 응심생들에게 회원 회비 부담을 전가하고 있다.

이의 해결을 위해서는 회원의 범위를 협회 소속 태권도장 관장 등으로 한정하도록 명시하도록 하고, 회원 회비는 승품·단 심사와 분리하여 산정하도록 제도를 개선해야 한다.

현재는 심사 1인 기준 일정액 납부방식(응심생이 많을수록 관장의 납부회비도 증가)을 취하고 있다.

다음으로 모협회의 방만한 조직·예산 운영은 승품단 심사비용에 비해 과다한 심사 수수료 책정을 통제할 수 있는 제도적 장치가 미흡한 것에 기인하고 있음을 지적했다.

그리고 이의 해결을 위해서는 적정 심사 수수료 산정을 위한 객관적 분석·검증 방안 마련이 필요하다. 이에 대해 국기원은 혁신이 필요하다는 입장인 반면, 상대적으로 대태협·모협회는 기존 방식을 견지하는 입장을 보이고 있다. 승품·단 심사와 관련해 이 단체들은 독점적 지위를 확보하고 있어 자발적인 혁신은 기대하기 어려운 구조로 판단된다.

따라서 이의 해결을 위해서는 공정거래법 위반으로 공정위에 제소(적정 심사 수수료 산정, 회원 범위 한정), 소비자단체 등과 협력하여 공동소송(부당이익반환청구) 제기, 국기원의 심사위임계약(국기원 - 대태협) 정지 또는 취소, 모협회에 대한 서울시 감사위원회 감사 실시(시장 지시사항), 시의회 조사특위 활동 종료 후 감사 실시가 가능(모협회 위법·부당 행위 감사 예정)하도록 제도적 장치가 뒷받침되어야 할 것으로 조사특위는 제안했다.

SEOUL METRO
COUNCIL
특별시의회
서울

서울특별시 체육단체 조사특위 긴급 기자회견

조사특위에서는 "체육단체 비위 근절 행정사무조사특위 활동기간 중 처리요구사항"을 통보하며 조사특위 16차 회의에서 모태권도협회 정상화와 혁신을 위하여 유관 기관이 참여하는 (가칭) "태권도 혁신 TF"를 구성하여 모태권도협회의 구조적 모순 개선관련 활동사항을 보고하여 주기 바란다는 입장의 의견을 피력했다.

태권도 혁신 TF의 운영방향은 그동안의 조사특위 지적사항(53건)을 유형별로 분류하고, 조치방안을 논의하는 방향으로 가야 한다고 주장했다. 주요 운영 사안은 ①관련 규정 위반 ②관련 규정 미비 ③부당한 업무처리 ④위법·사실확인 필요사항 등이며, 운영기간은 '20. 10. ~ 12.(필요시 연장)이며 1차 회의는 10. 23(금)로 예정하였다.

코로나19 위기 상황에도 수수방관하는 모협회의 무책임한 행태

최근 코로나19 전국 확산으로 감염 위기 경보 최고 단계인 '심각' 단계로 격상되면서 서울시 소재 1,350개 태권도 도장들은 감염 예방과 코로나19 차단을 위한 정부의 휴관 권고에 참여했다. 그러나 휴관이 장기화되면서 대다수 일선 도장들이 존폐 위기에 내몰리면서 모협회 차원의 지원 대책이 절실히 요구되고 있다. 최근 한 언론은 모협회 소속 한 관장이 임대료와 사범월급을 위해 새벽배송 등 물류센터에서 아르바이트를 하면서 경영을 이어나가고 있다고 보도한 바 있다. 익명을 요구한 또 다른 관장은 "태권도 도장은 개인사업자이면서도 협회의 회원이며 협회 또한 심사를 통해 심사 수익으로 운영되기 때문에 도장이 사라지면 협회도 없는 것이나 마찬가지인데 현 모협회 회장은 국회의원 출마 준비에 여념이 없어 회원들의 고통은 안중에도 없다."라고 목소리를 높였다.

회원들의 운영난을 수수방관하고 있는 모협회와 달리 타 시도 태권도협회들은 긴급지원을 통해 '착한 태권도협회 운동'을 전개하고 있어 눈길을 끈다.

한국태권도신문의 보도에 따르면, 경북태권도협회는 550개 회원도장에 각 100만 원씩 긴급 지원에 나섰다. 전남과 부산의 태권도협회 역시 소속 도장에 50만 원씩 지급하기로 결정했다. 특히 부산의 경우 협회 정기예금을 해지해서 긴급예산을 편성한 것으로 알려졌다. 화성시 태권도협회 역시 경영난에 시달리는 소속도장에 100만 원을 지급하기로 했으며, 하남시의 경우 연회비의 납부를 유예했다. 이 밖에 많은 시도 태권도협회가 건물주 임대료 협의 안내, 학부모 수련비 선납 시 혜택 제공, 마스크 및 소독제 제공 등 다양한 지원책으로 도장 살리기에 적극 동참하고 있다.

모협회가 코로나19 관련 회원도장 지원을 위한 긴급 이사회를 단 한 건도 소집한 바 없다는 사실도 도마에 올랐다. 이 와중에 모협회는 지난 3월 12일 2019년 결산 및 2020년 예산을 위한 이사회를 개최했는데, 제보에 따르면 태권도 도장이 폐업을 하는 상황에도 코로나19 사태로 인한 지원 및 고통분담을 위한 안건은 전혀 상정되지 않았다고 한다. 심지어 이중지급된 현 회장의 활동비 환수문제를 두고 이견과 내부 갈등으로 인해 1차 이사회는 정족수 미달로 부결됐고, 2차 이사회는 코로나19로 인해 서면으로 대체되었다고 한다.

또 다른 도장의 관계자는 "모협회 눈 밖에 나서 승품단 심사 등에서 불이익을 당할까봐 침묵하고 있지만, 회원도장들의 불만이 이미 극에 달해 언제 폭발할지 알 수 없다."라며 일선의 분위기를 전하기도 했다.

그런데 모협회는 각 자치구 태권도협회에 월 3백만 원 가량의 보조금을 지급하고 있다는 점을 들어 개별 도장 지원의 책임을 자치구 태권도협회로 떠넘기고 있다. 여기에 모협회는 이날(3월 16일) 홍보자료를 배포하고 '자치구별 매월 350만 원씩 10년간 105억 원의 행정보조금을 지급했으며, 이 보조금으로 구 지회의 해외연수와 선물 등이 마련된 것'이라고 주장했다.

그러나 자치구 태권도협회에 지급하는 보조금은 코로나19 긴급 지원금이 아닌, 일상적으로 지급되어 오던 행정지원금이라는 점에서 모협회가 사실상 일선도장 지원을 전혀 고려하지 않고 있다는 비난을 피하기는 어려워 보인다.

필자는 모협회의 이러한 어처구니없는 처사에 대해 "유례없는 재난 속에 국내 태권도 지도자와 태권도협회 모두가 너나없이 고통을 분담하는데 모협회는 일상적으로 지급해 오던 보조금을 들어 면피하려고 한다."라면서 "1개 도장 당 월평균 6만 원 가량의 일상경비지원금으로 코로나19 긴급 지원이 될 수 있다고 주장하는 것은 모협회의 궁색한 변명일 뿐이다."라고 지적했다. 실제 25개 자치구에 월 3백5십만 원을 지급할 경우, 모협회 소속 1,350개 일선 도장은 월평균 6만5천 원의 운영지원금을 받는 꼴이다. 모협회의 회장 및 임원단이 출장비·회의 참석비 명목으로 매달 수십~수백만 원씩 수령하는 것과 비교되는 액수이다.

아울러 필자는 "교육부의 3차 개학 연기를 앞두고 태권도 도장의 경제적 어려움이 더 극심해질 것으로 예상된다."고 하며 "모협회는 코로나19 사태로 인한 지원 및 고통분담을 위한 안건을 이사회에 긴급으로 상정하고, 태권도 도장에 대한 구제방안을 구체적으로 제시하라."라고 거듭 촉구했다.

모태권도협회를 서울시 감사위원회 감사청구 예정

체육단체 비위 근절 조사특위는 그동안 밝혀진 모태권도협회의 각종 비리와 문제점을 개선하고 지속적으로 감시의 시선을 놓지 않기 위해 향후 서울시와 문화체육관광부, 대한체육회, 대한태권도협회, 국기원 등 유관기관과의 협조를 통해 정책을 마련하고 재발 방지 및 유사사례가 발생하지 않도록 법·규정 정비, 정관 및 규정가이드라인 마련, 불공정한 시스템을 개편할 것이다. 또한 조사·감사에 적발된 사항에 대한 적극적인 행정조치를 통해 타 종목단체 내 자정작용을 기대하며 나아가 체육단체 내 투명성과 공정성, 스포츠정신이 발휘될 수 있도록 지속적인 지도감독을 계속할 예정이다.

또한 조사특위 활동의 한계로 명명백백 확인하지 못한 사안들에 대해 고발 조치, 감사원 감사청구 등을 계획하고 있으며 특히 다수의 문제점이 발견된 모태권도협회는 활동 종료 즉시 서울시

감사위원회 감사청구를 할 예정이다.

조사특위는 활동 종료 즉시 서울시 감사위원회 감사청구를 앞두고 모태권도협회 관리단체 지정촉구 결의안 등을 의결하고 2020년 문화체육관광부 국정감사 지원을 통해 관리 감독 권한이 있는 상급기관의 시정조치를 건의해 놓았다.

필자는 지난 2년여 동안 이루어진 체육단체 비위 근절 조사특위 활동의 공로를 인정받아 2021년 12월 8일 서울시의회 의원회관 제2대회의실에서 서울기자연합회 '2021 지방자치 행정·의정·경영대상'에서 지방자치 의정대상을 수상했다.

이 상은 서울기자연합회가 대한민국 지방자치 행정·의정·경영 부문의 경쟁력을 평가하여 시민들에게 올바른 의정활동의 기준을 제시하고 건전한 정치문화 발전을 도모하기 위한 목적으로 수여하는 상으로 각 부문 전문가들의 추천과 엄격한 공적심사위원회의 심사를 거쳐 선정된 상이라 필자에겐 더욱 각별한 의미로 받아들여진다.

필자의 선정이유로 심사위원회는 "체육단체의 비위근절을 위한 노력, 체육 유관단체 및 체육종사자의 인권신장 노력 및 시민의 문화향유 기회 확대를 위해 노력한 의정활동의 공로가 인정된다."며 수상 이유를 밝혔다.

필자는 수상 자리에서 "서울시 기자연합회가 주최하는 높은 권위의 시상식에서 수상을 하게 되어 매우 기쁘다. 3년 6개월여 동안 체육인 출신 서울시의원으로 체육단체 비위근절과 체육인들의 인

2021 지방자치 의정 大賞

[since 2007/제277호]

서울특별시의회
부위원장 김 태 호

귀하께서는 제 10대 서울특별시의회 문화체육관광위원회 부위원장으로 탁월한 리더십을 통해 집행부 예산 감시와 견제의 의회 본연의 업무를 충실히 이행하였으며 서울시민들의 삶의 질을 높이는데 헌신적으로 의정활동에 매진하였기에 그간의 노고에 감사와 경의를 표하며 본 기자단은 의정대상을 수여합니다.

2021년 12월 8일

서울기자연합회
회장 정 상 린

권신장을 위해 쉼 없이 달려온 부분을 인정받은 것 같아 더욱 뿌듯한 느낌이다. 10대 서울시의회 의원으로서 의정활동 기간이 얼마 남지 않았지만 남은 기간 동안 체육인들은 물론 시민들의 삶의 질을 향상시킬 수 있도록 최선을 다하겠다."고 수상소감을 밝혔다.

나는 이번 모태권도협회 건을 계기로 17개 시도협회, 작게는 25개 체육회, 75개 종목단체를 향해서 분명하게 전달하고 싶은 메시지가 있었다. 그것은 바로 앞으로는 모협회의 부정·비리 같은 문제가 발생했을 시에는 문제에 대해 철저히 조사해 끝까지 문제 제기하고 진실을 밝혀낼 것이니 서울시의 체육 관련 협회와 종목단체들이 올바른 행정업무를 해주기를 바란다는 내 간절한 바람의 표현이었다. 무엇보다 깨끗한 체육문화 환경이 조성돼 체육관련 지도자와 선수, 협회 사람들이 아름다운 노력의 결실을 제대로 보상받을 수 있는 계기가 되기를 진심으로 기대해 본다.

서울시체육회 인사 관련 부적정 조치

조사특위는 서울시체육회를 비롯하여 모태권도협회, 서울시체육회, 서울시체조협회, 서울시축구협회, 서울시테니스협회 등에 대한 강도 높은 조사를 벌여왔습니다. 그 과정에서 제한적이고 형식적인 감사, 소극적인 징계 및 사후조치, 특정감사 회피, 서울시체육회 규정위반 및 규정 임의변경, 회원종목 단체에 대해 경영공시 관리감독 소홀 등 서울시체육회의 심각한 직무유기에 대한 지적과 이에 대한 시정요구를 했음에도 불구하고 서울시체육회는 현재까지 아무런 시정조치를 취하지 않고 있습니다. 심지어 실태파악이나 조치계획조차 수립하지 않고 있습니다.

서울시체육회는 지난 2015년 신규직원 채용 당시 특정인을 합격시키기 위해 1차 서류전형의 점수를 인사위원회 심의과정에서 변경했다는 의혹을 받고 있습니다. 당시 합격자는 현 서울시체육회 사무처장과 태권도진흥재단 시절부터 알고 지낸 태권도 전공 A교수의 아들로 알려졌습니다.

- 10대 제290회 제4차 본회의 2019.12.16.

체육단체 조사특위는 2019년 8월 19일 11차 회의를 개최해 서울시체육회의 비위 관련 집중 조사를 벌였다. 당시 안건은 서울시체육회 인사 관련 부적정 조치를 비롯해 목동 빙상장 부실 운영, 서울시체조협회 임원의 성추행 추문, 언남고 축구감독 갑질 횡포 등 4개 안건이 상정돼 조사가 이루어졌다. 이후 11월 13일 12차 조사특위에서도 서울시체육회 채용 및 시설운영관련 감사원 감사 청구안이 진행되었다.

서울시체육회 특별조사를 통해 드러난 문제점으로는 신규 계약직 채용업무 부적정 사례 2건과 취업지원대상자(국가유공자)에 대한 가산점 적용 부적정 사례, 인사규정 미흡 사례 등이 지적되어 시정 조치할 것과 관련 담당자에 대한 징계와 경고조치를 건의하였다.

신규 계약직 채용업무 부적정 사례

먼저 신규 계약직 채용업무 부적정 사례는 서울시체육회 사무처장과 관계가 되는 이○이라는 친구가 문제였다. 본 특위에서는 동 채용 건에 대한 제보가 있어 면밀한 검토가 필요한 상황이고 정규직으로 합격된 이○은 K대학교 태권도학과 이○교수의 아들이며 이○교수는 모태권도협회의 관리단체 지정 당시 첫 번째 관리위원장으로 임명된 사람이었다. 이○의 아버지와 사무처장은 관계가 깊은데, 두 사람이 태권도진흥위원회에서 같이 근무했다고 알고 있다. 무주 쪽이 고향이고, 친한 형님 동생 사이라고 들었다. 태권도에서 만난 인연인 것이다.

서울시체육회 「처무규정」 제3조(채용) 제1항에 의하면 직원의 신규 채용은 공개경쟁 채용시험에 의함을 원칙으로 하도록 규정하고 있으며 2015년 2월 6일 체육회에서는 홈페이지에 2개 분야(행정직, 계약직)로 구분하여 행정직 1명, 계약직 1명을 채용한다는 내용으로 공개경쟁 채용 공고를 실시하였다.

모집결과 계약직 분야에는 응시자가 없었으며 행정직 분야에는 총 15명이 지원하여 서류전형을 거쳐 상위 5명(한○○, 이○, 이○○, 임○○, 김○○)을 1차 서류전형 합격자로 선정했다. 이후 1차 합격자에 대하여 '15.2.17.(오전) 2차 논술 및 면접심사를 거쳐 같은 날 오후 체육회 인사위원회에서 최고점자인 이○을 행정직(정규직) 직원으로 선발하였다.

인사위원회 심의자료에는 최종 서류전형 점수가 1차 서류전형 합격자 점수와 다르게 한○○는 31점에서 32점으로 1점 가산, 이○은 31점에서 서류전형 시 누락된 보훈가점을 3점을 추가하여 34점으로, 임○○은 30점에서 31점으로 1점을 가산하여 최종점수를 부여한 것으로 되어 있다.

1차 서류전형 보고서의 점수와 인사위원회 심의자료의 서류전형 점수가 다르고 합격자 이○(보훈가점 3점)을 제외한 한○○, 임○○의 서류전형 점수가 변경된 것에 대하여 직원채용보고서에 정확한 사유가 명시되어 있지 않았다. 당시 시체육회 담당자는 단순착오로 점수를 잘못 기재하였다고 주장했다.

하지만 당시 인사위원회 회의록에 의하면 위원장(정○○ 사무처장)이 1차 서류전형과 2차 논술 및 면접점수를 합하여 최고점자

(82.4)인 이○ 응시자가 행정직 분야에 선발되었다고 발표하고 인사위원들에게 단기계약직 분야에 응시자가 없으므로 행정직 분야 지원자 중 차점자에게 의사가 있는지 확인 후 단기계약직 직원으로 채용하고 싶다고 의사를 밝혔다고 한다. 그리고 참석위원 4명의 동의를 얻어 차점자를 계약직 직원으로 선발하고 근로계약을 체결하였다.

당시 이○의 인사기록부에는 외국어 시험점수가 2년이 지나 그 효력이 상실됐는데도 만점을 준 것이다. 또한 선수 경력이 없는데 체육회에서 3개월 정도 근무한 걸로 7점을 받았다. 또, 본인이 누구의 아들이라는 것도 지원서에 넣었다고 한다. 그렇게 밝히면 안 되는데도 선발이 됐다. 이런 것들이 다 부정 사안이어서 특위에서는 문제를 제기했으나 인사 관련 부분은 잡아내기가 쉽지 않다. 공고 당시 채용 분야를 정규직과 계약직으로 구분하여 분리 모집하고도 정규직원 선발 후 차점자를 계약직으로 합격자에 포함시키는 것은 특정인을 합격시키기 위해 채용계획을 변경한 것으로 오해받을 소지가 있으므로 공고내용과 다르게 채용절차를 변경하여서는 안 되는 사안이었다.

이후 관련자인 김○○ 과장(훈계), 김○○ 팀장(주의), 이○○ 부장(주의), 정○○ 사무처장(주의)에게 신분상 조치가 내려졌다.

다음으로 또 한 건의 신규 계약직 채용업무 부적정 사례가 있었다.

서울시체육회는 「본회 사무처 계약직 채용 계획(안) 및 공모」를 통하여 2017년 7월 계약직(학교스포츠클럽리그 코디네이터) 1명을 채용하였다.

응시원서에 기재된 사항을 심사기준에 따라 평가하여 서류전형 합격자를 결정하며 어학의 경우 토익점수를 기준점수로 환산하여 최대 10점까지 부여하기로 하였다.

그런데 서류심사 과정에서 응시자 2인의 어학점수가 유효기간인 2년을 초과하였음에도 불구하고 가산점을 부여하여 부당하게 8점을 배점 받은 자로 인하여 서류전형에서 불합격 처리된 자가 발생하였다.

이후 면접전형에서도 서류전형 합격자들이 제출한 서류에 대한 확인검토 없이 면접전형을 실시하여 1차 서류전형 평가점수와 2차 면접전형 평가점수를 합산하여 순위를 산출한 결과 부당하게 어학점수 8점을 더 받은 자가 최종합격하였고, 정상 채점하였더라면 최종 합격되었을 자가 2위가 되어 불합격하는 결과가 초래되었다.

마지막으로 서울시체육회의 인사규정 미흡이 제기되었다.

서울시체육회는 인사규정에 직원 채용관련 내규가 없어 채용 때마다 채용관련 기준 등을 「인사위원회 규정」 제4조에 따라 인사위원회 심의를 거쳐 정하고 있고 체육회가 수탁 운영한 공공체육시설(목동 실내빙상장 등)은 해당 체육시설에서 별도의 방침으로 정하여 직원을 채용하고 있다.

그런데 채용 때마다 직원채용기준(채용절차, 채용배수, 합격자 결정기준 등)이 달라져 일관성 없이 운영되고 있는 문제가 노출되었다.

행정안전부의 「지방 출자·출연기관 인사·조직 지침」(2017.12.27.)에 따르면 동일한 직위에 대하여는 가급적 시험의 절차와 단계, 응시과목 및 합격자 결정방법 등이 일관성을 유지하도록 되어 있으므로 체육회는 이를 준수하는 것이 타당하다고 본다.

서울시체육회의 부적절한 운영 등 감사 청구하기로

서울특별시체육회는 서울시 보조금 지원단체로 2019년 기준 약 780억 원의 보조금 및 기금을 교부받고 있으나, 100여 개의 회원단체의 관리 감독을 소홀히 하여 각종 체육단체에 비위사실이 계속 적발되어 서울시 체육계의 명예를 실추시키고 있었다. 또한 서울특별시체육회 직원 채용 중 부적정한 인사 규정 적용 및 위탁 시설(목동 빙상장) 운영 과정에서 채용 부적절, 직원 및 강사의 인권 침해 및 부적정한 시설 운영으로 인한 부당이득을 취했음에도 불구하고 서울특별시 감사위원회 특정감사의 한계로 명백히 밝히지 못한 사항이 있어 이러한 의혹들에 대해 감사원에 감사를 청구하기로 했다.

현재 이○ 씨는 2015년에 채용이 돼서 다니고 있는 사람이다 보니 문제를 삼기가 힘들다. 체육회에서 문제가 많은 것이 인사 비리, 인사채용 비리, 서울시체육회 부정 비리다.

서울시체육회의 신규 계약직 채용 부적정 사례나 국가유공자에 대한 가산점 적용 부적정 사례, 인사규정 미흡 사례 등은 최근 한국 사회에서 가장 중요시 되는 '공정'과 '평등'의 가치를 정면으로 위배하는 시대착오적인 사안들이 아닐 수 없다. 문제는 아무리 작은 사안이라도 공개채용이나 인사 규정에서는 일부 특정인을 위한 배려나 사소한 인사규정의 미비만으로도 얼마든지 한 사람의 취업 문을 막을 수 있고, 공정하지 못한 인사가 행해질 수 있다는 점을 서울시체육회 관계자들이 명심했으면 하는 마음이었다. 그런 의미에서 서울시체육회 부적정 사례에 대한 조사·감사를 통해 앞으로 서울시체육회가 공정하고 정당한 조직으로 거듭날 수 있기를 진심으로 기원해 본다.

서울시체육회 목동 빙상장 부실 운영

목동 빙상장의 경우 소장 채용비리, 직원을 향한 소장의 폭언과 인권 침해, 빙상장 이용료 부당감면, 유통기한이 지난 음료수 강매 등 숱한 의혹 속에 관련자들은 서울시체육회 인사위원회에서 견책 등 경징계를 받은 데 그쳤습니다. 특히 불투명한 회계처리로 인한 부당이득이 발생했음에도 불구하고 당초 위탁운영 계약기간보다 6개월 조기 계약해지하고 소장이 사직하면서 관련자들의 문책에 어려움을 겪기도 했습니다.

이런 의혹에도 서울시체육회 스포츠공정감사실은 철저한 자체조사와 자구책을 마련하기는 커녕 공감할 수 없는 가벼운 양형으로 사실상 면책하거나 시정조치 미이행 지적에 과거 협의가 없다고 밝혀졌다며 정확한 조사·감사를 거부하는 등 유야무야하고 있습니다.

– 10대 제290회 제4차 본회의 2019.12.16.

서울시체육회에 대한 조사·감사의 일환으로 조사특위에서는 목동 빙상장에 대한 현장 특정감사를 실시해 여러 가지 크고 작은 문제점을 발견해 시정 조치 및 감사를 의뢰하였다. 목동 빙상장 특별조사를 통해 밝혀진 문제점으로는 대관 업무처리 부적정 사례,

감면 대상에 해당하지 않는 자의 빙상장 50% 감면, 정규직 비율 및 고용승계 관련 문제, 부대시설 임대계약 부적정 사례, 규정에 없는 사용료 징수 부적정 사례, 예산·회계 처리 부적정 사례 등이 지적되어 시정조치와 함께 관련자에 대한 징계 및 경고조치를 건의하였다.

특정인을 위한 맞춤형 채용공고, 빙상장 대관 업무 부적정 사례 등

먼저 특정인을 고려한 맞춤형 채용공고 문제였다.

이 문제는 목동 실내빙상장 입찰과정에서 시체육회와 경쟁했던 모 동계스포츠센터장이 소장으로 채용됨에 따라 논란이 되었던 사안이었다. 당시 소장 채용은 7일의 짧은 채용 공고와 특정인을 염두에 둔 맞춤형 채용공고 의혹이 문제로 부각되었다.

시 특정감사 결과(2018.11.22.) '서류심사에서 공공체육시설 근무경력보다 동계체육시설 근무경력을 우대하였고 면접 당시 목동 실내빙상장을 운영했던 모 동계스포츠센터의 대표였다는 것을 인지'하였으나 공개채용 절차상의 하자는 없었고, 특정인을 위한 특혜 부여와 관련된 사항은 발견하지 못해 '목동 빙상장 소장 자리를 제안했다'는 언론보도 내용은 행정조사의 한계로 확인이 불가하다는 의견을 제시했다.

2017년 12월 전국적으로 실시한 '공직유관단체 채용비리 특별점검'(서울시 감사위원회) 시 목동 실내빙상장 소장 채용 건도 점검 결과 문제가 된 사항이나 적발된 사항이 없었다. 당시 문제의 인물인 유○○ 소장은 현재 2019. 3. 31.자로 퇴직하였다.

다음으로 목동 빙상장 대관 업무처리 부적정 사례를 들 수 있다.

목동 실내빙상장은 「서울특별시 목동 실내빙상장 관리·운영 사무 위·수탁 협약서」 제23조(기타사항) 제5항에 따라 인터넷 홈페이지를 활용하여 대관 접수 및 민원사항이 처리되도록 해야 하지만 유선 및 수기대장으로 접수를 받았음이 지적되었다.

시 특정감사 결과(2018.11.22.) 시체육회 복무규정(성실의무) 위반사항에 해당되어 시체육회 인사위원회(2019.2.25.)에서 담당 팀장이 견책 조치되었다.

목동 실내빙상장은 정규규격 및 대회가 가능한 서울시의 유일한 빙상장으로써 엘리트, 학교, 직장운동 경기부 선수들의 훈련을 우선으로 운영하고 있었다. 그런데 인터넷 접수 시 발생할 수 있는 대회 대관 및 훈련 선수 시간 미확보, 대관시간 공백 최소화 등의 사유로 유선 접수 운영을 하고 있었다고 한다.

또한 대관 수익금 관리는 더○이라는 전산시스템을 사용하고 수기대장은 대관 담당자와 회계부서 간 확인을 위한 보조 수단으로 활용하였다는 답변이 있었다.

목동 실내빙상장 관리담당자는 종전 이메일 또는 서면으로 접수되는 시스템에서 현재 홈페이지로 전환하기 위해서 시스템을 개발하여 보완중이며, 대관심사위원회 구성 등 대책을 마련하고 있다는 의견을 조사특위에 알려왔다.

다음으로 감면 대상에 해당하지 않는 자의 빙상장 50% 감면 문제를 들 수 있다.

「서울특별시립체육시설의 설치 및 운영에 관한 조례」 제10조에 따른 감면 대상에 해당하지 않는 스케이트 강사에게 특정 사용시간대의 빙상장 사용료를 50% 감면해 주어 문제가 되었다.

2018년 5월~10월 새벽 대관(06~07시)이 공실인 상황에서 마케팅 활용방안의 일환으로 새벽 대관 이용자에게 50% 할인하여 사용할 수 있도록 새벽 시간에 한하여 대관을 효율적으로 활용코자 하였으나 2018년 11월 이후 감면을 중지했다고 한다.

시 특정감사 결과(2018.11.22.) 시체육회 복무규정(성실의무) 위반 사항에 해당되어 시체육회 인사위원회(2019.2.25.)에서 담당 팀장이 견책 조치되었다.

정규직 비율 및 고용승계 관련 사례도 문제로 지적되었다.

'서울시 민간위탁종합성과평가(2019. 3월)'에서는 목동 실내빙상장의 「서울특별시 목동 실내빙상장 관리·운영 사무 위·수탁 협약서」 제12조(근로약정 이행 등)에 따라 수탁사무 관련 근로자의 정규직 비율을 25% 이상 되도록 유지하고 있으나 시체육회에서 파견한 인력은 2명으로 이는 협약사항 위반으로 해석하였다.

기존 위탁사무운영인력(15명) 중 고용승계된 13명(87%)은 정규직으로 채용·전환하도록 하였으나 수탁자인 시체육회가 아닌 별도의 사업자등록증을 내어 직원들을 고용하는 등 고용에 대한 분쟁을 피하고자 하는 편법으로 보였다.

이에 시체육회에서는 위·수탁 협약서에 명기되어 있는 정규직 전환이라 함은 시체육회가 수탁자로서 고용승계 된 목동 실내빙장장 직원을 계약직이 아닌 정규직으로 운영한다는 의미로 현재 15명의 직원 중 2019. 2월 ~ 3월에 채용한 신규직원 2명만 계약직이며 나머지 13명은 정규직으로 80% 이상을 정규직으로 운영하고 있으며, 시체육회는 목동 실내빙상장 뿐 아니라 고척체육센터도 위탁 운영하는 바, 별도의 사업자등록을 하여 근로계약서를 체결하고 있으며 대표는 박○○ 시장으로, 시체육회 직원이라고 하였다.

빙상장 관련 시설 등에 관한 부적절 사례

부대시설의 임대계약 부적정 사례도 문제로 지적되었다.

목동 실내빙상장의 부대시설(연마실)을 2차례에 걸쳐 연 1,200만원에 제3자 임대하면서 수의계약 방식으로 처리하고 수탁재산에 대한 전대사업계획서를 시에 제출하여 승인 또는 변동에 따른 재승인을 받은 적이 없었다.

「공유재산 및 물품관리법 시행령」 제19조의5 및 「서울특별시 목동 실내빙상장 관리·운영 사무 위·수탁 협약서」 제18조의 2 규정에 따르면 행정재산인 목동 실내빙상장 부대시설(연마실)은 수의계약에 의한 관리위탁 대상이 아니며, 수탁자는 연도별 사업 계획서 제출 시 수탁재산에 대한 전대사업계획서를 시에 제출하여 승인을 받은 후 변동이 있을 경우에는 시의 재 승인을 받아야 한다고 되어 있다.

목동 실내빙상장의 담당자는 연마실이 숙련된 노하우의 기술이 필요한 상황으로 기술 및 경력이 없는 자들의 무분별한 운영에 대처코자 연마 기술이 있는 직임자에게 운영계획(안)을 제출토록 하여 수의계약하였고 매년 사업계획서 제출 시 수탁재산에 대한 임대계약 사항을 명시하여 서울시에 보고함에 따라 당연히 승인으로 생각하였다고 답변하였다.

시 특정감사 결과(2018.11.22.) 이는 시체육회 복무규정(성실의무) 위반 사항에 해당되어 시체육회 인사위원회(2019.2.25.)에서 담당부장을 감봉 2개월 조치되었으며, 연마실은 현재 계약기간 종료 시(2019.7.31.) 서울시 승인 후 공개 입찰할 예정이다.

또한 빙상장 내 15개 유휴공간에 대하여 임대계약을 체결하고 임대료 징수대상·징수방법·징수금액 산정 등에 대하여 시로부터 별도의 사전 승인도 받지 않고 임의로 징수금액을 산정하여 매월 20 ~ 150만 원의 임대료를 징수하고 있었다.

이는 모 동계스포츠센타에서 사용 중이던 팀(광○고, 타○○○, 황○○ 등)의 장비보관과 사무실(모 뉴스코리아)을 중도에 계약해지 시 팀 훈련장 미확보에 따른 전력손실 및 민원의 소지가 발생할 수 있다고 판단하여 종전대로 승계하여 운영하였던 것으로 계약기간 종료 시(2019.7.31.) 서울시 승인을 받아 운영할 예정이었다고 답변했다.

시 특정감사 결과(2018.11.22.) 이 사안도 시체육회 복무규정(성실의무) 위반 사항에 해당되어 시체육회 인사위원회(2019.2.25.)에서 부장에게 감봉 2개월 조치를 내렸다.

규정에 없는 사용료 징수 부적정 사례도 지적되었다.

목동 실내빙상장은 전용사용대관과 관련하여 「서울특별시립체육시설의 설치 및 운영에 관한 조례」 제7조(사용료) 별표6에 따라 부속시설 사용료를 징수할 수 있으나 조례에는 두 개의 팀이 동시에 사용하는 것에 대한 정의가 불분명하다. 그래서 관리담당자는 목동 실내빙상장 실정에 맞게 「목동 실내빙장상 대관 규정」 제7조(준수사항) 나항에 따라 부속시설(락카룸) 사용료 3만 원, 샤워시설 1회 5천원을 정하여 징수한 것으로, 향후 규정에 따라 징수할 수 있도록 관련 조례 개정을 서울시에 지속적으로 요청하였다고 한다.

예산·회계 처리 부적정 사례도 지적되었다.

이 건은 음료수 자판기(4대)를 시의 승인 없이 직원 상조회에서 운영한 건으로, 시 특정감사 결과(2018.11.22.) 시체육회 복무규정(성실의무) 위반 사항에 해당되어 시체육회 인사위원회(2019.2.25.)에서 담당 부장을 '감봉 2개월', 주임은 '견책' 조치하였다.

이 사안은 모 동계스포츠센터에서 직원 상조회에서 직원 복지를 위해 운영 중인 음료수 자판기가 시의 승인사항으로 인지하지 못한 상황에서 발생한 것으로 상조회 회칙을 개정(2017.7.1.)하여 음료수 자판기 수입금을 상조회 기금으로 충당하였고 현재 상조회 해산 및 음료수 자판기 철거(2019.3.1.)와 음료수자판기 폐업 신고(2019.4.18.)가 완료된 상황이다.

또한 이 건은 대관료를 현금 납부 받아 전액이 아닌 일부만 입금처리 한 건으로, 시 특정감사 결과(2018.11.22.) 시체육회 복무규정

(성실의무) 위반 사항에 해당되어 시체육회 인사위원회(2019.2.25.)에서 담당 과장이 '견책' 조치되었다.

이런 사안이 발생한 사유는 이용팀(칩○, 불독○○, 백○, 이○○, 권○) 등 4개의 팀에서 현금 결제를 원하고 있어 고객 편의 차원에서 현금 정산하였는 바, 2019년 1월부터는 모든 대관 이용자에게 현금 결제 불가를 공지하였다고 한다.

목동 실내빙상장 회계프로그램과 전자결재시스템 연계 불가와 관련하여 시체육회 전자결재시스템은 체육회 회계프로그램과 연동할 수 있도록 구축되어 있기 때문에 현재 목동 실내빙상장에서 사용 중인 회계프로그램과 연동시킬 수 없는 상황으로 별도의 시스템 구축 방안을 모색 중에 있다고 한다.

목동 실내빙상장 일반 입장객은 초, 중, 고, 대학, 일반이 주고객층으로 다양화되어 있으며, 무인발권기 3대에서 카드 및 현금으로 소비자가 선택하여 결제가 가능하다. 이에 무인발권기 운영에 필요한 거스름돈이 필요하며 코인 보관함 사용(500원)을 위한 지폐교환기 운영, 강습비, 입장료 환불 및 강습비 현금결제로 인해 소정의 현금을 보유하고 있는 상황이다. 현재 기업회계 기준에 의해 ERP회계프로그램으로 회계 처리되고 있으며, 매년 외부 회계사를 선임 및 심사를 실시하는 바, 향후 카드결제만 가능하도록 시스템 전환 방향을 모색중이라고 한다.

시체육회 정관 미준수, 직원 근로감시 문제 등

다음으로 서울시체육회 정관 미준수 문제를 지적하였다.

목동 실내빙상장은 지금까지 시체육회 이사회 의결 없이 '목동 실내빙상장 처무규정 및 취업규칙'을 제정하고, '목동 실내빙상장 운영위원회'를 구성해 운영해 왔다.

이 사안은 시 특정감사 결과(2018.11.22.) 시체육회 복무규정(성실의무) 위반 사항에 해당되어 시체육회 인사위원회(2019.2.25.)에서 담당 소장에게 '정직 1개월', 부장에게 '감봉 2개월' 조치가 내려졌다.

다음으로 유통기한 지난 음료수 강매가 지적되었다.

시 특정감사 결과(2018.11.22.) 유통기한 지난 음료수를 강매한 사실은 확인할 수 없었으나, 특정업체의 스포츠 음료수를 소개한 행위는 시체육회 '임직원 행동강령' 위반사항에 해당되므로 시체육회 인사위원회(2019.2.25.)에서 담당 팀장을 견책 조치하였다.

마지막으로 CCTV를 통한 직원 근로감시 문제가 지적되었다.

목동 실내빙상장 소장 유○○은 업무를 수행하면서 직원들을 존중하지 않고 직원들에 대한 반말과 욕설 등을 하였으며, CCTV를 통해 직원들의 근무상황을 모니터링 하는 등 인권침해 소지가 있는 행동으로 언론보도 되었다.

목동 실내빙상장은 적법한 절차를 거쳐 시설의 안전과 도난 예방 관리를 위해 CCTV(44대)를 설치 및 운영하고 있는 것으로,

시 특정감사 결과 (2018.11.22.) CCTV를 통해 직원을 감시한다는 보도 내용은 어느 정도 사실로 인정되어 시체육회 인사위원회 (2019.2.25.)에서 소장에게 정직 1개월 조치를 내렸다.

서울시체육회의 목동 빙상장 소장 채용과정에서 절차상의 하자는 없었으나 특정인물에게 유리한 근무경력에 높은 심사점수를 배정한 점, 1인을 대상으로 면접심사를 진행한 점, 시체육회 위탁운영 전 목동 빙상장을 운영한 경력을 사전에 인지한 점 등 정황상 특혜를 준 의혹이 발견되었으나 서울특별시 감사위원회 특정감사(2018.11.)에서 '사실이 인정되나 행정조사의 한계로 확인할 수 없다'며 '내부종결' 및 '문책', '경고'에 그치고 있어 조사특위 위원들이 면밀한 공익감사가 필요하다는 인식을 갖게 되었다.

또한 서울시체육회의 목동 빙상장 위탁운영(2017.1.1.~2019.6.30.) 중 경기장 대관 업무처리를 유선접수 및 수기 대장으로 관리한 점, 사용료를 경기장 사용 후 세금계산서 발행을 통해 후납으로 처리한 점, 부대시설 임대계약 시 서울특별시의 승인 없이 체결한 점, 경기장 유휴공간 사용료를 임의로 산정하여 임대료를 징수한 점 등 대관운영을 통한 수입이 불투명한 상태에서 부당이득을 취했음에도 불구하고 특별한 조치가 취해지지 않았던 점 등이 조사과정에서 문제로 제기되었다.

서울시 목동 실내빙상장은 서울시에는 유일하게 하나밖에 없는 고급실내스포츠 시설이다. 그래서 더욱 빙상장의 운영이나 관리,

이용방법 등에는 어느 특정인이나 단체가 특별히 대우받는 시스템으로 운영되어서는 곤란한 것이다. 조사특위에서 지적한 목동 실내빙상장의 문제들은 어찌 보면 사소하다면 사소할 수도 있고, 관례적으로 운영돼 온 것들도 많이 있었다. 하지만 대관 업무처리의 부적정한 관리나 감면 대상자가 아닌 자에게 빙상장 50%를 감면해 준 사안, 부대시설의 임대계약 부적정 사례, 음료수 자판기 부정 운영 등은 목동 실내빙상장의 특성을 고려할 때 좀 더 공공재의 성격에 입각한 엄격하고 공정한 운영·관리가 필요하지 않았나 하는 것이 목동 빙상장을 특별 조사·감사한 조사특위 위원장으로서의 의견이다.

서울시 체조협회 임원의 성추행 추문

조사특위가 멈출 수 없는 이유를 말씀드리겠습니다. 과거 탈북자 코치를 성폭력한 혐의가 있는 자에 대한 임원 인준을 대한체조협회는 거부하였으나 일주일 뒤 서울시체육회는 협회장으로 인준을 하였습니다. 협회장은 협회 운영은 뒷전으로 한 채 무기한 직무유기를 일삼다 결국 피해자와 연인관계라 주장하며 허위소문을 퍼뜨리며 본인의 성폭력혐의를 덮으려고 했고, 결국 명예훼손 혐의로 벌금을 부과받고 나서야 지난달 체조협회장은 자진 사퇴하였습니다.

- 10대 제290회 제4차 본회의 2019.12.16.

우리가 스포츠에 열광하고 스포츠를 감상하는 이유 중에는 각본 없는 드라마라고 일컬어지는 선수들의 치열한 경기장면을 보면서 느끼는 흥분과 스릴도 있지만 이에 못지않게 고도의 기술로 인체의 아름다움을 표현해내는 스포츠를 감상하는 즐거움도 있을 것이다. 우리가 아직 '리듬체조'의 아름다움이 뭔지 잘 모르던 시기에 아시아를 대표해 전 세계인에게 '리듬체조'의 아름다운 선을 우수한 기량으로 표현해냈던 북한 선수 이○○ 씨의 아름다운 도

전은 그녀가 북한 땅을 떠나 대한민국의 품에 귀순하면서 새로운 국면을 맞이할 것처럼 기대됐었다. 하지만 이 기대는 얼마 못가 한 체조협회 임원의 추악한 성폭력으로 일그러진 모습으로 한국 사회를 부끄럽게 만들어놓고 말았다. 나는 리듬체조 국가대표팀 이○○ 코치의 안타까운 사연을 접하며 한국 스포츠의 밑바닥을 보는 것 같아 체육인의 한 사람으로서 정말 체육계가 반성하고 건강한 체육환경을 만들기 위해 진정으로 노력해야겠다는 생각을 많이 하게 됐던 잊지 못할 사건이었다.

이○○ 리듬체조 코치의 성폭행 사건, 국내 체육계 첫 미투로 기록돼

리듬체조 국가대표팀 코치 이○○ 씨는 2018년 3월 JTBC '이규연의 스포트라이트'에 출연해 2011년부터 3년 동안 자신을 추행한 인물로 체조협회 전무이사 A씨를 지목했다.

이 코치는 북한 리듬체조 국가대표로 1991년 하계유니버시아드 3관왕에 오르며 당시 아시아 선수로는 최고 성적을 냈고, 2007년 탈북해 한국에서 지도자 생활을 해오면서 여러 차례 언론으로부터 조명되는 등 비교적 얼굴이 잘 알려진 지도자다.

그는 방송에서 국가대표 상비군 코치로서 재직하는 기간 중 지속적으로 A씨로부터 성추행을 당해왔다고 털어놓으면서 오열했다.

이○○ 코치 성폭행 사건은 당시 체조협회 회장의 권한을 가지고 있던 사람이 지속적으로 약자인 이 코치를 성폭행하고 성추행한 사건이다. 필자는 당시 체조협회 내부의 이사진들로부터 민원이 들어와서 어떤 문제점이 있었는지 그 과정을 살펴보게 됐다. 조사를 하면서 보니 부회장과 이사, 임원들까지 모두 다 한통속이 되어 치부를 계속 감추고 있었다. 서로 다른 진술을 내서 오히려 체조협회 코치에게 문제가 있는 것으로 만들어냈다. 예전에 이슈화가 돼서 TV 방송에 나왔는데도 불구하고 회장이 모 체고 체조 선생님인 것으로 알고 있다.

특히 이 코치는 당시 200만 원 가량이던 월급에 대해 A씨에게 이야기하며 "솔직히 제가 생활이 어려우니 사정이 나아지면 월급 좀 올려주세요."라고 말할 때마다 A씨로부터 "그런 말 할 거면 모텔 가자. 쉬면서 얘기하자."는 이야기를 들었다고 증언했다.

이 코치가 자신을 성추행한 인물로 지목한 A씨는 체조협회 전무이사를 지낸 인물로 2009년 체조협회 집행부로 합류한 이후 체조협회 사무국을 총괄하는 전무이사로서 체조협회의 사업은 물론 국가대표 선수, 지도자 선발에 대한 권한을 갖는 강화위원회의 구성원으로서 막강한 권력을 행사한 것으로 알려졌다.

이 코치의 폭로는 국내 체육계 첫 '미투' 사례로 기록되었다. 이 코치는 2014년 대한체육회에 탄원서를 제출했고, 체육회 조사가 시작되자 A씨는 체조협회 임원 자리에서 물러났다. 그러나 2016년 체조협회 고위직에 다시 추천을 받아 논란이 일었다. 이후 이 코치는 2017년 강간미수 등 혐의로 A씨를 고소했으나 공소시효가 지났다는 이유로 검찰은 사건을 불기소 처분했다

서울시 교육청의 해임 처분으로 문제의 심각성이 사회문제화 돼

이 사건의 경우 경찰이 구속영장까지 청구했지만 검찰에서는 증거 불충분으로 불기소 처분이 나왔다. 이 대목에서 왜 검찰은 그렇게 솜방망이 처벌을 내리게 되었는지도 생각해봐야 할 대목이 아닌가 싶다. 이 부분에 대해서는 깊숙이 살펴볼 필요가 있는데, 이것도 변호사의 역량인 것 같다. 만약 검찰에서 기소가 돼서 재판에 들어갔을 경우에 학교 정년퇴직을 앞두고 있는 상황에서 불이익이 크기 때문에, 본인이 살려고 최대한 여러 가지 수단과 방법을 가리지 않았을 것이다. 하지만 피해자는 어떠한가. 북한 분이다. 대한민국에 들어와서 사회적으로 안정을 취해야 할 시기인데 그게 쉬운 일이 아니고, 체육계 쪽에서 눈치도 많이 봤을 텐데 누가 도움을 주었겠는가.

이 코치가 2014년에 대한체육회에 탄원서를 제출하면서 가해자의 추악한 실상이 만천하에 드러나게 되었지만 그럼에도 불구하고 가해자가 형사 처벌을 받기까지는 지난한 과정이 필요했다. 즉 대한체육회를 비롯해 교육청에서 사안의 심각성을 따져 가해자의 체조협회 부회장 인준을 거부하고 교육청에서 해당 가해자를 교사에서 해임시키는 조치에 이르러서야 형사사건으로 다루어질 수 있었다.

해당사안이 형사소송으로 가기까지엔 먼저 대한체육회와 서울시교육청의 피해사실 인정이 앞서 밝혀져야 했다.

먼저 '16년 대한체육회는 이○○ 코치를 성폭행한 가해자에 대해 대한체조협회 부회장 인준 거부 및 서울시 체조협회장 인준 동의를 거부하였다. 당시 가해자는 "이 씨와 연인 관계였다"면서 "관련 사안으로 징계를 받은 것은 아니기 때문에 대한체조협회 부회장 인준 결격 사유에 해당하지 않는다."고 주장하며 대한체육회를 상대로 민사소송을 제기했지만 2018년 12월 패소하였다. 당시 이 사건을 계기로 서울시체육회의 「회원종목단체 규정」 제26조(임원의 결격사유)에 "비위, 성폭력 등 고발사건으로 재판중인 사람도 임원이 될 수 없다는 조문을 추가"하도록 관련 규정의 개정을 요구할 필요성이 대두되었다.

또한 서울시교육청은 고법판결(가해자의 체조협회 부회장 인준거부의 근거가 된 사안: 이 씨의 미투 내용이 수치심이나 형사 처벌의 위험성을 감수하면서까지 존재하지도 않는 피해 사실을 만들어낸 것이라 보기 어렵다는 판단)을 근거로 중징계 절차를 진행했고 '18년 대법원 최종 판결을 근거로 '19년 6월 가해자를 교사에서 해임하는 처분이 내려졌다.

사태의 심각성이 점차 사회문제로까지 번지자, 경찰은 구속영장까지 신청했지만 검찰은 '불기소 의견으로 송치하라'고 했고 경찰이 이에 불복하여 '수사지휘를 다시 검토해 달라'고 요구했으나 수사증거불충분으로 불기소처분을 내렸다.

당시 검찰의 현장 검증을 하라는 지시에 경찰이 동영상 재연까지 시도("사건 담당검사가 피해자에 대한 성폭행 미수 상황 재연을 위해 동영상을 촬영하라고 경찰에 수사지휘를 했다"며 이를 거부할 수 없어 피해자는 바지가 벗겨지는 상황을 재연하는 영상을 촬영했다)했지만 이○○ 코치는 2번째 동영상 촬영을 거부했고 결국 검찰은 "혐의 없음"으로 불기소 처분했었다.

이후 이 사건은 '18년 5월 피해자의 재정신청이 기각되었고, 7월에 불기소처분이 결정되었다. 하지만 이 씨는 검찰의 불기소처분이 부당함을 지적하며 '18년 항고했고, '19년 4월에는 검찰수사 단계에서 인권침해 요소+증거 보강을 해 연인관계를 주장한 가해자를 명예훼손으로 재고소하였다. 이후 '19년 4월, 재수사 명령이 내려져 현재 가해자는 형사소송 중에 있다.

이○○ 코치 피해사건의 교훈

결국 이○○ 코치 성폭행 및 명예훼손 사건은 본인이 당했는데도 불구하고 피해자를 피해자로 보지 않았다는 이야기다. 따라서 좀 더 구체적으로 들여다볼 필요가 있다. 도움을 많이 받아야 될 상황에서 도움을 많이 못 받았고, 피해자가 그만큼 준비가 안 됐었기 때문에 이렇게 흘러갈 수밖에 없었다. 조사특위로 활동하면서 느낀 점이 있다. 체조협회 회장이 막강한 권한을 쉽게 내려놓지 못할 것이고 , 그들은 다양한 수단과 방법을 가리지 않고 자리를 지키려고 할 것이다.

당시 조사관들이 문제의 심각성을 인지 후 조사하여, 위원장에게 보고하였다. 그때 필자는 보고받은 사안을 그냥 넘어가지 않고 문제의 심각성을 인지하고 다시 체조협회의 정상화를 만드는 것이 나의 역할이라고 생각했다. 의원은 수사권이 있는 게 아니기 때문에 조사권을 가지고 감사를 해서 그 사람들에게 징계를 주는 것까지가 내가 할 수 있는 일이다. 지금 A씨는 서울시체육회에 징계를 받아서 해임이 된 상황으로 알고 있고, 조사 후 기록을 남겨놓았다. 교육청에서도 문제를 제기했고 학교 측에서도 징계를 내렸다고 들었다.

체육인을 위한
스피커가 되고 싶다

체육 현장의 문제는
민원을 넘어야 해결책이 보인다

내가 태권도 선수 출신으로 조사특위 위원장이 되고 자연스럽게 뇌리를 스쳐간 일들은 고등학교 태권도부 시절에 말도 안 되는 이유로 폭행을 당했던 그날과 대학교 때 태권도부 주장임에도 불구하고 감독에게 맞았던 이해할 수 없는 사건이 가장 먼저 떠오를 수밖에 없었다. 그 상처는 고스란히 나에게 체육정치인으로서 '내가 해야 할 일'이 무엇인가를 꼭 집어 말해주는 선명한 존재이유였다. 그것은 바로 후배들의 땀과 노력의 대가가 더 이상 학폭과 폭행, 성폭력이라는 부끄러운 상황에 놓이지 않기를 바라는 마음에서 체육인으로서 정의구현을 해보자는 것이었다. 잊을 만하면 또다시 수면 위로 떠오르는 문제 감독과 위압적인 체육계 선배들의 부조리한 모습들. 그 안에선 선수들이 더 이상 운동만을 좋아해서 자신의 노력이 제대로 발휘될 수 있는 환경과 조건이 갖추어지지 않았다. 그리고 깨끗한 체육 현장을 위한 첫 단추는 비위가 있는 곳에서 비위를 조사하고, 피해를 입은 선수의 상처가 정당한 방식으로 치유될 수 있도록 하자는 것이었다.

민원을 의원과 함께 공유하면 빠른 해결 가능

지금까지 체육회의 전체적인 비리가 근본적으로 근절되지 않고 고질적으로 계속해서 나타나는 원인은 사건사고를 대하는 체육계 인사들과 일반인들의 '스포츠는 원래 몸으로 하는 운동이라 어느 정도의 군기는 필요하다'는 일종의 폭력 묵인론 내지는 폭력 인정론에 있지 않았을까 한다. 이 고질적인 체육계 비리·부패·폭행의 연결고리를 끊기 위한 첫 번째 움직임은 소위 뜻있는 사람들의 '너희가 어떤 비리를 저지르고 있는지, 어떻게 안 좋은 방향으로 일을 추진해 가고 있는지' 선수와 우리가 항상 지켜보고 있다는 것을 세상에 보여주어야 한다는 것이다. 선수들이나 회원들, 즉 을의 입장에서도 부당하게 당하지 말고, 법적인 논리와 상대방이 취하는 방식에 대응하는 방법을 참고하기를 바랐다. 민원을 의원과 함께 공유하면 최대한 빠르게 해결할 수 있다.

2019년 4월에 본회의에 의결이 된 모태권도협회 건은 민원으로 시작됐다. 한마디로 모태권도협회가 갑질을 한다는 것이었고, 자기들 말을 안 듣는다는 이유로 강남구태권도협회, 송파구태권도협회, 금천구태권도협회에 자꾸 징계를 주었다. 중요한 것은 징계 사유가 문제가 안 된다는 사실이었다. 규정, 규약도 문제가 없었기 때문에 법적으로 따지고 들어가면 모태권도협회가 다 지는데도 불구하고 계속 징계를 내렸다. 말을 안 들으니까 길들이려고 한 것이다. 그렇게 지쳐가고 있는 상황에서 강남구태권도협회 쪽에서 민원을 넣었다. 민원의 사실 여부를 확인하는 도중에 뜻밖의 일들을 하나씩 알게 되었다. 처음에는 갑질 관련 민원이었는데 알고 보니 너무 다양한 각도에서 모태권도협회가 문제가 많았던 것이다.

모태권도협회는 2016년에 관리단체로 지정되고 나서도 자신들의 잘못을 인정하지 않고 부정과 비리에 관계된 임원들이 짬짜미 사퇴해서 관리단체 지정의 직접적인 사유를 '부정과 비리'가 아닌 '임원 결원'으로 만들어버리는 후안무치한 행동을 계속해서 자행하고 있었다.

모태권도협회가 이토록 방만하게 운영되고 온갖 부정과 비리에도 불구하고 무탈한 이유로 체육계의 많은 사람들은 서울시체육회의 비호를 의심하고 있다. 모태권도협회는 '지금 문제되는 부분들은 이미 사법기관에서 무혐의 처분된 것일 뿐 아니라, 정부기관이나 상위 체육단체의 감사, 조사를 통해 종결되었다'고 주장한다.

일부 문제가 증거불충분으로 종결된 것은 맞지만 검찰의 결정문이나 법원의 판결문에도 완전히 죄가 없다는 것이 아니고 '증거가 불충분하다'거나 협회 내 이사회 의결로 이루어진 일이므로 '절차상 하자가 없다'는 입장이다. 이처럼 혐의가 충분하고 일부 사람들에 의해 사조직화 되고 그들만의 리그를 위해 그 많은 예산이 낭비되고 있다는 합리적인 의심은 충분한 근거가 있다고 판단하는 것이 조사특위 위원들 대다수의 의견이다. 이러한 합리적 의심을 증명하기 위해서라도 계속해서 비위가 드러나고 있는 부분이나 불합리한 처우를 받고 있는 태권도장 관계자 여러분의 활발한 민원이 또 다른 차원의 조사와 감사의 시작을 앞당길 수 있음을 조사특위 위원장으로서 분명히 말씀드리고 싶다.

대한민국 스포츠는 지금까지 한국인의 위상과 자긍심을 전 세계에 널리 떨치는 자랑스런 홍보수단이자 국민의 사랑을 한몸에 받았던 분야였다. 그러던 것이 언젠가부터 고 최○○ 선수와 심○○ 선수의 성폭행, 집단 따돌림 사건, 중고등학교 야구부, 축구부 감독들의 비리, 배구스타의 학폭 논란 등으로 부끄러운 민낯을 계속 드러내고 있다. 이처럼 부조리한 스포츠현장에서의 사건사고는 운동 하나에 자신의 인생을 걸고 열심히 땀 흘리는 후배 선수들에게 불안과 공포의 현장을 고스란히 물려주는 부정적인 영향을 끼치는 것이다. 더 이상 제2, 제3의 최 선수, 심 선수, 이 코치가 나오지 않게, 체육현장이 아름다운 선의의 경쟁장이자 따뜻한 노력의 각축장으로 탈바꿈하기 위해서는 우선적으로 체육현장에서 땀 흘리는 선수들이나 지도자가 문제가 있는 현장이나 문제사건 등에 민원 제기에서부터 개선의 싹이 자랄 수 있을 것이다. 그래야 선수들이나 회원들, 즉 을의 입장에서도 부당하게 당하지 않고 자신의 권리를 찾을 수 있다. 민원을 의원과 함께 공유하면 최대한 빠르게 해결할 수 있다. 대한민국 서울시의회 의원은 그런 일을 하기 위해 존재하는 정치인들이다. 그중에 한발 더 남다른 사명감을 갖고 임하는 김태호라는 시의원도 잊지 말고 꼭 찾아주시길 바란다.

정세균 전 국무총리

송영길 더불어민주당 전 대표

체육인을 위한 스피커가 되고 싶다

조사특위는 그간 12회에 걸쳐 회의와 수시 간담회를 열어 서울시체육회를 비롯하여 모태권도협회, 서울시체조협회, 서울시축구협회, 서울시테니스협회 등에 대한 강도 높은 조사를 벌여왔습니다. 그 과정에서 제한적이고 형식적인 감사, 소극적인 징계 및 사후조치, 특정감사 회피, 서울시체육회 규정위반 및 규정 임의변경, 회원종목 단체에 대해 경영공시 관리감독 소홀 등 서울시체육회의 심각한 직무유기에 대한 지적과 이에 대한 시정요구를 했음에도 불구하고 서울시체육회는 현재까지 아무런 시정조치를 취하지 않고 있습니다. 심지어 실태파악이나 조치계획조차 수립하지 않고 있습니다.

- 10대 제290회 제4차 본회의, 2019. 12. 16.

나는 체육인 출신 정치인이다. 대다수의 정치인들이 책상 앞에서 공부하며 지식과 정보로 쌓은 전문지식을 바탕으로 정치를 한다면, 나는 몸으로 직접 체험했던 생생한 경험을 바탕으로 다른 정치인들이 보지 못하는 체육인들만의 애환과 고충을 보면서 그들의 진한 땀의 고통과 성취의 이면(裡面)을 살피며 체육인들의 다리 역할을 할 수 있다. 체험하고 본 것만 실천하는 인간 김태호가 여기에 전념할 수 있는 이유는 내가 그렇게 피해를 당해봤기 때문이다. 변하지 않는 체육계의 현실 속에서 후배들도 똑같은 경험을 하고 있다는 사실이 실제로 의정활동을 하면서 드러났다. 스파링을 해보면 링 안의 상황과 링 밖의 상황이 다르다. 나는 체육계라는 링 안에서 직접 뛰고 안에 있는 상황을 밖으로 내보내 주는 역할을 하면서 제도적인 부조리를 고쳐 나가고 있다.

체육현장을 깨끗하고 따뜻하게 만들기 위한 체육 비리 예방 사례집 필요해

체육 정치를 하는 정치인으로서 나는 체육현장의 부조리를 파헤쳐 보다 깨끗하고 따뜻한 체육현장을 만들어 체육인으로서 정의구현을 하는 의원이 있다는 것을 보여주고 싶다. 엘리트체육은 폭력, 왕따, 학교폭력이나 성폭행의 노출의 위험이 높다. 제2, 제3의 피해자가 없기를 바라는 마음으로 용감하게 나서서 이야기를 하자는 취지로 이 책을 엮어보고 싶었다. 이처럼 공격적인 내용을 책으로 펴낸다면 다른 쪽에서 어떻게 대응할지 우려스러운 면도 있지만 체육인이 피해를 보지 않게끔 사례집을 만들겠다는 의지가 강했다.

나는 조사특위 위원장으로서 현장을 방문하여 문제점을 찾은 다음 서울시체육회 종목단체에 조금이라도 도움이 될 수 있게 예산을 편성할 것을 제안했다. 그렇게 열심히 현장에서 문제를 찾아 해결하다 보니 어느새 김태호는 한번 물면 놓치지 않는다, 정의롭다는 말들을 듣게 되었다. 체육회의 비인기 종목에 계신 지도자들로부터 이렇게까지 비인기 종목에 관심을 가져준 의원이 없었다는 과분한 칭찬도 받았다 직접 서울시청 직장운동부에 방문해 보니 '서울시청이라는 네임벨류를 가지고 있으면서 어떻게 이 정도밖에 안 되지?' 하는 생각을 하게 됐다. 그러다 복싱부부터 양궁, 축구, 펜싱까지 방문하게 됐다.

체육현장의 고질적인 문제들을 개선하기 위한 노력 필요

서울시의 25개구에는 각 구별로 25개 체육회가 있다. 그런데 한번은 강동구의 체육회 직원으로부터 민원을 들었다. 그 직원은 새 회장이 와서 직원들을 다 내쫒았다며 나를 찾아왔었다. 나는 처음엔 지역구 의원님이 계시지 않느냐며 그분에게 민원을 넣는 게 어떠냐고 제안했었다. 그런데도 그분은 내가 '피해자들의 아픔을 모른척하지 않는 정의로운 의원'이라는 말을 듣고 왔다고 하시기에 마음이 약해져 받아들였다. 그래서 그들의 편에 서서 기사를 쓰고 시의회에서 질의도 하는 등 가시적인 활동을 하자, 그 직원은 내 의정활동 영상을 가지고 고용노동부에 가서 관련 민원을 부각시킬 수 있었다고 한다.

체육 현장에는 그런 일들이 빈번하다. 나는 체육현장에서 개선되어야 할 고질적인 문제들을 근본적으로 바꾸고 싶다. 체육현장의 갑질 뿐만 아니라 규약, 규정, 정관까지 다 바꾸면서 상위단체의 규정을 따르지 않고 이사회에서 자체 규정 및 독소조항을 만들어 의결하고 통과시켜서 몇몇 사람들의 안위만 채우려는 그릇된 제도를 바로잡아야겠다는 생각을 가지고 있다.

이렇게 부정한 방식으로 몇 몇 사람에게 쏠리는 부정과 관행들을 바로잡아야 비로소 협회 회원들이나 활동하는 선수들에게 공정하게 예산이 집행될 것이다. 예산은 여러 곳에 공평하게 쓰일 수 있도록 해야 한다. 비리 체육단체의 공통적인 특징은 규정과 규약에 맞는 예산을 편성하고 그 예산을 어떻게 썼는지 자료를 만들어야 하는데 그 자료 자체를 다 허위자료로 제출한다는 것이다.

이에 대한 관련 근거는 다음과 같다.

위계에 의한 공무집행방해

가. 관련 법리 및 국회 국정감사 서류조작 등 중대한 범죄*

대법원은 "위계에 의한 업무방해죄에서 '위계'란 행위자가 행위 목적을 달성하기 위하여 상대방에게 오인, 착각 또는 부지를 일으키게 하여 이를 이용하는 것을 말하고, 업무방해죄의 성립에는 업무방해의 결과가 실제로 발생함으로 요구하지 않고 업무방해의

---

* 2020.11.9.(월) 서울특별시의회 행정사무감사 김태호 의원 : 국회 국정감사 요구 자료에 조작된 서류를 제출하는 행위는 다른 범죄와 비교할 때, 매우 중대한 범죄입니다. 국장님(서울특별시 관광체육국장) 맞습니까?

주용태 관광체육국장 : 예.

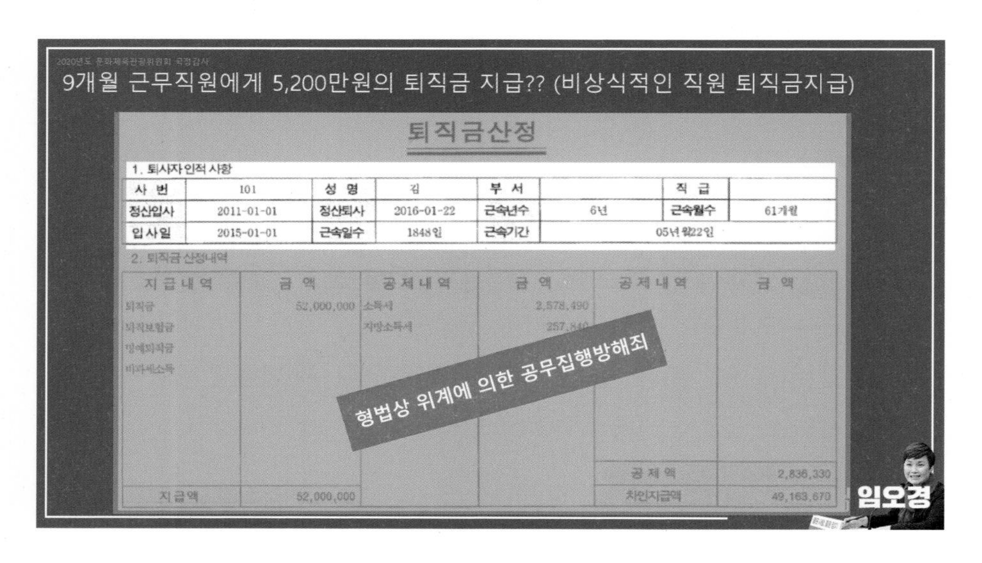
2020년도 문화체육관광위원회 국정감사
9개월 근무직원에게 5,200만원의 퇴직금 지급?? (비상식적인 직원 퇴직금지급)
퇴직금산정
1. 퇴사자 인적 사항
사 번 101 성 명 김 부 서 직 급
정산입사 2011-01-01 정산퇴사 2016-01-22 근속년수 6년 근속월수 61개월
입사일 2015-01-01 근속일수 1848일 근속기간 05년 월22일
2. 퇴직금 산정내역
지 급 내 역 금 액 공 제 내 역 금 액 공 제 내 역 금 액
퇴직금 52,000,000 소득세 2,578,490
지방소득세
공 제 액 2,836,330
지 급 액 52,000,000 차인지급액 49,163,670
형법상 위계에 의한 공무집행방해죄
임오경

TBS
TBS NETWORK 서울시 "서울시태권도협회 국감자료 조작 확인"

결과를 초래할 위험이 발생하면 족하며, 업무수행 자체가 아니라 업무의 적정성 내지 공정성이 방해된 경우에도 업무방해죄가 성립한다고 할 것이다(대법원 2010. 3. 25. 선고 2009도8506 판결 등 참조)" 라고 판시하였다.

형법 제314조 제1항의 업무방해죄는 위계 또는 위력으로서 사람의 업무를 방해한 경우에 성립하는 것이고, 여기서의 '위계'라 함은 행위자의 행위목적을 달성하기 위하여 상대방에게 오인·착각 또는 부지를 일으키게 하여 이를 이용하는 것을 말하고, '위력'이라 함은 사람의 자유의사를 제압·혼란케 할 만한 일체의 세력으로, 유형적이든 무형적이든 묻지 아니하므로 폭행·협박은 물론, 사회적, 경제적, 정치적 지위와 권세에 의한 압박 등도 이에 포함된다. (대법원 2005. 3. 25. 선고 2003도5004 판결 등 참조)

또한, 업무방해죄에 있어서의 업무란 직업 또는 사회생활상의 지위에 기하여 계속적으로 종사하는 사무나 사업의 일체를 의미하고, 그 업무가 주된 것이든 부수적인 것이든 가리지 아니하며, 일회적인 사무라 하더라도 그 자체가 어느 정도 계속하여 행해지는 것이거나 혹은 그것이 직업 또는 사회생활상의 지위에서 계속적으로 행하여 온 본래의 업무수행과 밀접불가분의 관계에서 이루어진 경우에도 이에 해당하며,(대법원 2005. 4. 15. 선고 2004도8701 판결 등 참조) 한편 업무방해죄에 있어 업무를 '방해한다' 함은 업무의 집행 자체를 방해하는 것은 물론이고 널리 업무의 경영을 저해하는 것도 포함한다 할 것이다. (대법원 1999. 5. 14. 선고 98도3767 판결 참조).

킹슈맨
승부조작! 회계조작!
태권도의 배신
TBS
국내발생 892
해외유입 34
제주 23
서울시태권도협회 운영과장
퇴직금 5,200만원 수령
근무일수 9달→6년으로 국감자료 조작

심층취재
영구 제명자에 인건비 '펑펑'
퇴직금
특별시태권도협회
운영과장 D씨, 근로계약서 등 증빙자료 없어

모협회의 서울시의회 조사특위, 국회(국정감사)를 상대로 피감기관이 목적 달성을 위하여 상대방으로 하여금 오인, 착각, 부지를 일으키게 하여 이를 이용하는 것으로써 그동안 서울시의회 조사특위, 국회 국정감사에 제출한 자료 조작한 행위 자체만으로도 모협회에 대한 신뢰도가 없다 할 것이고, 서류 조작한 의도는 일차적으로 1인 사유화 조직의 범죄행위를 충분히 사전인지하고, 위법행위를 고의적으로 은닉, 은폐하기 위한 불법행위로써 다른 범죄와 비교할 때, 죄질이 극히 불량하다 할 것이며, 이 사건 수사 진행시 수사기관에도 충분히 조작된 서류로 수사기관을 기망할 수 있다는 합리적 의심이 들었다.

일반적으로 서류조작(사문서, 공문서), 위조의 경우 중대한 범죄로써 어디에 사용할 것인지의 여부에 따라 그 형량이 달라진다. 이 사건의 경우 업무상 횡령 및 위법행위 등을 은닉, 은폐하고자 한 행위는 중대한 범죄행위이다.

모협회는 현재, 피감기관으로써 1인 사유화 조직의 임○○ 상임고문의 같은 고향과 K고등학교 제자라는 특수성 등을 고려하여 비상식적으로 근무조차 하지 않고, 이를 입증할 인사발령장, 근로계약서, 급여조서, 지출결의서, 사업자가 납부해야 할 4대 보험 등 납부사실 증빙이 없다는 점과 근무일지, 출퇴근을 입증할 수 없는 자로 9개월 근무한 자(실질적으로 9개월조차 전혀 근무하지 않음)를 사회적 통념상 허용범위의 내재적 한계를 벗어난 5,200만 원을 지급

서태협 국감자료 조작 사실로
TBS
김태호 부위원장 / 서울시의회 문화체육관광위원회
우리가 알고 있는 자료 가지고는 9개월 (근무) 자료인데 국감에서는
6년, 61개월 치 자료를 제출했습니다. 이거 확인하셨습니까?

서태협 국감자료 조작 사실로
TBS
주용태 국장 / 서울시 관광체육국
000 그 당시 과장은 근무는 사실은 몇 개월 안 했습니다.
그리고 국감 때 제출한 자료 2011년부터 근무했다는 것은 잘못 작성된 거고요.

하여 김○○에게 이익을 제공하고(임○○ 페이백 의심) 모협회의 재산에 동액 상당의 재산의 손해를 가한 사실이 있다.

이러한 범죄행위를 은닉, 은폐하고자 신성한 국회 국정감사 자료를 조작하여 김○○의 퇴직금 산정과 관련된 서류를 제출한 것은 용서받지 못할 중대한 위법행위인 것이다.(서울시의회 조사특위 조사 시 서류조작, 거짓진술, 기망행위 포함)

특히, 금번 제21대 국회 국정감사의 요구 자료에 불성실한 자료 제출은 물론 운영과장 김○○의 경우 D중학교, K고등학교에 근무했던 기간 중에 모협회에서 마치 정상적으로 근무한 것처럼 퇴직금 산정표를 위조하여 국회 제출한 서류가 허위라면 그 허위로 인해서 정상적인 국정감사 활동에 장애를 받은 것이고, 자료를 제출한 모협회 관련자들이 적극적으로 서류를 조작을 한 행위는 사문서 위조 및 변조 등 위계에 의한 공무집행방해죄에 해당된다 할 것이다.(서울시의회 조사특위 요구자료 포함)

예를 들어 모태권도협회의 감사에서는 협회 회장의 최측근이라는 사람이 일도 하지 않았는데도 불구하고 5100만 원의 퇴직금이 나간 적이 있었다. 이 퇴직금을 현금화한 것이 돌고 돌았다. 이런 것들에 대해 임오경 국회의원이 국회에서 강하게 질타한 부분이 있고, 그 영상에 나온 대로 모태권도협회는 심각하고 무질서하게 회계를 운영하고 있다.

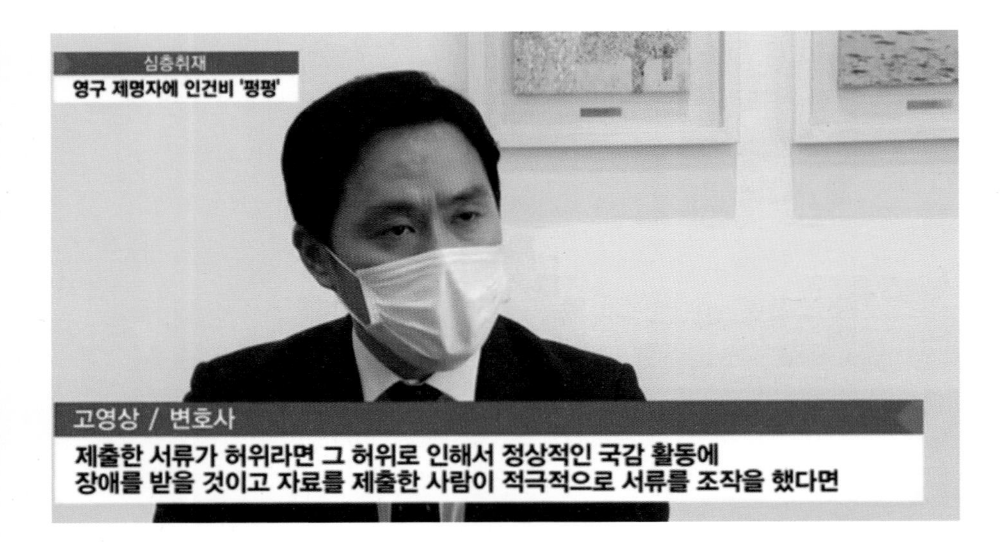
심층취재
영구 제명자에 인건비 '펑펑'
고영상 / 변호사
제출한 서류가 허위라면 그 허위로 인해서 정상적인 국감 활동에
장애를 받을 것이고 자료를 제출한 사람이 적극적으로 서류를 조작을 했다면

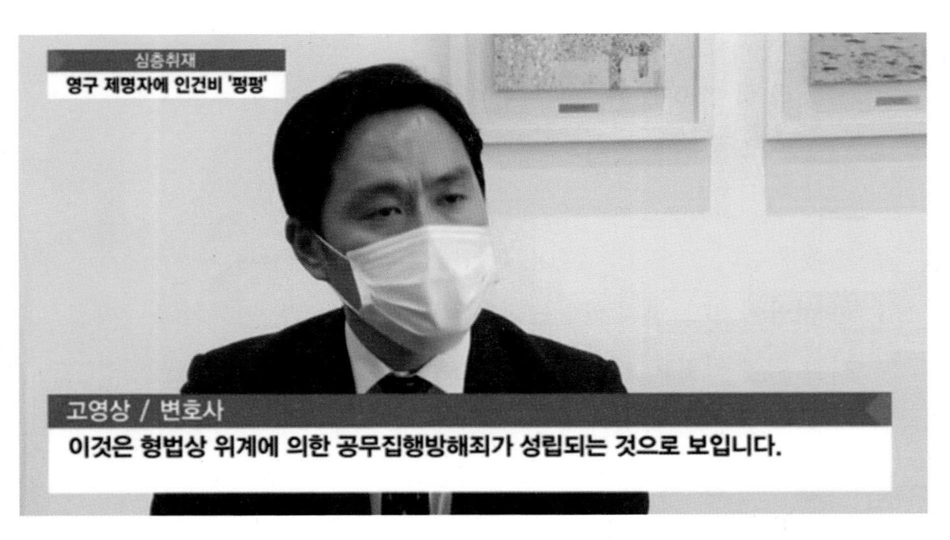
심층취재
영구 제명자에 인건비 '펑펑'
고영상 / 변호사
이것은 형법상 위계에 의한 공무집행방해죄가 성립되는 것으로 보입니다.

갑자기 서울시의 축제 사업이나 대회 행사를 치루는 것이 중요한 것이 아니다. 그 사업이 안전하게 관련 단체에서 예산을 올바로 집행할 수 있는 환경을 만들어야 한다는 것이다. 나는 서울시체육회 소속 단체들의 비리·부정을 조사하면서 서울시의회와 서울시에서 철두철미한 조사와 감사를 통해 회원들과 선수들이 보다 나은 체육환경이 조성될 수 있으리라는 기대를 갖게 되었다.

지금 각 체육회는 구성원(협회의 임원 및 주요 간부와 직원들)이 50명 안팎으로 갑의 위치에 있다. 몇 천 명 혹은 몇 만 명 되는 회원들이 오히려 체육회 50명에게 하고 싶은 말을 못하고 쩔쩔 맨다. 나는 회원을 대변하는 스피커 역할을 제대로 하고 싶다. 그래서 의회에서 집행부와 서울시체육회가 제대로 일 할 수 있도록, 의원들을 믿고 민원을 신청하면 시체육회 그리고 75개 종목단체와 25개 구체육회를 철저하게 관리 감독하겠다. 원래 부정비리가 만연한 집단은 몇 안 되는 관계자끼리 똘똘 뭉치게 돼 있다. 왜냐하면 그래야 자신들만의 비리와 서로간의 약점으로 비밀을 보장받을 수 있으며, 그로 인한 부패의 고리와 돈을 나누어 가질 수 있기 때문이다. 이런 짙은 그림자를 세상에 드러낼 수 있도록 해야 체육계가 살아날 수 있는 것이다. 그래야 엘리트체육이 됐든, 생활체육이 됐든 모두가 행복하고 누구나 즐길 수 있는 아름답고 따뜻한 국민스포츠가 쑥쑥 클 수 있는 것이다. 그 숭고한 역할을 감당하는데 나도 체육정치인의 한 사람으로서 엄중한 책임감을 갖고 열심히 정진할 것이다.

심층취재
영구 제명자에 인건비 '펑펑'
대 한 체 육 회 국민체육진흥공단
국감 허위자료 제출 시 법 위반

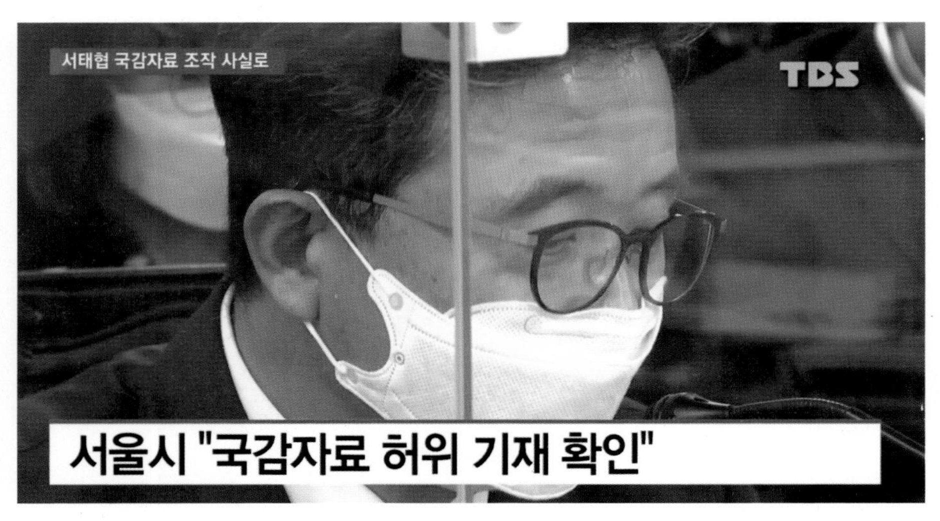
서태협 국감자료 조작 사실로
TBS
서울시 "국감자료 허위 기재 확인"

조사특위 활동을 방해하는 문제 단체의 꼼수

○김태호 위원: 모협회에 대해서 추가 질의를 하도록 하겠습니다.

먼저 PPT를, 본 위원이 판단할 때 국회 국정감사 요구자료를 조작된 서류로 제출하는 행위는 다른 범죄와 비교할 때 매우 중대한 범죄행위입니다. 맞습니까, 국장님?

○관광체육국장 주용태: 네.

○김태호 위원: 우리 회장님은 맞습니까?

○서울시체육회장 박원하: 네.

○김태호 위원: 모협회의 서류조작 의도는 상대방의 착각, 오인, 부지를 일으켜 일차적으로 1인 사유화 조직의 범죄행위를 충분히 사전 인지하고, 문서 위조의 궁극적인 목적을 달성하기 위하여 위법행위를 고의적으로 은닉, 은폐하기 위한 불법행위로서 다른 범죄와 비교할 때 상당히 죄질이 극히 불량하다 할 것입니다.

– 10대 제298회 개회식 문화체육관광위원회 2020.11.09.

모태권도협회의 고질적인 문제를 파헤치는 과정을 통해서 태권도에 관련된 분들이나 후배들에게 보여주고자 했던 것은 딱 하나였다. 서울시의회가, 서울시가, 시체육회가 모태권도협회 하나를 관리단체를 시키지 못한다면 서울시체육회 소속 75개 종목 단체들을 앞으로 어떻게 관리·감독할 수 있겠는가. 모협회가 무소불위의 힘을 휘두르지 못하도록 집행부, 의회, 체육회가 힘을 모아 모협회를 관리단체로 지정하여 체육의 위상과 권위가 바르게 설 수 있도록 보여줘야 했다.

모태권도협회를 관리단체 지정에 이르게 한 시간들

우리 조사관들은 파트별로 다 보고서를 만든 후 조사특위가 시작이 됐다. 거기서 쏟아져 나온 문제들에 대해서 시정 조치를 했지만 인정을 하지 않은 부분이 너무 많아 끝내는 관리단체 지정을 하려고 했다. 시체육회는 2020년 12월 31일에 첫 번째 모태권도협회 관리단체 지정에 대한 안건을 상정하였고 시체육회에서 이사회를 열어 의결 정족수가 되지 않는데도 불구하고 밀어붙여서 부결시켰다. 정족수가 34명 중에 19명이 출석하였고 그중에 두 명이 나가고, 15~16명 정도 되는 인원에서 의결을 했던 것이다. 관리단체로 지정이 되려면 과반이 넘어야 하는데 과반이 안 되는 상황에서 의결을 강행시켰다. 다행히 법률자문을 통해 이사회를 처음부터 다시 열어야 한다는 자문을 받아 다시 원점으로 돌아가게 됐다.

조사특위는 절차적 하자로 이사회 의결이 무효인 바 향후 모태권도협회 관리단체 지정(안)에 대해 사전에 시체육회 이사들에게 충분한 사전 설명을 거친 후 이사회를 개최해 합리적인 판단을 내려주길 바란다고 거듭 강조하며 모태권도협회의 관리단체 지정에 대해 민간회장 선출 후 새롭게 출범할 서울시체육회에서도 적극적인 협조를 기해줄 것을 당부했다.

모태권도협회가 가처분 신청을 하게 되면 원래는 서울시 체육회 혹은 모태권도협회 지역에 배정이 되어야 한다.

채권자 모태권도협회의 주소지 관할 법원은 서울남부지방법원이다. 한편 채무자 체육회의 주소지 관할 법원은 서울북부지방법원이다.

채무자 측에서는 최초 이 사건 신청이 서울동부지방법원에 제기되었을 때, 서울동부지방법원을 관할 법원으로 지정하여 신청을 제기한 것은 채권자 측의 무슨 의도가 있을 것으로 예상은 되었다.

왜냐하면, 이 사건은 그 성질상 채권자 모태권도협회만 당사자로 지정하더라도 아무런 문제가 없는데, 신청 외 박○○(→취하하였으므로, 신청 외로 표현하였다)을 굳이 당사자에 포함하여 신청을 하면서, 실질적 당사자인 채권자 모협회나 채무자 체육회 주소지 관할 법원이 아닌 박○○의 주소지 관할 법원인 서울동부지방법원에서 재판을 제기하였기 때문이다.

사건의 성질상, 달리 특별재판적인 상황이 발생할 수 없는 이 사건 신청에서, 서울동부지방법원에 소송을 제기하기 위해서 고안한 방식이 박○○을 당사자에 포함시키는 것이었을 것으로 예상되었고, 그래서 채무자 소송대리인은 최초 답변서 작성 과정에서,

"왜 굳이 박○○을 당사자로 지정하여, 서울동부지방법원에 신청을 제기하였을까?"라는 고민을 하면서, 동부지방법원에 이 사건 신청을 제기한 것은 분명히 의도가 있을 것이라는 생각을 하였다.

관리단체 지정 문제와 관련하여 법률대리인을 통하여 관리단체로 지정된 단체의 협회장에게 당사자 적격이 있는지 관련 연구를 하였고, 채권자가 '관리단체 지정은 그 임원과 구성원의 권리·의무에도 영향을 미친다'면서 원용한 서울중앙지방법원 2021. 1. 27.자 2020카합22343 결정을 찾아보기도 하였으며, 박○○의 실제 주소지가 맞는지, 박○○이 과거 채무자 체육회에 제출한 서류를 찾아보기도 하였다.

확인해 보니 박○○의 주소지는 서울동부지방법원 관할인 광진구였고, 그래서 일응 관할위반의 문제는 없어 보였는 바, 그래서 처음에 채무자 체육회나 소송대리인은 대한체육회 및 대한태권도협회의 주소지 관할법원이 서울동부지방법원인 관계로, 관련사건 처리 경험이 많은 서울동부지방법원을 지정하여 제기한 것 정도로 예상하였다.

그런데 서울동부지방법원에서 재판을 진행함에 있어서 관할 발생 원인이 되었던, 박○○이 결정 직전에 신청을 취하하였고, 채무자 측의 의혹은 더 커졌다.

임시지위가처분을 진행하는 재판부는 서울 동부·남부·북부·서부지방법원 모두 1개 재판부이니, 채권자가 굳이 '동부지방법원의 가처분 재판부'를 선택하여 신청을 제기한 이유*가 분명히 있을 것이라고 생각되었다.

게다가 대형 로펌 ○앤○ 출신 변호사가 이 사건 주심판사**로 지정되었다.

서울시의회 조사특위의 위상이 땅에 떨어지는 순간 다른 종목에서도 똑같이 2차, 3차 문제들이 생기게 된다. 이를 예방하기 위해서 모태권도협회 비리 건이 길어지더라도 본안소송까지 끌고 가야 한다. 끝까지 싸워서 저렇게 하면 체육행정이 어려워진다는 것을 보여줘야 하는 것이다. 그것만이 지난 2019년 4월부터 시작된 2년 반 동안의 길고 긴 조사특위 여정의 의미 있는 마침표를 찍

---

* 서울시체육회(중랑구)는 서울북부지방법원, 모태권도협회(양천구)는 서울남부지방법원 관할, 모협회의 소송대리인 ○앤○ 법률사무소가 재판부 인맥(주심판사 이○○ 2013~2017년도 ○앤○ 법률사무소 변호사) 성향 학교선후배 등을 고려한 것으로 사료됨. 민사소송법 제2조(보통재판적) : 소(訴)는 피고의 보통재판적이 있는 곳의 법원이 관할한다. 제5조(법인 등의 보통재판적) ①법인, 그 밖의 사단 또는 재단의 보통재판적은 이들의 주된 사무소 또는 영업소가 있는 곳에 따라 정하고, 사무소와 영업소가 없는 경우에는 주된 업무 담자의 주소에 따라 정한다. ②제1항의 규정을 외국법인, 그 밖의 사단 또는 재단에 적용하는 경우 보통재판적은 대한민국에 있는 이들의 사무소· 영업소 또는 업무담당자의 주소에 따라 정한다.

** 일반적으로 판결에 배석의 의중이 많이 반영되는 주심판사가 '사건 전문가'이기 때문에 합의부에 사건이 배당되면 두 배석이 순서대로 사건을 맡는데, 이때 사건을 맡은 배석을 '주심'이라 한다. 주심은 기록검토부터 판결문까지 선고에 이르기 전 사건에 관한 모든 업무를 맡는다. 그래서 주심은 자신이 맡은 사건을 부장보다 더 잘 알고 있다, 부장은 재판을 진행하기 때문에 모든 사건을 두루 알아야 하는 반면, 주심은 담당사건 위주로 검토하면 된다.

을 수 있는 단하나의 해법이 되는 것이다. 여기까지 오면서 우리는 고난 속에서 어떻게 강해지는가를 몸소 배울 수 있었고, 그 힘은 결국 우리 체육계의 깨끗하고 아름다운 자정작용으로 체육현장 곳곳에 공기처럼 스며들 것임을 확신했다.

나의 아픔을 후배들이 겪지 않기 위해서

체육단체 비위 조사특위 활동을 하면서 서울시체육회 소속 체육단체 선수들이 운동하는 현장을 참 많이 찾아가게 되었다. 체조협회 관련해서는 체조 선수들이 운동하는 연습장을 찾았고, 테니스협회 관련해서 테니스 선수들이 훈련하는 테니스코트도 가봤다. 서울시체육회 소속 운동단체가 70개가 넘다보니 그들의 굵은 땀방울을 보면서 내 청소년과 청년시절을 굵게 아로새겼던 태권도 시합장과 중고등학교 연습장, 합숙 훈련하던 숙소 등이 주마등처럼 스치고 지나간다. 무엇보다 조사특위 활동의 주무대가 공교롭게도 모태권도협회와 관련된 비리, 의혹 사건들로 점철되다보니 민원을 제기한 태권도장과 전국체전 행사 시 묵었던 선수들의 합숙훈련장 등도 수시로 찾았다. 그때마다 내 살갗을 뚫고 튀어나오는 고등학교 태권도부에서 심하게 구타를 당했던 일과 대학교 국방부장관기 전국대회 선수로 출전했을 때 숙소에서 감독에게 말도 안 되는 이유로 구타당한 기억이 자연스럽게 오버랩 돼 가끔 조사현장에서 손을 놓고 멍하게 허공을 응시할 때가 한두 번이 아니었다. 무엇보다 이런 지독한 폭력의 악순환이 내 앞에서 하루빨리

끊어지기를 바라는 마음에 제출된 서류 하나, 영상 하나라도 더 꼼꼼히 살피고 어떻게 하면 이 자리에 있는 내 후배들이 내 아픔을 겪지 않고 좋아하는 운동에만 전념할 수 있는 깨끗한 체육환경을 만들 수 있을지 보고 또 보게 되는 지난 2년의 조사특위 기간이었다.

폭력으로 피해를 입은 태권도 선수 시절

선수생활을 하던 고등학교 2학년 겨울훈련 당시 선배한테 구타당한 아픈 기억이 있었다. 운동하고 땀이 많이 난 상태에서 불을 쬐고 있는데, 선배가 땀에 젖은 등을 탁 때리고선 아프냐고 물었다. 등이 다 젖은 데다 몸이 얼어붙을 만큼 추운 겨울이었으니 너무 아팠지만 선배에게 제대로 말하지 못했다. 선배가 가는 것을 보고 '아이씨' 했다가 선배에게 40분 동안 맞은 후 기절하여 응급실에 실려 갔다. 2시간 후 응급실에서 깨어나서 자정을 훌쩍 넘긴 시간에 집에 들어갔다. 어머니가 왜 이렇게 늦었냐고 물으셨는데 부모님께 걱정을 끼쳐드리고 싶지 않았고, 아버지가 그런 부분에서 굉장히 무서운 분이어서 말을 못 했다. 아버지가 학교에 가서 코치, 감독에게 말하면 앞으로 내 장래가 불안해질 거라는 순간적인 판단이 섰다. 그렇게 혼자 끙끙대던 와중에 급성사구체신염이라는 병을 앓게 됐다. 콩팥에서 피를 흘리면서 경기를 뛰었다.

대학에서도 똑같은 일이 반복되었다. 당시 나는 대학교 태권도부 주장으로서, 서울에서 태권도 전국대회에 참가했다. 경기는 월요일이었고 토요일에 미리 와서 선수들이 쉬고 있는 중이었다. 선

수들이 숙소에서 쉬는데 코치가 어디 갔다 오겠다며 주장인 나한테 '선수들 잘 관리하고 있으라'는 지시를 내렸다. 그날이 토요일이었고 선수들도 내일 경기가 없어서 아이들한테 정신무장도 시킬 겸 〈록키 3〉라는 영화를 한편 보고 있었다. 모두들 숙소의 TV 앞에 모여서 한 시간 가량 영화를 보고 있는데, 감독이 술이 취해 들어와 취한 목소리로 다짜고짜 나에게 "주장이 아직까지 애들 안 재우고 뭐하고 있어." 하며 버럭 고함을 질렀다. 그런 후 감독이 나에게 자기 숙소로 오라고 했다. 그렇게 혼나고 감독 숙소로 가게 되었고 감독은 무릎을 꿇고 앉아 있던 나를 다짜고짜 30분 넘게 집중적으로 폭행을 하였다. 당시 얼마나 지독하게 얻어맞았는지 결국 양고막이 다 터지고 얼굴이 퉁퉁 부었던 기억이 난다.

그 순간 내 인생에서 가장 억울하고 힘든, 분한 눈물이 펑펑펑 폭포처럼 쏟아져 내렸다. 정말이지 너무 억울하고 분해서 참을 수가 없었다.

그렇게 한참을 감독에게 이유도 없이 얻어맞고 분을 못 이겨 울면서 숙소로 돌아왔더니 후배들이 다 쳐다보는 바람에 눈물을 멈출 수밖에 없었다. 하지만 그날 새벽까지 혼자서 소리 나지 않게 울고 또 울었던 기억이 아직도 잊혀지지 않는다.

그렇게 한바탕 사건을 치루고 나서 경기에 출전을 했다. 뒤늦게 코치가 그 얘기를 듣고 나서 학교에 진정서를 넣어 그 감독은 사퇴하게 되었다고 한다.

그때 감정을 돌이켜보니 지금도 잘 진정이 되지 않는다. 경기에서 상대편 후배 선수가 보더니 왜 그렇게 얼굴이 부었냐고 했다.

그때 그 후배 선수가 나한테 뭐라고 말을 하는데 무슨 말인지 하나도 알아듣지 못하고 계속 귓전에 웅웅거리기만 했다. 그래서 내 귀가 잘못됐다는 걸 그때 알았고, 병원에 가서 상태를 봤더니 양쪽 고막이 터졌다며 어떻게 된 거냐고 의사가 물었다.

당시 감독에게 심한 구타를 당해 병원에서 4주 진단이 나왔다. 그때 내 주변에선 고소해야 하지 않느냐며 이런 저런 얘기들이 많이 있었지만 그때의 나도 지금 피해당한 선수들과 똑같은 심정이었다. 내가 태권도 선수로서 성공하고 성장을 하려면 나만 참으면 된다는 생각이었다. 그래서 그 당시엔 조용히 넘어갔던 것이다.

그 이후 보고 싶지 않았던 그 감독을 다시 전국체전의 경남선발팀 감독으로 보게 되는 것에 대한 두려움으로 대회를 포기하고 말았다.

후배들이 내 아픔을 겪지 않게 하기 위한 예방 조치 필요

한창 운동선수로서 실력을 키우며 메달을 따겠다는 목표를 가지고 대회에 나가 정진하던 때에 감독으로 인해 눈앞에서 꿈을 포기해야 했던 상황을 우리 후배들은, 우리 선수들은, 우리 제자들은 겪지 않게 하려면 내가 무엇을 해야 할까를 고민하게 되었다. 그리고 앞으로는 우리 체육계에 고 최○○ 같은 사건이, 이○○ 코치 같은 사태가 다시는 재발되지 않기 위해서 해야 할 일들이 너무나 많다는 것을 몸소 깨닫게 되었다. 후배들에게 좋은 체육환경을 만들어주기 위해서, 이러한 부조리한 일들이 벌어지지 않으려면 어떤 예방조치가 필요할지 매뉴얼을 제시하기 위해 책으로 출판하게 되었다.

그때 그 생각이 과연 나만의 생각이었을까? 지금도 체육현장에서 선수로 뛰고 있는 선후배들을 보면 나처럼 후배들이 피해를 볼까 봐 지도자의 눈치를 보는 게 정말 겪어본 사람으로선 충분히 이해가 가는 대목이 아닐 수 없다.

그럴 때마다 나는 체육현장에서 고통을 겪는 후배들이 치유를 할 수 있는 방법을 찾거나 다시는 이런 일이 반복되지 않게 근본적인 예방 조치가 분명히 필요하다는 생각을 갖게 되었다.

우리나라 체육계는 감독과 협회가 다 밀접하게 관련되어 있고, 체육회와 선수들 그리고 회원들이 체육현장의 부조리를 너무 많이 겪다 보니 나와 같은 일을 겪지 않기를 바랐다. 이번에 심○○를 비롯해 여러 명의 선수들이 성폭행이나 성추행을 겪었고, 오랫동안 성폭행 피해를 입은 북한 체조선수 출신 이○○ 코치의 경우에도 법적인 소송을 했음에도 불구하고 문제 해결에 오랜 시간이 걸렸다. 체육현장에서 어려워하는 체육인에게 조금이나마 힘이 되고자 조사특별위원회를 구성해 위원장을 맡았고, 조사특위 활동을 통해서 많은 체육인들이 힘을 얻게 되는 등 의미 있는 성과가 많았다. 내가 직접 겪은 각종 비위를 통해 부조리한 일들을 어떻게 대응하면 좋을지 체육회와 선수들, 그리고 국민들에게 전하고 싶었다. 그리고 몸으로 공부하는 체육인들의 정신적, 육체적 고통을 알고 있는 나로서는 그들에게 조금이나마 힘을 실어 드리고자 간절한 마음에 이 책을 쓰게 되었다.

든든한 민주당
국민속으로

아버지의 이름으로,
항상 정직하기 위한 삶의 방향

〈아버지의 이름으로〉라는 아일랜드 독립의 비극사를 다룬 영화가 있다. 우리가 기억하는 이 영화의 백미는 아카데미상을 3번이나 받은 다니엘 데이 루이스라는 영국배우의 명연기지만 필자에게는 아들에게 애정표현이 서툴렀던 아버지에 주목하게 된다.

시대적 배경은 영국령 북아일랜드와 아일랜드공화국의 통일을 요구하는 IRA에 의한 런던 폭탄 테러 사건이다. 주범의 누명을 뒤집어쓰고 옥살이를 시작한 스무 살 청년 제리 콘론의 비장한 실화이기도 하다. "정직한 돈으로 더 멀리 갈 수 있다.", "손안의 새 한 마리가 숲속의 두 마리보다 더 가치 있다"던 아버지의 당부는 늘 아들의 마음속에 큰 울림으로 남게 된다.

나에게 아버지는 근엄과 권위의 상징이었다. 아버지는 자식에 대한 애정은 깊었으나 표현은 서툴렀다. 가족의 생계를 위해 헌신한 아버지의 이름은 형언하기 힘든 삶의 무게를 지고 있었다. 영화 속, 아버지는 고지식하며 가난한 처지였지만 흔들리지 않는 신념과 성실성으로 아들의 삶을 오롯하게 지켜낸다. 세상 모든 아버지도 그러할 것이다. 그러나 마냥 기다려주지 않는 아버지의 삶 속에서 함께한 기억의 용량은 언제 임계점을 맞닥뜨리게 될지 모른다. 쇠잔해져 가는 아버지의 모습이 곧 들이닥칠 아들의 모습이라고 인정하는 응시와 직시가 필요하다.

항상 정직하라, 거짓말하지 말라던 아버지의 가르침

내 아버지도 영화 속 아버지의 신산한 삶 못지않은 고단하고 어려운 타향살이로 실향의 아픔과 가족의 생계를 책임질 막중한 무게를 안고 있던 그리운 얼굴이다.

아버지의 고향은 이북 평안북도 운산군으로 아버지 말씀에 의하면 북한에서 천하장사를 하셨다고 한다. 그 당시 키 178cm에 몸무게가 90kg이셨고, 차량정비자격증을 취득해서 종로에서 자동차 정비 일을 하시기 이전에 이북에서 씨름을 하셨으니 아버지는 운동에 소질이 있으셨던 것 같다. 형과 누나, 나 모두 운동을 했다. 형은 스케이트로 서울체육고등학교와 용인대학교를 졸업했고, 누나도 육상을 했다.

나는 몸이 허약하다고 해서 초등학교 2학년 때 태권도를 시작했고, 체구가 워낙 작다고 아버지가 씨름도 시키셨다. 아침에 일찍 가서는 육상, 학교 끝나고 나서는 씨름, 씨름이 끝나고 저녁 7시부터 9시까지 태권도를 배웠다. 아들이 강하게 크기를 바라셨던 부모님이 운동을 집중적으로 시키셨다. 초등학교를 나와서 중학교 때 특기생으로 입학했다. 고등학교와 대학교도 마찬가지로 특기생을 할 정도로 나도 운동을 잘했던 것 같다.

정정당당하게 싸워서 이기라는 아버지의 이름으로

아버지는 상당히 엄하셨다. 가훈은 '항상 정직하자. 거짓말하지 말자'였다. 의리와 정직을 중요시하셨던 아버지에게 거짓말을 해서 들통 나면 심하게 혼이 났다. 형과 8살 차이다 보니 내가 초등학교에 다니고 있을 때 형은 고등학교, 대학교를 다녔다. 그때 형이 엄청 혼나는 것을 보고 절대 거짓말을 하면 안 되겠다고 생각했다.

아버지가 승부욕이 워낙 강하셔서 남한테 지는 걸 무척 싫어하셨다. 나가서 싸움을 하더라도 이겨야 된다고 말씀하셨다. 초등학교 4학년 때 계속 이겼던 친구에게 진 적이 한 번 있었다. 막 울면서 싸움에서 졌다고 하니까 아버지가 왜 우냐며 다시 싸우고 오라고 하셨다. 그 친구 집 앞에 가서 내가 꼭 이겨야 되니까 다시 싸우자고 했더니 그 친구는 오히려 그런 나에게 질렸던 것 같다. 친구가 나오지 않아 나는 친구 어머니에게 다시 한 번 싸우게 해달라고 졸랐지만 그 친구는 끝내 나오지 않았다. 다시 집에 들어가서 친구에게 싸우자고 얘기했는데 안 나왔다고 말씀드렸더니 아버지는 그제야 알았다고 하셨다. 지는 것과 거짓말을 싫어하셨던 아버지는 만약에 졌을 경우에도 포기하지 않는 근성을 아들에게 원했던 것 같다.

내 안에 있는 정신적·육체적 아버지의 DNA는 오늘도 나를 가슴 뛰게 한다. 나는 아버지에게서 정정당당하게 경쟁하는 자세를 배웠고, 싸움에서 물러서지 않는 태도를 익혔으며, 무슨 일이든 한

번 잡으면 놓지 않는 근성을 물려받았다. 그리고 이 모든 아버지의 DNA는 지금 이 시간에도 정치인 김태호를 정신 차리게 하고 살아서 꿈틀대게 만든다. 그 모든 일의 우선순위는 세상은 결코 쉽지도 어렵지도 않은 그만큼의 살만한 가치가 있는 곳이며, 그 가치는 자신이 진정으로 원하는 일에 헌신할 때 이루어질 수 있다는 깨달음으로 나에게 다가온다.

나는 오늘도 아버지의 이름으로 우리의 체육현장이 좀 더 밝고 깨끗하게 자리매김할 수 있는 곳으로 변화할 수 있도록 최선을 다해 불의와 타협하지 않고 인생의 샅바를 놓지 않을 것이다. 무엇이 정치인 김태호를 살아 있게 하고, 진정으로 의미 있는 일에 투신하게 하는지 아버지는 다 알고 계실 것이다. 바로 정정당당, 이 네 글자에 내 인생의 모든 정당한 승부를 물러나지 않고 정면으로 대응하게 한다.

성폭력 조사, 선수의 신분보호장치를 마련하라

최근 15년 동안 대한체육회에서 징계 처리된 성추행 관련 이슈는 기억나는 큰 사건만 대여섯 건에 이른다. 2007년엔 우리은행 여자농구팀 박○○ 감독이 소속팀 선수를 성추행해 유죄판결을 받았고, 2013년엔 제주 대회 중 여성 탈의실에 도촬 카메라를 설치했던 수구 선수를 적발한 사건이 있었다. 2015년에는 한 빙상 실업팀 감독이 성추행 혐의로 기소된 바 있다. 그리고 2016년엔 쇼트트랙 실업팀 감독 A씨가 징계되었다. 사건이 발생할 때마다 해당 가해자는 영구제명이 됐다가 몇 년 지나지 않아 선수나 감독 자격을 회복하는 악순환이 계속 되고 있어 아무리 체육계 차원에서 '성폭력 가해자 영구제명' 천명이나 '체육계 폭력 성폭력 조사센터' 설치, 조직문화혁신위원회 구성 같은 가시적인 조치가 따라도 별반 달라진 것이 없다는 게 체육계를 바라보는 일반인들의 서늘한 시선이다.

성폭력 예방을 위한 전담기구 설치 예산 편성이 우선돼야

서울시 직장운동부 경기에서는 성폭행이 없었지만 대한체육회에선 그동안 많은 팀들에서 성폭행이나 학교폭력, 체육회 폭행이 일어나고 있다. 성폭력 예방을 위해 중요한 것은 전담기구 설치 및 조사인력 확보를 하기 위한 예산이 편성되어야 한다는 것이다. 성폭력가해자에게는 강하게 징계를 내려야 하는데, 솜방망이 처벌에 그치고 있어 피해를 본 선수들을 위한 근본적인 처방이 미흡하게 이루어지고 있다. 성폭력이 문제가 되면 바로 그 사람 때문이라고 낙인이 찍힌다는 점이 오히려 딜레마다. 서울시체육회는 스포츠공정회와 인권위원회가 있고, 체육단체에도 유사한 기구가 있다. 성폭력 문제는 인권위원회가 조사하는 데, 접수 상황을 알아봤더니 접수 건이 별로 없었다. 피해자가 가서 상담을 하려면 무슨 상담인지에 대한 정보도 필요하고 시간을 내서 직접 가야 하므로 본인들에게 부담이 크다. 무엇보다 신분과 안전 보장이 가능하도록 제도 개선이 우선시되어야 한다. 체육계 상담기관은 너무 노출이 되어 있으니, 예를 들어 몇 군데 지정을 해놓고 사설단체에서 할 수 있는 제도적 장치를 마련하는 것이 시급하다.

사실 성폭행 문제는 어느새 약방의 감초 같은 체육계 주요 이슈거리로 떠올라 사후약방문 같은 처지에 놓이게 되었지만 성폭행 관련한 기관별 대처상황은 사안별로 다각도의 해결방안을 제시하고 있다.

먼저 인권위에는 '스포츠 인권 가이드라인'을 제시해 성폭력 피해자에 대한 적절한 대처를 제시해 놓았다. 가이드라인에 보면

"어떤 사건이 발생하면 관련 스포츠 조직이나 기관은 피해자 보호와 지원, 공정한 사건 처리, 가해자에 대한 징계 등 조치의 이행, 법적 처리 의뢰, 예방교육 강화 등에 대한 책임을 진다."고 되어 있다.

대한체육회에는 여성체육위원회와 클린스포츠센터에서 성폭력에 대한 해법을 제시하고 있다. 대한체육회 산하의 19개 분과위원회 중 여성 스포츠 조직은 여성체육위원회뿐이며, 예산은 1억 원 안팎을 운영하고 있다.

클린스포츠센터는 대한체육회에서 운영하는 성폭력 전담 대응센터로, 접수된 성폭력 신고는 지난 1년간 단 1건에 그치고 있다. 대한체육회 감사에서 폭력·성폭력 제보를 묵살한 사실을 적발하고도 징계 요구만 하고 추가 조치는 없었다.

서울시체육회에도 K스포츠 심리상담, 스포츠공정위원회가 있다.

K스포츠 심리상담은 서울시체육회의 협약기관으로 성폭력 피해자의 심리상담을 지원하고 있다. 스포츠공정위원회에서 하는 성비위 접수 처리는 각 종목단체 처리가 원칙이며 자체 해결이 불가하다.

선수들의 성폭력 관련 상담에서 심각하게 고민해 봐야 할 문제는 피해 선수들이 성폭력 상담기관에 잘 가려고 하지 않는다는 것이다. 스포츠공정위원회는 아예 가지도 않는다. 선수들은 피해를 보면 K스포츠 심리상담을 이용해야 하는데 이곳에서 상담을 받으면 어차피 체육회로 개인상담 내용이 올라가 비밀 보장이 안 된다. 필자는 이 정도로 피해자들에게 불신을 받는 센터라면 서울시의회에 이런 기관을 두면 좋겠다는 생각을 하고 있다. 국가가 공인하는 제3의 사설기관에서 피해선수들의 비밀이 보장되는 전담 성폭행 피해상담 시설이 갖춰져야 한다. 체육회 관련 단체 성폭행 피해상담 시설은 소속된 선수들이 가지도 않을 뿐만 아니라 가더라도 비밀이 보장되지 않아서 정당한 권리나 인권을 보장받기가 어렵다.

민원도 마찬가지다. 신문고는 누구나 볼 수 있는데, 체육인들을 위한 신문고를 따로 만들어서 쉽게 볼 수 없도록 해야 한다. 일례로 승부조작 건으로 아버지가 자살한 선수의 경우 운동을 계속해야 해서 오히려 협회 눈치를 봤다. 신분보장만 철저히 해줘도 이런 문제들은 많이 줄어들 것이다.

체육현장에 있는 사람에게 성폭력 관련 상담을 맡으라고 하면 대부분 담당을 맡지 않으려고 할 것이다. 그래서 선후배 관계로 얽혀 있지 않은 일반인이 상담을 맡아야 한다. 민원을 넣어도 민원 접수 자체를 묵인하는 경우가 많다. 본인들이 해결해야 하는 문제인데 인권위에서 전문지식이 부족해서 민원인이 직접 협회에 전화를 해서 알아보고 알려달라는 어이없는 일이 벌어진다. 그러면 그 피해는 고스란히 선수들이 입는다. 말도 안 되는 상황이다.

협회에서 책임을 질 수 있는 부서를 만들어야 선수들도 그런 곳에 가서 이야기를 할 수 있고, 나중에 문제가 됐을 때 그 책임과 징계가 제대로 될 수 있다. 지금처럼 감독과 코치에게 맡겨버린다면 감독과 코치가 저지른 일로 피해를 당하는 선수들은 하소연할 곳이 없고, 감독과 코치의 문제점들이 밝혀지기 전에는 계속해서 묵인된다. 지금까지 관련 협회는 문제의 심각성을 인지하지 못하고 성적지상주의 식으로 해왔지만 앞으로는 당연히 문제에 대한 전담기구가 있어야 한다고 본다.

성폭력 가해자의 영구제명과 피해 선수의 신분이 보장되는 제3의 성폭력 상담센터 절실해

지도자의 선수에 대한 성폭력 문제는 일반 성폭력 문제처럼 피해자 측의 용기 없이는 다른 사람들이 제대로 알 수 없는 구조적 한계를 가지고 있다. 더군다나 가해자가 다른 사람도 아니고 자신의 선수활동에 막강한 영향력을 가지고 있는 코치, 감독이라는 점과 문제가 외부에 알려지면 자칫 선수활동도 그만둘 위험도 있다는 점은 지금까지의 성폭력 사건이 드러난 경우는 빙산의 일각일 것으로 쉽게 짐작케 한다.

문화체육관광부는 체육계 성폭력 가해자 '원 스트라이크 아웃제'를 도입했다. 그럼에도 불구하고 대한체육회에서 징계한 그 많은 성폭력 가해자 중 많은 이들이 다시 슬그머니 체육현장에서 자신이 가해했던 그 선수들을 다시 가르치고 있는 현실을 보면 과연 성폭력 피해선수들이 맘 편히 운동에 전념할 수 있을지가 의문시 된다.

차제에 성폭력 피해선수들이 아무도 알 수 없는 곳에서 제대로 자신의 피해를 밝힐 수 있고 맘 편히 상담 받을 수 있는, 체육관계자의 손이 미치지 않는 제3의 성폭력 상담센터가 절실하게 요구된다고 본다. 아직도 부족하다. 그리고 이에 더해 성폭력을 저지른 가해자는 체육현장에서 완전히 활동하지 못하는 제대로 된 영구제명 조치가 취해져 이를 끝까지 감시하는 시스템이 마련되어야 비로소 성폭력 없는 깨끗한 체육현장 환경이 조성될 수 있다고 필자는 힘주어 강조하고 싶다.

체육계 문제는 현장에 답이 있다

국장님, 제가 생각할 때, 직장운동경기부의 최대 목표는 대회에 출전해서 성적을 내고 메달을 따는 것입니다. 이를 위해서는 지도자들의 지도능력이 가장 중요하다고 생각합니다. 그런데 지도자 평가시스템 개정안을 보면 성적평가가 기존 90점에서 50점으로 절반 가까이 감소했습니다. 이래서 우리 서울시 직장운동경기부 선수들이 대회에 나가서 좋은 성적을 낼 수 있겠습니까? 저는 이 부분에 대한 수정이 필요하다는 생각이 들고, 전반적으로 지도자들이 불이익을 받지 않는 형태로 개선될 필요성이 있다는 생각이 듭니다. 국장님의 생각은 어떠하십니까?

국장님, 제가 현장에서 지도자들의 의견을 청취해보니 급여인상, 복리후생 증진, 선수단 운동 환경 개선 등 직장운동경기부 처우 개선에 대한 목소리들이 많이 있었습니다. 국장님께서는 이들의 의견을 적극적으로 청취하고 반영할 수 있도록 앞으로도 더욱 노력해주시길 바랍니다.

- 10대 제290회 제4차 본회의 2019.12.16.

나는 책으로 배운 지식이 아닌, 몸으로 배운 경험으로 의정활동에 임한다. 그건 어떤 의미에서는 좀 감정적이고 많이 직설적일 수도 있지만, 좋은 의도로 치면 선수들의 입장에서 선수들이 아파하고 선수들이 원하는 것이 무엇인지를 본능적으로 알아볼 수 있다는 의미이기도 하다. 그리고 이런 체육인 출신 정치인으로서의 나의 의정 노하우는 '현장에서 보고 현장에서 배운다'는 현장 제일주의에 있다.

체육현장의 문제는 현장에서 답을 찾아라

체육단체 비위 조사특위의 위원장으로 활동하면서 서울시체육회 소속 체육인들이 땀흘리는 현장을 정말 많이 찾아갔었다. 우선 놀랐던 것은 어떤 의원도 현장에 와서 현장을 직접 보고 예산을 반영한 적이 없었으며 22개의 종목 단체 감독들도 한목소리로, 지금까지 훈련장에 한 번도 의원들이 방문을 해서 현안을 듣거나 문제점을 해결해 주지 않았다고 한다.

필자는 현장을 방문하여 문제점을 찾은 다음에는 체육회의 종목 단체에 도움이 될 수 있도록 예산을 편성할 것을 제안했다. 그러한 이유로 김태호는 한번 물면 놓치지 않는다, 정의롭다는 말들을 들었다. 체육계의 비인기 종목에 계신 분들께서는 지금까지 이렇게 관심을 가져주는 의원이 없었다고 한다. 직접 직장운동부 경기장에 가서 보면 '서울시청이라는 네임밸류에도 불구하고 어떻게 이 정도밖에 안 되지?' 하는 생각을 하게 된다. 그래서 복싱, 양궁, 축구, 펜싱 훈련장까지 찾아보게 되었다.

필자는 직접 현장에 가서 눈으로 보는 것을 좋아한다. 하지만 장단점이 있다. 감독들 입장에서는 좋지만 집행부에서 봤을 때는 내가 현장을 시찰하는 것을 하나의 일로 본다. 그래도 감독이나 선수들을 위해서 현장에서 문제점들을 조금이나마 개선해야 한다고 생각한다. 나 혼자 움직임으로 인해 체육사업 개선이 신속히 이루어질 수 있기 때문이다.

지도자 임기, 정년제인가 평가제인가 선택 필요

체육 현장에서 감독들이 털어놓는 가장 큰 고민은 보장되지 않는 정년에 대한 불안과 압박이다. 이에 대해선 필자도 평소 많은 생각을 가졌던 사안이라 기회 있을 때마다 서울시체육회 정책 책임자에게 지도자들의 정년제를 정하지 않고 다른 대안을 모색할 수는 없는 것인지를 묻곤 한다.

사실 대전, 광주, 세종 등 전국 5개 시도에서는 지도자들의 정년을 따로 정해두지 않고 있다. 서울시 직장운동경기부 지도자들의 의견을 청취해 보면 앞의 5개 시도와 같이 지도자들의 정년을 정하지 않는 것을 선호하고 있었다.

감독들은 매년 계약을 할 때마다 평가를 받아야 하는 평가제와 정년제가 모두 있어서 두 번이나 압박을 당하고 있다. 감독들은 둘 중 하나, 정년제를 풀어달라고 말한다. 이런 감독들의 요구에 관해서도 어떤 방법이 좋을지를 모색하고 있다. 좋은 감독 밑에 좋은 선수들이 들어오는 것이고, 좋은 감독들이 선수들을 잘 이끌어서 국제대회에서도 좋은 성적을 냈다면 그 부분은 인정을 해주어야 한다. 그런데 서울시에서는 오래 있었으니 후배에게 그 자리를 양보하라고 한다.

예를 들어 올림픽과 세계대회에 나가는 스타 감독을 스카우트 하고 싶은데 그분이 55세라고 치자. 그런데 정년이 61세라고 하면 누가 오겠는가. 그걸 풀어달라는 이야기다. 단 그들도 1년에 한 번 계약하는 것에 대해서는 강하게 하라고 조건을 걸어야 한다. 그래야 좋은 감독이 들어올 것이고, 좋은 선수들도 들어올 테니 말이다. 서울시에서는 감독들에게 성적을 내라는 건지, 생활체육 중심으로 가기를 원하는 건지 정확히 정해줘야 한다. 평가제를 위해선 성적을 내는 게 맞고 정년제를 위해서라면 생활체육으로 가는 것이 맞으니 시에서 적절한 결정을 해주어야 감독들도 편한 마음으로 활동할 수가 있을 것이다. 그런데 지금은 이도 저도 아닌 상태이니 정확하게 감독이 어떤 목적을 가지고서 활동을 해야 하는 건지에 대해선 아직도 딜레마에 빠져 있다..

체육계 성비위 사건이 생길 때마다 윤리적 점수 비중은 높아지고 성적 비중은 상대적으로 낮아지고 있다. 감독에게 도덕과 윤리적 점수를 높게 잡게 되면 성적이 안 나오면 안 나오는 대로 평가제에서 점수를 깎는다. 안 나오는 대로 평가제에서 점수를 매긴다. 도대체 어쩌라는 것인가. 요즘 나는 감독의 불안한 거취문제가 심각한 지경에 이르렀다고 판단해 의원님들을 한 분씩 찾아뵈어 이 부분은 좀 문제가 있으니 해결했으면 좋겠다고 말씀드리면서 움직이고 있다.

현장에 가면 열악한 체육환경이 보인다

유감스럽게도 현장을 돌아보면 운동부 시설의 열악하고 노후한 모습들만 눈에 들어와 필자를 당혹스럽게 한 적이 한두 번이 아니었다. 그중 대표적인 사례가 서울시 직장운동경기부 여자축구단의 노후된 버스 문제였다.

필자가 여자축구단 선수들로부터 버스의 노후화가 심하다는 얘기를 듣고 축구단이 타는 버스에 직접 올라타 보았다. 결론은 내가 생각한 것보다 더 심해서 도저히 버스를 탈 수 없을 정도였다. 악취가 너무 심하게 났고, 버스의 부식 정도도 너무 심했다. 주행거리도 많았다. 이런 버스를 탔다가는 언제 사고가 나도 이상하지 않을 정도였다. 특히, 여자축구단은 원정거리가 멀어서 장거리 운행이 잦은데 사고가 날까봐 걱정이 됐다. 다른 종목들도 환경개선이 시급하지만 여자축구단 버스는 제일 시급한 사항으로 인식되었다. 그래서 담당국장에게 당장 예산을 편성해서 여자축구단 버

스 교체를 해줄 것을 요구했다.

선수들의 굵은 땀방울이 그대로 묻어
나는 서울시청 복싱팀 현장방문도 시의원으로서의 많은 것을 생각게 한 의미 있는 탐방이었다. 필자는 2019년 2월 17일 마포구 서교동에 위치한 서울시청 복싱팀의 훈련장을 현장방문하여 실태점검 및 간담회 개최를 통해 서울시청 복싱팀의 애로사항과 개선방안에 대해 논의하였다.

이날 현장방문은 대한체육회 스포츠클럽위원회 김성범 부위원장과 동행하여 서울시청 복싱팀의 현황을 파악하고 개선방안을 모색하고자 하는 목적으로 이뤄졌다.

현장방문 결과, 현재 서울시청 복싱팀은 전용훈련장이 없어 마포구에 위치한 일반 복싱체육관을 대관하여 훈련을 하고 있으며, 해당 훈련장소는 매우 협소할 뿐만 아니라, 정식규격에도 미치지 못하는 등 매우 열악한 환경에서 훈련을 진행하고 있었다.

나는 현장에서 복싱팀 선수와 관계자를 격려하며 "서울시청 복싱팀은 전체 선수들 중 3분의 1이 대표팀에 선발되는 등 정상급의 실력을 보유하고 있음에도 불구하고, 이렇게 열악한 훈련환경 속에서 운동을 하고 있는 모습에 죄송할 따름"이라면서, "지금이라도 열악한 환경을 개선할 수 있는 방안을 강구할 것"이라고 말했다.

실태 점검 이후 진행된 간담회에서는 서울시청 복싱팀 박정필 감독이 배석하여 복싱팀의 애로사항과 개선방안에 대해 논의하였으며, 서울시청 복싱팀의 예산부족으로 인해 유능한 선수들을 다른 실업팀으로 이적시킬 수밖에 없는 실정과 선수들의 은퇴 후 직업 안정성에 대한 내용이 중점적으로 다뤄졌다.

이와 관련하여, "서울시의 경우 한정된 예산으로 다수의 직장운동경기부를 운영하다 보니 다른 지역에 비해 종목별 예산이 부족할 수밖에 없는 한계가 있지만, 향후에는 유능한 선수들이 금전적인 이유 때문에 다른 지역의 실업팀으로 이적하는 일이 없도록 최선을 다할 것"이라고 하였다. 또한 "이번 '트롯 전국체전' 프로그램에 출연해 정상급의 트로트 실력을 보여준 서울시청 복싱팀 소속 국가대표 정주형 선수의 사례처럼, 선수들이 운동능력 이외에도 자신들이 보유하고 있는 재능을 계발할 수 있는 환경을 조성하고, 다양한 일자리를 창출할 수 있는 방안을 검토하여 선수들이 은퇴 이후에도 지도자 활동은 물론 다양한 사회활동을 하면서 직업안정성을 확보할 수 있도록 최선을 다하겠다."고 하였다. 그러면서 "복싱은 전통적인 올림픽 효자종목인 만큼 적극적인 지원이 필요하다."면서, "대한체육회 사업을 활용하는 방안은 물론, 서울시 및 서울시체육회와 긴밀한 협력을 통해 시청 복싱팀의 환경개선은 물론 복싱의 지속적인 발전을 위해 최선을 다할 것"임을 강조했다.

서울시청 복싱팀 박정필 감독은 "수년간 시청 복싱팀에서 지도자생활을 했지만 시의원이 현장을 방문한 건 처음"이라면서, "김태호 시의원께 감사하다는 말을 드리고 싶다. 앞으로도 관심을 가지고 지속적으로 현장을 찾아주셔서 의견을 적극적으로 들어주시길 바란다."고 감사의 말을 전해왔다.

서울시청 양궁팀의 열악한 훈련환경도 현장에서 찾아낸 잊을 수 없는 의정활동 결과였다.

서울시청 양궁팀은 사실 17개 시도협회에서도 대표성을 인정받고 있는 실업팀인데도 불구하고 훈련장소와 운동공간도 없고, 최근에는 코로나로 인해서 훈련을 못하는 경우가 많았다. 조사 현장에서 양궁 감독이 올림픽 선발전이 5월 말에 있는데 자기 체육관에서 훈련을 못하게 막아버리면 어떻게 하라는 것인가, 라는 고충을 들었다. 이야기를 듣고 가자마자 확인 후 8시간 만에 해결을 했다. 당사자는 6개월에서 1년 가까이 싸우고 있던 사안이었다. 얼마나 관심이 없고 소홀했는지 알 수 있었다. 본인들이 다칠까 봐 선수들 생각은 하지 않는다. 그렇다면 그에 대한 타당성을 이해시켰어야 했는데 그렇지 못했다. 또 25개 종목 단체, 체육회에서 코로나 여파로 교육을 못하던 것을 이번에 예산을 반영해서 영상교육으로 회원들한테 전달하겠다며 도움을 요청해 와 해당 예산을 편성해 줄 것을 의회에 제안했었다.

시의원은 시민을 위해 봉사하는 역할을 부여받았고, 시청 직장운동경기부 소속의 구성원 역시 서울시민이다. 애로사항이 있거나 시의원이 필요한 경우가 발생하면 몇 번이고 현장의 목소리를 들을 것이다. 필요할 경우에는 서울시 및 서울시체육회와도 동행하여 현장의 실태를 면밀히 파악하고 이에 대한 방안이 적극적으로 반영될 수 있도록 노력할 것이다.

문제는 현장에서 해결하라

초중고 체육 현장 문제는 현장지도자의 책임이다

○김태호 위원: 서울시에서 예산을 편성하는 데 있어서 운동부에서 관행적으로 이루어지는 것들이 있어요. 폭행이지요. 그리고 지금 계속 언남고등학교인가요. 감독의 성폭행, 성추행 이런 것이 비일비재하게 학교 내에서 이루어지고 있습니다. 지금 교육청에서는 그것에 대한 어떠한 대안을 찾았습니까?

○평생진로교육국장 백정흠: 지금 말씀하신 언남고 사태는 어느 정도 형사 처벌이 추진 중에 있는 사항이고요. 이번에 학교 폭력을 같이 할 때 학교 운동부에 대한 학교 폭력 실태 전수조사를 실시했습니다, 7~8월에. 얼마 전에 교육부까지 보고한 것으로 마무리가 돼 있고요. 저희들이 이것을 하면서 느낀 점이 있다면 일상적으로 일어나고 있는 폭력일 수도 있겠다는 생각이 많이 들어서 매년 실시할 예정입니다.

– 10대 제298회 제3차 예산결산특별위원회, 2020.12.07.

최근 학원스포츠 지도자들의 도덕적 해이가 연일 매스컴에 오르내리며 스포츠를 사랑하는 국민들의 눈살을 찌푸리게 하고 있다. 한국 스포츠를 대표하는 유명 스타의 어린 시절 학폭 사태에서부터 무명 중·고등학교 운동부 감독의 갑질, 여자 청소년 선수를 성폭행하는 비인간적인 패행에 이르기까지 입이 다물어지지 않을 정도로 학원 스포츠의 다양하고 폭력적인 양상들이 꼬리에 꼬리를 물고 자행되고 있어 온 국민의 공분(公憤)을 사고 있다.

이러한 초중고 체육 현장에서의 날로 심각해지는 폭력, 성폭행, 집단 따돌림 등은 현장 지도자의 도덕·인성 교육이 철저히 이루어져야 미연에 사건을 막을 수 있다. 또한 우리가 보호해줘야 할 선수들에 관한 문제도 현장에서부터 확실한 예방조치가 따라야 근본적인 개선을 할 수 있다. 초등학교, 중학교, 고등학교 학생들의 경우 지도자들이 관리감독을 철저하게 해줘야 하는 부분이 있다. 부모들은 외부의 전지훈련, 합숙훈련에 들어갈 때마다 지도자들을 믿고 아이들을 훈련 장소에 보내는 것인데, 오히려 그런 장소에서 문제가 더 많이 발생한다. 규정과 규약을 더 만들거나 교육청에서 강하게 제재를 하는 등 제도적 개선이 있어야 체육 현장이 바뀔 수 있다.

언남고 축구감독의 충격적인 갑질 사례

지난 2019년 5월 6일과 14일에 JTBC TV에서는 언남고등학교 축구감독의 다년간의 비위사실과 갑질 관련 의혹이 방영되었다. 방송에선 정 모 감독 한 사람에 의한 가스라이팅이 얼마나 많은 사람을 그의 꼭두각시 놀음에 놀아나게 했는지를 여실히 드러나게 한 충격적인 사건이 연이어 화면을 장식했다. 정 감독은 학교 기숙사 및 전지훈련 시 학부모들에게 감독 부부 및 지인을 위한 식당 봉사를 강제적으로 유도했다. 또한 자신의 개인별장 관리(일반적인 청소업무, 수목 관리, 애견 관리 등)에도 학부모를 동원한 특혜 관련 의혹이 일었다.

또한 정 감독의 아들(언남고등학교 축구부 코치)은 특혜 채용 의혹이 제기되고 있다. 정 감독 아들은 2017년 말 계약이 종료됐음에도 불구하고 정규 채용 절차를 거치지 않고 업무를 계속해 학교 정규 채용이 아니어서 학부모 회비에서 코치 급여가 나가고 있는 실정이다. 또한 해당 코치는 평소 학생선수에 대한 부적절 언행과 선수 폭행 및 금품갈취 의혹까지 받고 있어 지도자로서의 자질이 현저히 의심스러운 인물이다.

이 외에도 정 감독은 축구부 운영과 관계없는 비용을 요구하거나 각종 횡령을 일삼은 정황도 제기되었다. 그는 퇴직금 적립, 김장비, 고사(告祀)비 등 매달 130만 원을 운영비 외의 명목으로 금품을 수수한 의혹과 함께 부정 수수한 금액이 3년간 총 15억 원에 이르러 현재 정 모 감독 및 총무 등이 횡령 혐의로 입건된 상태이다. 또한 학교 선수를 입시 브로커를 통해 명문 사립대 입학을 조건으로 8천만 원을 수수하기도 했다. 그는 선수가 불합격하자 일부를 선수 학부모에게 반납하는 파렴치한 행동을 보이기도 했다.

상기 의혹과 관련해 정 모 감독은 현재 언남고등학교 축구부 팀 부장에서 파면돼 축구계에서 영구 퇴출된 상태이다.

초중고 선수들의 사건사고 예방에 주력해야

성인 선수들 같은 경우에는 기본적으로 개인의 신상에 대한 정리가 다 되어 있어서 크게 문제가 되지 않는다. 체육현장에서의 폭력 등 문제들은 초·중·고등학생 때 발생했다가 나중에 성인이 되어서야 문제가 부각되는 경우가 많다. 과거에 있었던 일이 성인이 돼 문제제기 형태로 수면 위로 떠오르는 것이다. 성인들의 경우는 자기주장을 어떻게 할지를 알지만 그렇지 못한 미성년자 선수들에게 이런 일이 계속 터지고 있다. 대학교 팀도 그런 부분에 노출이 많이 됐었다가 최근에는 많이 나아진 편이다. 초, 중, 고등학교에서 이렇게 고질적인 문제들이 계속 발생하는 이유는 운동하는 학생들이 대학이나 실업팀에 가기 위해서는 감독이나 코치의 눈치를 볼 수밖에 없기 때문이다. 선수들도 목표가 있으니까 참고 가는데, 참는 게 아니라 교육을 통해서 문제가 발생되지 않게끔 예방을 해야 한다. 예방주사를 놓고 있지 않다는 게 문제다.

만약 문제가 생겼다면 그 선수가 노출되지 않기 위한 보호장치가 있어야 한다. 감독에게 문제가 있다면 감독을 조용히 불러서 이런 문제가 발생이 됐다고 하고, 선수가 다치지 않게끔 감독이 책임을 지는 것이 맞다. 감독이 피해자 탓으로 돌리지 않도록 사전에 관련 교육을 받아야 한다. 선수가 피해를 봤으면 감독이 책임을 져야 하는데 그들은 생존권이 걸려 있기 때문에 어떻게든 지키려고 한다.

감독이나 코치 등 지도자가 근본적 제도적으로 잘못했을 때는 좀 더 높은 곳에서 제재도 확실하게 가해야 반면교사도 되고 무서워 하면서 책임의식을 가질 수 있을 텐데 아직은 지도자들이 잘못했을 때의 패널티가 없다. 앞으로 체육현장에선 그런 것부터 제도적으로 정해져야 할 것 같다. 자세히 들춰봐야겠지만 제도가 취약하다. 선수들에게 교육을 몇 번 정도 하고 있는지, 또 문제가 발생하고 난 뒤에 해당 교육이 이루어지고 있는지 등도 짚어봐야 한다. 초중고 선수들에게는 앞으로도 사건사고가 발생할 확률이 높은데도 학교 지도자들은 선수들에게 이런 환경에서 자랐기 때문에 스스로 극복을 해나가야 된다고 이야기한다. 아이들이 하고 있는 모든 운동들이 대단한 일이라고 말하지만 그 대단한 일이 미래에 범죄로 갈 확률이 높다. 이런 부분도 교육시스템을 다양하게 만들어서 교육을 시킬 필요가 있다.

초, 중, 고, 성인에 맞는 학교폭력 및 성폭력 예방 영상들을 보여줘야

지금부터라도 초, 중, 고, 성인에 이르기까지 각각의 연령대와 상황에 맞는 학교폭력 및 성폭력 예방 영상물을 만들어서 선수와 감독이 훈련하기 전 영상물을 보고 출석할 수 있도록 하고 이를 보고 체계로 만들어서 진행하게 되면 언제든 문제 상황을 인지할 수 있을 것이다. 새로 만들 훈련 매뉴얼은 영상을 시청해야만 출석이 가능하도록 만들어 지도자나 선수들이 영상물을 시청하고 출석했는지, 그냥 출석만 했는지 알 수 있도록 얼굴자동 인식기능을 넣어서 제작해야 할 것이다. 교육청에서 이런 영상물을 프로그램으로 개발하는 시도를 했으면 좋겠다는 생각이 든다.

현재 지도자들도 학교 체육현장에서의 문제들을 잘 파악해 선수들을 인격적인 한 사람의 주체자로 대하는 교육을 받고 있다고 알고 있는데 얼마나 세밀하게 교육을 시키는지는 다시 한 번 꼼꼼히 살펴봐야겠다. 교육현장에서의 예방교육매뉴얼에 관련된 예산을 편성하여 체육현장에서 바로 적용하려 한다.

교육현장에서의 학생선수들의 인권과 학습권 보장에 대한 요구가 절실하던 즈음, 마침 우리 당의 이재명 대통령 후보께서 2019년 스포츠혁신위원회의 권고안을 강화하는 취지의 보완 정책을 발표하였다. 이재명 후보가 제안한 학생선수들의 학습권과 운동권을 함께 보장하는 방안의 요지는 다음과 같다.

"2019년 스포츠혁신위원회는 학생선수들의 인권과 학습권 보장을 강화하는 다양한 권고안을 제시한 바 있습니다. 체육계의 성적 지상주의 시스템을 개선하고 민주시민으로 성장하는 데 필요한 학생선수의 다양한 기본권을 보장하자는 취지입니다.

그러나 이러한 권고안이 스포츠 현장의 공감대를 이끌어내고 현장의 목소리를 반영하는데 다소 부족했던 면이 있었습니다.

일례로 최저학력제 도입, 주중대회 폐지 및 주말대회 전환 등이 이루어지면서 학생선수들이 고등학교 진학을 포기하거나 무리한 스케줄로 부상 위험에 노출되는 사례가 늘어나고 있습니다.

저는 스포츠 현장의 의견에 더욱 귀를 기울여 체육계 현실에 부합하는 정책들을 제시하고 실행하겠습니다.

첫째, 스포츠혁신위 권고안 중 체육 혁신을 위해 반드시 필요한 제도들은 적극 추진하겠습니다. 다만, 주중 대회 출전 금지 등 현장과 온도차가 큰 제도들은 보완하도록 하겠습니다.

둘째, 우리의 미래세대인 학생선수들이 학습권과 운동권을 함께 누릴 수 있도록 정책 대안을 마련하겠습니다.

셋째, 우리나라 체육의 뿌리인 학교운동부를 살리겠습니다. 학교와 지도자들에게 동기를 부여하고 학생선수들이 안심하고 운동에 전념하는 환경을 조성하겠습니다.

학생선수의 다양한 기본권을 보장하도록, 앞으로 학생선수의 학습권과 운동권이 보장되도록 제대로 하겠습니다."

지금의 학원 스포츠는 모든 경기에서 우승을 하고 싶은 학교의 성적과 명예가 우선되는 스포츠 시스템이 작동되고 있다. 승리보다는 선수들의 진로를 위해서 접근을 해야 하는데, 아이들보다 학교의 성적과 명예가 우선이다. 계약의 첫 단추부터 잘못 끼우지 않았나 싶다. 1년 동안 계약직으로 일하는 사람들을 보면 이 사람이 어떻게 될지, 어떤 행동을 할지 알 수가 없다. 다년 계약을 잡아놓고 중간 중간에 문제가 발생했을 때 문제를 삼아야 한다.

초등학교 감독 코치에게는 학교에서 계약을 할 때 처음부터 다

이수해야 하는 코치과정에 폭력예방 교육을 꼭 넣어야 한다. 성적 지상주의인 우리나라에서 아이들이 훈련을 따라오지 못할 경우 폭행으로 이어지니, 아이들을 성추행하거나 성폭행하는 행위들을 미연에 방지하는 교육을 받아야 한다는 것이다. 이런 교육을 안 하고 있다면 해야 되고, 하고 있다면 현장에서 제대로 실행되고 있는지를 끊임없이 점검하고 확인해야 좋은 자질을 지닌 지도자를 양성할 수 있다. 항상 매뉴얼은 있는데 현장에서 제대로 실천하는지가 관건이다.

체육 현장에서 위험상황별 매뉴얼 및 대책방안을 만들자

○평생진로교육국장 백정흠: 저희들이 학교운동부에 대한 폭력 전수조사를 7~8월에 실시했습니다. 그래서 그 결과가 지금 현재 취합되어 있고 그 결과에 따라서 보면 학교폭력에 준해서 대책회의까지, 폭대위까지 설치한 경우가 있고 그다음에 지도자에 관련된 폭력과 관련해서는 2명을 제명도 시키고 저희들이 재고용하지 않은 그런 경우가 있었고요. 자세한 사항은 저희들이 교육부에 일단 보고를 마쳤고 거기에 대한 자료가 필요하시면 보고를 올리도록 하겠습니다.

○김태호 위원: 교육청에서는 어떠한 예방교육을 하고 있나요?

○평생진로교육국장 백정흠: 저희들이 학교폭력 예방교육은 학교운동부 선수를 대상으로 사실 매년 해 오고 있습니다. 이번에 전수조사도 그 결과가 크게 영향력이, 어떻게 방향을 바꿔야 되지 않겠나 하는 생각은 들고요. 실태 전수조사도 앞으로는 매년 하는 것으로 계획을 하고 있습니다.

- 10대 제290회 제4차 본회의 2019.12.16.

나는 선수로 활동하면서 선배들과 감독에게 폭행을 당한 경험이 있어 교육청에서 적극적으로 지원하여 선수들과 지도자들을 함께 또는 구분하여 학교 폭력 예방 교육을 받아야 한다고 생각한다. 또한 사건사고 발생 수위에 따라 징계 수위를 좀 더 높여야 한다고 생각한다. 선수들이 내부에서 동계훈련이나 합숙훈련 중에 폭행이 가장 많이 일어나고, 훈련 중에 선배들에게 눈에 거슬리는 일들이 발생되면 선배들이 강압적으로 폭행을 한다.

운동부실, 숙소에 위험상황별 예방 행동지침을 붙여 놓아 감독·선수가 눈으로 봐야

엘리트 선수들은 대부분 학교에서 양성을 하는데, 운동부실이나 숙소에 행동지침과 전화번호, 상황별 징계 수위 등을 내걸어 눈으로 볼 수 있게끔 교육청 차원에서 적극적으로 나서야 한다. 지도자들과 선생님들도 마찬가지로 그들이 항상 긴장을 놓지 않도록 매뉴얼을 붙여놔야 한다. 협회에서는 협회를 위해서 그동안 성적을 내고 노력한 것에 대한 보답으로 지도자들의 잘못을 덮어주려고만 하는데, 덮어주는 것만이 능사가 아니라 진정으로 해당지도자를 위한다면 개선을 위해선 징계를 주어 다음에 재발되지 않도록 조율을 해나가는 방향으로 조항을 만들어야 한다.

교육청에서는 코치를 위한 예산과 감독의 급여가 지급되는데 교육청에서 관리감독을 더 강하게 해야 된다. 교육청에는 순회코치비가 1인당 150만 원, 200만 원이 책정돼서 정코치로서 예산이 편성되어 있다. 만약에 사고가 생기면 정코치가 되지 못하게 규정이 되어 있다. 규정에 있는데도 불구하고 문제 부분을 보완할 장치가 필요하다. 동계훈련이나 해외훈련에서 문제가 생겼을 때의 처벌은 더 강화해야 된다. 외부에 나가서 아이들을 관리할 때는 더 철저하게 규율을 지켜야 하지만 사실 허점이 많다. 물론 감독들도 친구들 만나면 음주할 수 있고, 운동 끝나고 나서 친구들과 모여 술 한잔 할 수 있다. 그런데 그로 인해 제자들이 제2, 제3의 피해자가 되어서는 안 된다는 것이다. 술을 먹더라도 본인이 알아서 조절해야 하는데 그렇지 못한 코치들이 자기관리 소홀로 인해 새벽에 나오지도 않고 주장한테 자신들의 역할을 주어 운동하라고 지시하고 운동 지시 중 선배는 코치가 없다고 얼차레를 주고 폭행하는 경우가 생긴다. 원칙적으로 코치가 계속 나와서 관리감독을 해주는 것이 맞고, 만약에 코치와 감독이 모두 없을 경우에는 주장에게 권한뿐만 아니라 책임도 같이 줘야 한다. 감독과 코치가 없을 때 문제가 발생하면 어떤 식으로 책임을 져야 하는지 매뉴얼을 만들어서 교육을 시켜야 한다. 감독들의 관리·감독, 지도자-선수-협회의 모든 연결지점을 찾아서 개선해야 한다.

선수 생애주기별 인권, 인성 교육 필요

사실 운동선수들은 각자의 가정형편이나 체육계 영향력 등에 따라 서로 다른 환경에서 자라온 아이들이다. 어떤 선수는 지도자에게 영향을 끼칠 정도로 영향력이 높은 부모를 둔 선수(축구선수 K모 선수, 배구선수 L 자매 등)도 있고 어떤 선수는 자신이 가장이나 다름없는 가난한 집에서 자란 선수도 있다. 이처럼 각각의 처지가 다 다르고, 또래의 동성 선수끼리 단체활동을 할 경우 등 피해를 보는 상황이 다양하게 노출되어 있을 수 있다. 따라서 성별, 연령별, 실력 수준별 상황 등을 면밀히 고려해 각각의 상황별로 1분짜리 영상을 몇 개 만드는 것이 낫지 않나 하는 생각도 있다. 우리가 안타깝게 여기게 되는 상황을 보면 저렇게까지 갈 수밖에 없게 만든 코치나 부모에게도 잘못이 있다. 그런 성품을 갖게 한 부모나 눈을 감고 있는 코치와 감독이 문제다. 선수들에게 문제가 생길 경우 코치 감독에게는 징계를 줄 것이고, 부모에게는 경고를 줄 것이라는 메시지를 사전에 전달해야 한다. 부모를 향한 경고는 사실 자식들에 대한 경고다.

무엇보다 체육계의 폭력을 근절하기 위해서는 생애주기별 인권 및 인성에 대한 지속적 교육이 항상 실시되어야 한다. 이는 가치관이 형성되는 아동기부터 인간관계, 인권 및 인성에 대한 지속적인 교육을 실시하여 올바른 인간관을 가지게 해야 한다.

또한 운동선수들을 대상으로 하는 생애주기별(초등학교, 중학교, 고등학교, 대학교, 실업 및 프로팀 등) 교육을 실시하여 인간에 대한 예의, 배려, 감사 및 존중 등 바람직한 인간관을 학습하고 습관화 할 수 있도록 하는 프로그램의 구성 및 실시도 시급히 학원 스포츠 현장에서 실천돼야 한다.

또한 중앙정부 및 체육단체는 선수들에 대한 인권보호 정보 공유 시스템을 갖추고 있어야 한다. 운동선수들의 인권보호를 위하여 선진국의 모범적인 인권보호 사례를 수집 및 정리해 문서화 한 후 중앙정부와 체육단체 간 인권보호를 위한 정보를 공유하는 시스템을 구축해야 한다. 반대로 국내에서 발생한 인권 침해 사례에 대해서도 수집 및 정리한 후 문서화 과정을 통해 중앙정부와 체육단체 간 정보를 공유하여 교육 및 인사시스템에 반영하는 방안을 검토해 보아야 한다.

학원 스포츠 현장에서는 사건이 벌어지기 전에 안전장치를 마련하는 것이 우선이다. 일단 피해를 당했을 경우에 믿고 말할 수 있는 기관이 있어야 하고 코치와 감독은 이런 일이 벌어지지 않기 위해서 사전교육을 받아야 한다. 교육에 들어가기 전에 한 번씩 영상을 클릭해서 봤는지 안 봤는지를 출석 체크하도록 하면 좋을 것 같다. 교육자료 1분 영상에 어떤 문제를 사전에 예방하고자 하는지에 대한 내용과 실제로 일어나고 있는 성희롱과 성폭력이 '당신'의 이야기가 아니기를 바란다는 메시지, 그리고 그 사람들이 지금 현재 어떻게 지내고 있는지를 담는다. 그 영상을 시청해야 출석 체크가 되고, 그 이후에 훈련에 들어가게끔 강하게 만드는 것이다. 아이들도 마찬가지로 영상을 실제로 보도록 하는 프로그램 개발을 통해 계속해서 눈으로 보는 교육이 실질적으로 이루어져야 하고, 이는 각 선수 단체 종목들에 모두 적용되어야 한다.

지도자와 선수의 올바른 성 인식 및 교육이 필요하다

성폭행은 당하는 사람의 입장에서는 수치스럽고 모욕적이기 때문에 몸매 품평과 몰카 사건, 성을 매개로 한 상품화에 대한 이야기들이 나오지 않도록 사전에 예방하는 교육이 필요하다. 몰카 같은 경우 여성의 수치심을 자극하는 범죄임이 당연한데도 이런 일들을 저지른다는 것은 선수나 코치들이 사안의 심각성에 대한 안이한 자세를 보이거나 가볍게 보는 것이다. 사전에 몰카나 성 수단화 범죄가 어떤 것들인지를 선수들에게 인지시키는 성교육을 해야 한다. 현재 체육계에서 문제가 되고 있는 미투 건뿐만 아니라 몰카 사건과 여성 폭행까지 하나하나 다 짚어나가 주어야 한다. 그래서 이런 문제를 일으키면 본인 인생의 마지막 종착점이 된다는 사실을 선수들에게 각인시켜 주어야 한다. 성폭력을 저지르면 자신이 어떤 처지가 되는지를 알고도 선수들이 그런 행동을 하겠는가. 그 선택은 자신들의 몫이라는 것을 교육시켜야 한다. 감독들 또한 제자들이 훌륭하게 성장하기를 바랄 것이다. 감독에게는 훌륭한 제자가 나오길 바라는 욕심이 있다. 그러기 위해서는 훌륭한 지도력을 가지고 가르쳐줘야 하는데, 범죄행위를 저질렀을 때 스스로의 인생이 어떻게 될 것인지에 대해 이성적인 방향으로 접근하는 토론식 교육이 필요하다고 생각한다.

성폭력 사전 예방 교육의 중요성

무엇보다 성폭력이 발생하지 않도록 하기 위한 사전 예방 차원의 교육이 지도자나 선수가 일상적으로 생활하는 공간에서 눈에 띄게끔 성폭력 예방 포스터를 붙여 놓는 것도 좋은 방법이다. 평상시 훈련할 때, 훈련 전에 성폭력 예방 교육에 관한 사인을 받는 절차도 있어야 한다. 합숙훈련을 갈 때 주의사항이 담긴 포스터를 붙여놓고, 주의사항을 숙지하고 나가도록 하는 것이다. 예를 들면 어디로 가는지, 어떻게 훈련을 하는지 일일 보고서를 쓸 때 주의사항을 밑에 적는다. 훈련별로 아이들과 어떤 식으로 접촉이 있을지 미리 세세하게 안내를 해주고, 지도자가 음주했을 경우 아이들이 노출되는 환경에서 발생한 문제에 대해 책임 소재를 묻는 일도 필요하다. 서명 받을 것은 서명 받고, 계약서도 마찬가지로 그런 부분에 강조점을 두고 작성해야 한다.

운동을 하다 보면 신체 접촉이 많기 때문에 어렸을 때부터 스포츠인들에게는 성교육이 매우 중요하다. 지금까지는 사실상 그런 교육이 제대로 진행되지가 않았다. 우리가 예전부터 성예방 교육을 잘 받아왔다면 성폭력 관련 문제가 발생하지 않았을 것이다. 문제가 발생하면 감독들은 자신이 피해를 보지 않기 위해서 사안을 빨리 덮으려고 한다. 기00 선수가 합숙소에서 또래 선수들에게 불미스런 행동을 했다는 사건의 진위 여부는 아직 정확한 사실로 판가름 나지 않아서 잘 모르겠으나 그런 말이 나온다는 것은 그만큼 감독이 신경을 쓰지 않았다는 이야기다. 어린 학생들이 다 모여서 합숙하는 곳에서 아무 생각 없이 장난과 시늉을 한다? 지금 같으면 난리가 나겠지만 그 당시에는 성폭력 예방 교육을 못 받아서 이러한 행위가 어떤 문제가 되는지 몰랐던 것이다. 당시엔 법적인 규제도 엄격하지 않았고, 같은 일이 반복되지 않도록 재발 방지를 위한 내부 예방책도 없었다.

체육현장에 성폭행 예방 포스터 비치해 감독·선수에게 경각심을 갖게 해야

부모들이 선생님에게 의지하고 선수들이 감독에게 의지하는 관계는 각각 갑을의 관계다. 체육현장의 영향력을 쥐고 있는 감독의 눈 밖에 나면 본인이 부당하게 대우받을 것이라는 사실의 중심에는 '진로'가 있다. 만약 진로 문제가 없다면 부모는 당연히 적극적으로 조치를 취할 것이다. 하지만 아이들은 자기 장래뿐만 아니라 선배와의 관계, 학교체육현장에서의 따돌림 같은 것들을 두려워한다. 현재 일선 체육현장에서는 선수들에게 성예방과 관련된 교육과 학습을 하고 있는 것으로 알고 있다. 하지만 적극적으로 지도하는 것뿐만 아니라 그 교육과 관련된 모든 포스터나 성폭력 예방 문구들이 선수와 지도자의 눈앞에 있어야 된다. 그래야만 감독이나 선수들이 모두 성폭행에 대해 인식을 하고 어떻게 처신을 할 것인지 판단할 수 있을 것이다. 또한 지도자가 문제되는 행동을 했을 때 학생들이 바로 신고할 수 있도록 체육인들을 위한 SOS를 미리 만들어두는 것도 필요하다. 그래야만 감독 입장에서는 선수들에게 함부로 하는 것도 자제하게 되고, 스스로 조심하고 책임있는 행동으로 선수들을 지도할 수 있을 것이다.

그런데 이런 일들이 개인종목과 단체종목에 따라 많이 다르다. 개인의 경우는 선수와 감독이 신체접촉하는 빈도가 높다. 예를 들어 체조, 쇼트트랙, 스케이트 등은 신체적인 접촉이 상당히 많아 선수들이 불쾌감을 느끼는 경우가 많은 데도 참고 훈련을 하는 것이다. 따라서 이렇게 신체 접촉이 많은 훈련을 하게 되는 종목의 선수들에게는 감독이나 코치가 사전에 신체접촉을 하게 되는 상황이 있을 것이라는 양해를 구하는 것이 맞다. 예를 들어 훈련을 하기 전에 신체접촉 하는 것에 미리 동의를 구한 다음 훈련에 들어간다면 불쾌감이 덜할 것이다. 단체의 경우도 코치와 감독과의 관계뿐만 아니라 선후배 관계도 상당히 엄격하기 때문에 신체접촉에 대해서 지도자와 선수가 미리 인지하고 훈련에 참여해야 한다.

피해선수가 지속적으로 운동할 수 있도록 지원을 아끼지 말아야

올림픽에 출전하는 선수를 보면 우수한 선수들이 나오기 위해서는 도중에 포기하지 않고 계속 운동할 수 있는 동기부여가 주어져야 하는데 코치나 감독으로 인해서 중도 포기하는 선수들이 많다.

대한민국은 하계, 동계, 월드컵 등의 국제대회를 개최한 스포츠 선진국으로 발돋움하였다. 그러나 내부적으로는 비위행위라는 깊은 그림자가 선수들 사이에 짙게 남아 있다. 우리나라는 지금까지 성적지상주의로 인해서 지속적으로 비위행위들이 만연되어 있었다. 문제는 이러한 비위행위들이 드러나지 않고 있다는 것이다. 한 뉴스에 따르면 테니스 코치인 김○○ 씨는 10살 때 코치에게 1년 6개월간 성폭행을 당하고 이후 스포츠인권센터에 신고했으나 스포츠인권센터는 이 사건을 테니스협회로 되돌려 보냈다고 한다. 이는 통계조사에서도 드러나고 있는데, '2018년 스포츠 (성)폭력 실태조사 보고서'는 1년간 국가대표 선수의 1.7%(10명), 일반선수의 5.4%(58명), 총 68명의 선수가 성폭력 피해를 입었다고 발표했지만, 스포츠인권센터 신고 처리 현황에 따르면, 2014년부터 2018년까지 5년간 접수한 사건 수는 총 27건, 연평균 5.4건에 불과한 것으로 나타나고 있다.

성폭력 피해선수 보호를 위한 기관 또는 부서(스포츠공정위원회 또는 폭력방지위원회 등)에서 행정 처리는 물론 법적 처분까지 일사분란하게 이뤄질 수 있도록 행정적 시스템이 하루빨리 구축되어야 할 것이다.

피해선수 보호 및 지원을 위해 관련기관 등은 피해선수가 운동을 지속적으로 이어갈 수 있도록 심리적, 의료적, 법률적 지원을 아끼지 않아야 하며, 향후 체육계 안에서 지도자 활동을 하는데 있어 제약을 받거나 배제되지 않도록 해야 할 것이다.

법적 제도적 장치를 실천하고 감시하는 시스템이 필요하다

아시겠지만 협회에서, 교육청에서는 협회를 의지하는 경우가 많습니다. 선수들을 사실 보호할 수 있는 곳이 없어요. 선수들은 경기만 뛰고 있고요 그 경기를 잘 뛸 수 있게끔 코치, 감독들이 지도를 하는 거지요. 그러다 보니 협회에서는 선수들보다는 코치와 감독과의 유대관계가 상당히 성립이 되어 있던 거지요. 그러다 보니까 선수들에 대한 보호가 상당히 미숙합니다. 우리 교육청이 이 나쁜 관행을 조금, 운동부 성폭행, 성추행, 폭행 이 부분에 대해서 지속적인 관심을 가지고 교육을 실행함으로써 우리 아이들이 조금 원만하게 그리고 부모들이 정말 우리 아이들이 운동을 할 수 그런 환경에서 훈련을 시키고 싶어 하는데 지금 너무 심적으로, 한마디로 군대 보내는 그런 부모님 마음이라고 말씀을 하시더라고요. 그런 걱정을 덜어드릴 수 있게끔 우리 교육청에서 운동부 성폭행, 성추행, 폭행근절, 인권보호 강화가 시급하니까 그런 교육을 체계적으로 할 수 있도록, 전원 선수들이 감독, 전임코치, 일반코치가 받을 수 있도록 그런 대책을 강구해 주시기 부탁드리겠습니다.

– 10대 제298회 제3차 예산결산특별위원회 2020.12.07.

대한체육회에서는 문제가 된 체육인들은 비위행위가 밝혀지면 길게는 징계 기간이 3년이다. 3년이라는 기간이 지나면 징계가 풀리는데 사실 승부조작과 같이 중대한 사안 같은 경우에는 영구제명을 시키는 것이 맞다. 아예 발을 못 붙이도록 해야 한다. 하지만 징계가 3년만에 풀리다 보니 위법이 드러난 지도자가 자신의 관련 있는 종목단체에 영향력을 행사해서 본인이 관련된 선수에게 영향력을 행사하려고 한다. 특히 체조 같은 경우에 9점, 10점, 자기들이 주고 싶은 대로 점수를 주는 것이 가능하고, 태권도에서도 마찬가지로 안 줘도 되는 점수를 준다. 하지만 관련 종목이 엄격한 규정을 가지고 있으면 규정에 입각한 확실한 징계를 내리는 것이 맞고, 아직 징계수위가 너무 가볍다. 현행법을 검토한 뒤 상위법에 따라서 우리 조례도 바꿔나가야 할 것이다. 조례를 바꿔서 그 조례를 근거로 75개 종목단체 뿐만 아니라 25개 구에 있는 체육회를 관리·감독할 수 있도록 만들어야 한다.

폭력, 성폭행 가해자에 대한 블랙리스트 마련 필요해

권력관계에서 갑의 위치에 있는 지도자들은 문제가 있을 시 엄격한 처벌을 통해 반면교사를 삼도록 해야 한다. 언론의 이슈가 되지 않는 이상 문제를 일으킨 사람임에도 불구하고 철저하게 협회의 보호를 받는다는 점이 안타깝다. 대한체육회와 서울시체육회 종목단체에는 각각의 규정이 있어 대한체육회의 규정에 따라 위법행위가 적용되어야 하는 문제임에도 하위단체가 자체적으로 정관규정을 만들어서 피해 가는 경우가 있다. 예를 들어 서울시체육회 종목단체에서 비위행위가 발생했을 시 대한체육회 같은 상위 단체에서는 체육활동이 금지되어 있지만 관련 단체 안에서는 활동을 할 수 있게 되어 있다. 대한체육회에서 영구적으로 체육인을 제명시켰더라도 그 하위기관에서는 3년 이상 지난 사안에 대해서는 문제가 되지 않아 3년만 버티면 된다고 생각한다. 다만 체육회장이나 중요 직책을 맡아 활동하는 데는 조금 어려움이 있겠지만 그 밑에서 할 수 있는 일들이 많다. 위법대상자들은 이사회 규정상 상위단체인 서울시체육회에 보고를 해야 하지만 보고도 하지 않고 감사도 제대로 이루어지지 않고 있다.

무엇보다 시급히 만들어야 할 것은 폭력이나 성폭행 등 불미스런 일로 언론에까지 노출된 사람들이 계속해서 현장에서 활동하는 것을 막기 위해 블랙리스트를 만들 필요가 있다.

대한변호사협회의 경우 개인징계 정보, 법인징계 정보를 해당 홈페이지에 게시하여 모든 국민과 사건 의뢰인들에게 공지함으로써 일벌백계는 물론 해당 당사자가 다시는 같은 불법행위를 하지 못하도록 징계정보를 공개하듯이 체육계에서도 공공의 이익을 위하여 개인과 회원종목단체의 블랙리스트를 대한체육회, 17개시체육회 및 해당 회원종목단체의 홈페이지에 블랙리스트를 공개하여 경각심을 일깨우고, 재발 방지대책을 바로 세워야 할 것이다.

이러한 채찍과 더불어 확실한 당근도 제공해 지도자들이 생계형 불안 만큼은 느끼지 않도록 환경을 조성해 줄 필요가 있다. 체육현장의 지도자들의 근무환경에 대해 확인해 보니 코치들이 4대

보험을 받지 못하거나 퇴직금을 아직 못 받고 있는 곳이 있었다. 코치와 감독들이 고용불안을 느끼지 않도록 안전장치를 만들어두면 본인들이 가지고 있는 승부욕을 보다 도덕적이고 윤리적인 방향으로 선수들에게 적용시킬 수 있을 것이라 본다.

서울시 직장 운동부 같은 경우는 평가제가 있는데, 성적이 높아야만 평가에 반영을 하고 성적이 좋지 않으면 새로운 코치를 영입하려고 한다. 최소한 이러한 불안요인을 주지 않아야 선수들의 성적을 올리려고 혼을 낸다거나, 말로 해서 안 되는 경우에 폭행이 이루어질 수 있는 여지가 없어진다. 고용과 생계에 대한 기본적인 것을 보장해 주는 것도 지도자들이 폭력적으로 선수들을 지도하지 않을 수 있는 하나의 요인이 될 수 있다. 그들이 평생직장이라는 생각을 가지고서 열심히 일할 수 있도록, 사고가 발생할 경우에는 단호하게 활동하지 못하게 하는 제도적인 장치가 필요하다.

감독과 코치를 관리할 수 있는 시스템을 마련해야

무엇보다 지도자에 의해 불미스런 피해를 보게 된 선수를 보호하며 같이 품어주는 체육계의 따뜻한 손길도 절실히 요구된다. 서울시에서는 몇 년 전 심○○ 선수가 어려운 상황에 처하자 먼저 손을 내밀어 함께 하게 되어 지금 서울시청 소속으로 활동하고 있다. 사실 조○○ 같은 코치는 체육계에 있어서는 안 되는 사람이다. 협회에서 이런 부분에 대해서 분명히 인지하고 감사나 조사를 했을 텐데 조 코치가 학연, 지연도 있고 성적도 잘 나와서 나름대로 영향력이 있다 보니 협회 입장에서는 모르쇠를 한 것 같다. 이렇게 큰 범죄가 발생하기 전에 사전에 주의와 경고를 주고 압박을 했어야 했는데 꼭 사고가 발생하고 나서 수습하려고 하는 게 체육계의 고질적인 문제다. 코치의 문제는 협회에 책임이 있다고 생각한다. 교육청이나 체육협회에서 코치들을 제대로 관리 감독을 못해서 이런 문제가 발생하는 것이기 때문에 코치뿐만 아니라 교육청이나 협회에도 책임을 물어야 마땅하다.

비위 예방에 관한 법적·제도적 장치 마련과 이의 실천을 감시하는 시스템 필요

아직까지도 감독과 코치를 관리할 수 있는 적절한 관리 시스템이 마련되어 있지 않아서 불미스런 일들이 사회 문제화되기 전에는 체육현장에서 전혀 모를 수밖에 없다는 점이 안타까운 일이다. 일반적으로 말하는 8:2 법칙에 따르면 2가지가 드러나기 위해서는 8가지의 숨겨진 조짐이 있었을 텐데 심○○ 선수와 같은 사건이 20여 년 동안 12건 정도 있었다. 이와 유사한 사건들은 아직도 빙산의 일각처럼 비일비재할 것이다.

집단적인 왕따나 조직 안에서 출신학교로 인해서 벌어지는 또 다른 비극을 개선하기 위해서는 체육계에서 이런 부분이 드러난 뒤 재발 방지를 위한 근본적인 대책이 법적으로 개정되어야 한다. 법 개정뿐만 아니라 지금은 실천이 중요한 시점이다. 아무리 좋은 규정이 있고, 하지 말아야 할 금지사항이 있으면 뭐 하겠는가. 그런 규정을 어기고 법을 무시한 지도자에게 솜방망이 처벌만 하고, 현장에 피해자인 선수와 가해자인 지도자가 버젓이 같이 운동을 해야 한다면 선수들에게는 말하지 못할 심각한 고통밖에 안 될 것이다. 그래서 법적 제도적 장치도 정교하고 물샐 틈 없이 마련해야 하고, 이를 어겼을 경우에는 체육계에서 발을 붙이지 못하도록 강력한 제재가 반드시 이루어져야 할 것이다. 그리고 이런 조치와 규정이 제대로 지켜지고 있는지 항상 감시하는 시스템도 제도적으로 갖춰져야 체육현장이 선수들의 꿈을 실현할 수 있는 희망의 공간으로 거듭날 수 있을 것이다.

선수와 감독이 소통할 수 있는 수평관계가 절실하다

왜 체육계에선 지금도 성폭력, 성희롱, 학교폭력, 지도자의 비인간적인 폭력들이 사라지지 않고 계속 벌어지는 것일까?

무엇보다 운동선수는 회사에서 찍어내는 생산품이 될 수 없는데, 한국의 체육 지도자들은 선수들에게 그런 무리한 요구를 하기 때문에 짧은 시간에 원하는 성과를 내려면 아무래도 보다 압박이 크고 강한 동기유발이 되는 훈련방식을 택할 수밖에 없게 된다. 그 무리한 훈련의 연장선상에는 각종 폭력과 일방적인 지시 일변도의 훈련만이 남아 체육현장을 얼룩지게 한다.

회사에서는 제품을 만들기 위해서 여러 가지 다양한 회의를 통해서 문제점을 보완하고 더 좋은 제품을 만들기 위해 협력한다. 그렇게 제품을 완성시킨 뒤에 소비자에게 판매를 하는데, 운동 쪽의 절차는 그렇게 복잡하지 않다. 앞으로는 부모들에게 운동과 교육을 통해 아이들이 어떻게 성장해 나갈 것인가에 대한 청사진을 보여주고, 그 과정에 부모들이 참여해야 할 부분이 있다는 것을 알릴 필요가 있다. 참여란 다양한 여러 주제로 회의를 가지는 것으로,

교육청과 같은 관련 기관에 주간이나 월간에 안건을 던져주고 의견을 나누는 자리를 자주 만드는 것이 좋다.

지도자-선수 간 신뢰 구축 프로그램 마련돼야

이제 체육계보다는 실제적인 징계 권한이 있는 교육청이 운동부 성폭행, 성추행, 폭행 등에 대해서 지속적인 관심을 가지고 나쁜 관행을 없애는 데 앞장서 주길 기대해 보게 된다. 교육청에서 지도자들에게 고질적인 운동선수 피해상황을 사전에 예방할 수 있는 교육을 실행함으로써 우리 아이들이 좋은 환경에서 운동에만 전념할 수 있는 상황을 만들어주기 바란다. 우리 교육청에서 운동부 성폭행 예방, 폭행 근절, 인권보호 강화가 시급하니 그런 교육을 체계적으로 할 수 있는 기반을 마련해야 한다. 필자는 기회 있을 때마다 교육청 담당자에게 선수들이나 감독, 전임코치, 일반코치가 모두 교육을 받을 수 있도록 대책을 강구해 주길 부탁하는 의견을 전달하였다.

사실 불미스런 사태가 발생하기 전에 지도자-선수 간 신뢰구축을 위한 프로그램을 개발하는 게 시급한 예방 조처가 아닐까 싶다.

체육계 폭력 사건의 경우 대다수가 지도자와 선수 간 발생하는 사건인 것을 감안하여, 지도자와 선수 서로 간 신뢰형성을 위한 프로그램을 개발하는 것을 검토해 볼 것을 제안한다.

지도자의 경우, 자신이 속한 팀의 성적을 위해 선수를 수단으로 생각하거나 부품으로 생각하는 경우가 있으며, 성적이 좋지 않은 경우 선수에 대한 신뢰저하의 결과가 폭력행위로 나타날 가능성도 있다.

반면 선수의 경우 개인의 기술수준 또는 성적 및 팀 성적 등의 저하에 따라 지도자에 대한 신뢰저하가 불신이나 불화 등으로 발현될 수 있다.

따라서 지도자와 선수 간 신뢰구축을 위한 프로그램을 개발하고 지속적으로 적용하여 지도자-선수 간 신뢰를 구축할 필요성이 있다.

지도자의 직업안전성 보장이 비리 예방의 최선의 방법

결국 이 모든 부패와 부조리의 고리를 끊기 위해서는 지도자의 직업안정성을 보장해주는 것이 최선의 방법이 될 수 있다.

현재 체육지도자의 경우 계약기간이 1년 단위 등으로 되어 있어 성적에 대한 압박 등으로 선진국과 같은 지도체계를 구축할 수 없는 구조적인 결함이 있다.

지도자의 직업안정성은 지도자의 팀 또는 선수에게 자신의 지도철학을 적용하고, 지도자-선수 간 관계가 발전될 수 있는 가능성을 제시할 수 있다.

따라서 타당성 조사를 통해 3년 또는 5년 등 적절한 지도자의 계약 기간을 산출하여 직업안정성을 보장해줄 필요가 있다.

반면, 직업안정성을 보장하는 대신 의무규정을 확대하여 엄격하게 적용해야 한다.

지도자가 폭력 등의 행위로 형사처벌 또는 이에 상응하는 징계를 받은 경우 '원 스트라이크 아웃제'를 적용하여 영구적으로 자격을 박탈하는 방안을 체육현장에 적용해야 한다.

또한 지도자의 자녀가 지도자와 한 학교에서 선수활동을 하게 될 경우 타 선수에게 불이익이 갈 수 있는 가능성이 높기 때문에, 지도자가 지도하고 있는 학교 운동부에 자신의 자녀는 배제하도록 하는 방안 역시 검토할 필요성이 있다.

지도자와 선수는 서로를 존중하는 수평적 인간 관계여야

무엇보다 지도자-선수 간 관계에 대한 지속적 교육이 실시되어야 한다. 지도자와 선수 간의 관계는 상하관계 또는 복종의 관계가 아니라 동등한 인간 간의 관계라는 점을 인식하여 상대방을 존중하여 지도할 수 있도록 지도자의 인식 개선을 위한 지속적인 교육의 실시가 필요하다.

또한 지도자뿐만 아니라 선수의 경우에도 어린 시절부터 생애주기별로 선수의 권리 및 인권에 대한 교육을 실시함으로써 불합리하고 부당한 경험을 당했을 때는 바로 대응할 수 있는 환경을 조성해줘야 할 것이다.

외국에서는 아이들에게 감독의 방식에 대해 어떻게 생각하는지 서슴없이 말하도록 한다고 들었다. 외국의 경우는 갑과 을의 관계가 아니라 일종의 계약관계, 즉 비즈니스 관계다. 우리나라에서 그렇게 제도가 마련되려면 어려움이 많겠지만 변화의 필요성은 분명히 있고, 바꿀 수만 있다면 하루속히 바꿔야 한다. 우리가 초등학교 때 감독과 선수 간 대화와 소통이 얼마나 있었겠는가. 지시만 있는 상황을 만들어서는 안 된다.

궁극적으로 감독과 선수는 하나가 될 수 있는 관계가 돼야 하는데 수직관계가 되다 보니 여러 가지 문제가 발생한다. 앞으로는 교육청이나 체육회에서 지속적인 관심을 가지고 수직관계가 수평관계로 바뀔 수 있도록 최대한 노력하는 일이 가장 중요할 것 같다. 협회와 교육청에서 선수들과 코치 간에 서로 원하는 소통이 가능하도록 개선해 나가는 접근이 필요하고, 거기에 맞춰서 조례나 법적으로도 풀어나가야 한다. 지금 상황에서는 숨기지 말고 오히려 오픈을 시킨 상황에서 잘못한 부분은 빨리 해결하고 치료하는 역할을 하는 협회가 돼야 할 것이다.

엘리트체육과 생활체육의 분리가 필요하다

당신은 엘리트 선수들이 선전해 세계무대에서 두각을 나타내 메달을 따고 우수한 성적으로 우승컵을 들어 올리는 영광의 순간을 만끽하는 관객이 되고 싶은가, 아니면 배드민턴이며 테니스, 수영 등 나만의 스포츠를 즐기며 건강한 몸과 행복한 성취감을 만끽하는 생활체육인이 되길 원하는가. 대한민국의 스포츠 정책은 해방 이후 88서울올림픽까지는 다분히 엘리트 중심의 체육을 통해 온 국민이 스포츠의 영광의 순간에 기뻐하고, 빠른 시간 내에 한국을 세계에 알리는 국민스포츠로서의 엘리트체육 육성에 관심을 쏟았다. 그러던 것이 점차 선진국 대열에 오르고 국민 각자의 생활수준이 높아지면서 2000년대 들어서 자신이 스스로 운동을 즐기고 동호회를 통한 친목 도모도 다지는 생활체육이 국민들의 행복추구 방편으로 자리 잡게 되었다. 지금은 온 국민이 달리기, 마라톤, 배드민턴, 골프, 등산, 길거리농구, 족구 등 그야말로 종목을 헤아리기 어려울 정도로 다양한 스포츠를 스스로 즐기며 건강하고 행복한 생활스포츠의 재미와 효과를 만끽하고 있는 추세이다.

엘리트스포츠와 생활스포츠를 어떻게 관리 육성할 것인가?

여기서 한 가지 문제가 발생하는데, 그건 바로 엘리트스포츠를 통해 수준 높은 스포츠를 즐기고 싶고, 자신이 직접 몸을 쓰는 생활체육도 활성화되길 바라는 국민들의 눈높이이다. 전문 체육선수나 지도자, 체육행정가들이 어떤 관점에서 엘리트스포츠와 생활스포츠를 관리하고 육성시켜야 하느냐는 점이다.

사실 20c까지의 한국 스포츠는 엘리트체육은 국가에서 집중 관리했고 생활체육은 생활체육인들이 자발적으로 육성 관리하는 다분히 엘리트체육 중심의, 엘리트스포츠와 생활스포츠가 분리되어 관리돼 왔다. 그러던 것이 21c로 접어들면서 우리나라 스포츠는 성적으로는 세계 10위권에 이르면서 생활체육도 비약적으로 성장해 엘리트체육과 생활체육을 어정쩡하게 통합시켜 버렸다.

예전에는 생활체육과 엘리트체육이 나눠져 예산을 구분하여 편성해 운영되었다. 최근에 제주도에서 생활체육과 엘리트체육을 통합하는 대회를 치르게 되었다. 당시 실력 차가 커서 같이 경기를 한다는 것 자체가 불가능한 상황이었다. 만약 달리기나 배드민턴은 경기를 같이 해도 사고가 나지 않지만 격투기 같은 종목은 어떻게 할 것인가. 잘못하면 사고가 날 수 있는 대회여서 제주도에서 관련 민원을 받았던 기억이 난다.

일본에서는 통합됐던 생활체육과 엘리트체육 행정을 분리해 경기를 치르는 반면에 우리나라는 반대로 분리됐던 것을 통합시키면서 역행하고 있다. 전에는 아시아대회에서 우리나라가 항상 2위를 하다가 지금은 3위를 하고 있다. 일본은 통합하고, 우리는 분리됐을 때 이런 성적이 나오고 있으니 그 시기가 참 묘하다. 대한민국의 엘리트체육이 어떠한 색깔을 가지고 준비를 해야 하는지 그 방향을 잃어가고 있다. 종잡을 수 없는 대한민국의 체육 실태와 방향을 하루 속히 되찾아 우리 선수들에게 엘리트와 생활체육의 교육이 정확하게 전달되어 분명한 목표의식을 가지고 훈련에 임할 수 있도록 해야 한다. 지금 대한민국은 엘리트가 어떠한 색깔을 가지고 대회를 준비해야 하는 것인지 방향을 잃고 있는 실정이다. 내가 엘리트체육을 통해 메달을 따야 하는 것인지, 아니면 운동만 즐기면서 자신의 건강과 즐거운 일상을 누리는 게 맞는 건지 헷갈려 하는 경우가 많은 것이다.

예를 들어 서울시 직장운동경기부에 있는 감독 평가제도 안에는 성적, 인성, 인권 등으로 평가 기준이 나눠져 있는데 요즘 들어서 성폭행과 성추행 등의 사건이 부각되면서 도덕, 윤리 쪽으로 치중이 되고 있다. 그러다보니 결과적으로 다른 나라들의 엘리트체육이 우리나라의 엘리트체육에 근접하며 실력이 좁혀지고 있는 실정이다. 따라서 지금 한국 스포츠는 메달을 따라는 것인지, 선수생활만 하라는 것인지 정확하게 구분을 해주지 못하는 상태이다.

개인적으로는 종목단체의 회장이 있는 상황에서 예산을 반영하고, 각각의 행정에서는 집중적으로 지도를 해야 선수들의 기량이 더 높아지지 않을까 라는 생각이 든다. 통합으로 인해서 행정적으로는 엘리트와 비엘리트로 되어 있지만 집행부에서의 집중은 분산이 되어 있다. 실질적으로 올림픽과 세계대회를 준비하여 더 좋은 성적을 내려면 생활체육과 엘리트체육을 분리하여 관리 감독하는 것이 도움이 되지 않을까 싶다.

공정하고 건강한 생활체육을 육성하기 위한 조건

최근 잇따라 드러나는 체육계의 비리로 인해서 공정하고 건강하게 운동할 수 있는 생활체육의 가능성이 낮아지는 상황에 직면하고 있다. 그러다보니 이를 감시하고 조사하는 역할을 맡은 필자의 일이 더 중요해지고 있다.

혹자는 오히려 나로 인해 체육회가 침체된다는 이야기를 한다. 협회의 몇몇 회원들이 공정성을 바탕으로 신뢰할 수 있는 깨끗한 협회를 만들기보다는 자신들이 이권에 개입이 되어 기득권을 놓지 않으려는 부정한 방법을 쓴다. 그런데 많은 회원들이 단체에 문제가 있는 것을 다 알고 있으면서도 그 불이익이 자기에게 올까봐 쉬쉬하고 있다. 내가 배드민턴을 치든, 검도를 하든, 태권도를 하든, 유도를 하든 간에 이 사람들은 열심히 운동만 하고 싶어 하는 것이다. 하지만 협회에서는 그 점을 이용해서 어두운 면을 숨기기에 급급하다. 나는 이런 부분에 대해서 생활체육인들을 대변하고 싶다고 항상 이야기한다. 지금 협회에서 문제가 되는 것은 소수의 사람들을 말하는 것이고, 협회에 제기된 문제들은 많은 주민들과 구민들, 그리고 넓게는 서울 시민들이 공감하는 부분이다. 그렇기 때문에 생활체육이 활성화되고 안정적으로 성장해서 엘리트체육으로 발전시켜 나가려면 협회를 정상화시키고 공정하고 깨끗한 협회로 거듭나게 해야 한다. 그래야 회원들이 즐겁고 안전한 운동을 통해 생활체육이 활성화되고, 자신의 운동에 자신감과 자부심을 갖도록 하여 건강한 삶을 찾아갈 수 있을 것이다.

스포츠로 아름다운 세상을 만들고 싶다

태권도로 아이들에게 자신감과 리더십을 기르게 하자

태권도는 우리나라의 전통 무도(武道)로서 개인의 정신수양과 인격도야를 목표로 자신을 단련하는 심신수양 스포츠라는 독특한 지점에 있는 운동이다. 나는 초등학교 때부터 태권도 선수로서 성장하며 개인의 수양보다는 운동선수로서의 실력 향상에 더 무게를 두는 생활을 대학교 때까지 영위해 왔다. 그러다 보니 원래 태권도가 갖고 있는 정신수양적인 면모를 많이 놓치고 이기기 위한 격투기의 일종으로 삼아온 경향이 있었다. 이런 내 승부욕의 모습을 차츰 버리게 된 것은 사회인으로서 태권도장을 운영하면서 익히게 된 생활인의 자세와 묘하게 접목되는 순간부터였다.

강남에서 동영태권도아카데미를 운영하면서 아이들과 함께 땀 흘리며 태권도의 기본을 가르치면서 자연스럽게 그동안 잊고 지냈던 태권도의 무도정신을 깨치게 되었다. 태권도는 신체를 자유자제로 쓸 수 있게 단련함은 물론 예의, 염치, 인내, 극기, 백절불굴과 같은 '태권도 5대 정신'을 통해 단순히 몸이 강해지는 것이 아닌 마음을 강하게 키우는 심신수련법임을 알게 되었다.

동영태권도아카데미, 성장을 위한 시련 거쳐

지금은 의원활동을 하느라 태권도장이 예전 같진 않지만 필자는 강남에서 탑 3 안에 드는 수많은 수련생을 확보하고 있는 동영태권도아카데미를 운영하고 있었다.

내가 태권도 관장이라는 생각지도 못한 자리에 앉게 된 것은 역삼동에 있는 동영태권도아카데미에서 강사로 일하면서였다. 동영아카데미에서 강사로 활동을 하다가 도장이 어려워지자 평소 나를 좋게 보셨던 관장님으로부터 기존 학생들을 데리고 도장 운영을 한 번 해보라는 제안을 받았다. 몇 날 며칠을 고민을 하다가 한 번 해보자 해서 2005년 즈음에 체육관을 인수했다. 그런데 선수 출신이다 보니 강남의 아이들을 상대로 너무 세게 가르치다가 처음에는 쓴맛을 봤다. "똑바로 안 해, 차렷, 열중 쉬어, 차렷." 이런 식으로 발차기 기술을 확실하게 잡아주는 등 엘리트 형식으로 교육을 했다. 남들이 봤을 때는 군기 잡았다고 하지만 예로 시작해서 예로 끝나는 예시예종 교육을 시킨 것인데 이런 내 교육이 강남엔 잘 안 맞았던지 학생들이 잘 모이지가 않았다. 그때 나를 걱정해주시는 학부모님 몇 분이 "관장님 열정은 좋은데 아이들이 너무 무서워한다."고 충고해 주셨다. 물론 내가 그렇게 강하게 아이들을 가르치게 된 데는 다 이유가 있었다. 다른 지역의 학부모님들은 아이들이 태권도 쪽으로 진로를 잡는 것도 나쁘지 않겠다는 생각으로 '우리 아이를 좀 강하게 가르쳐 달라'고 주문해 교육 효과가 꽤 좋았기 때문이었다. 그런데 강남의 학부모님들은 아이들의 성장발육이나 기초체력 단련을 목적으로 접근했을 뿐, 아이들을 태권도 선수로 키울 생각은 없었던 것이다. 그때 쓴맛을 보고 난 다음에는 본격적으로 부모님들과 먼저 소통을 하기 시작했다.

자신감 함양과 줄넘기로 아이들 인성교육에 집중해

학부모들과 격의 없이 의견을 나눈 끝에 두 가지 색깔로 아이들에게 접근을 하는 게 좋겠다는 결론을 내렸다. 첫째는 자신감을 심어주는 것이었고, 두 번째는 줄넘기라는 종목의 새로운 도입이었다. 어머님들의 가장 큰 관심사가 성장과 비만이었다. 사실 지금 같은 코로나 시기에는 더 심각한데 집에서 할 수 있는 운동들이 많지 않다. 하지만 줄넘기는 줄 하나만 있으면 집에서 쉽게 할 수 있는 운동이라는 점이 굉장히 효과적으로 작용했다. 태권도를 가르칠 때 자신감과 리더십, 줄넘기를 강조했고, 그 안에는 어김없이 예시예종이 있었다. 아이들에게 부모님을 공경하고 사랑하라는 인성교육을 많이 시켰다.

아이들 중에는 목소리가 커야 하고, 표현을 잘 해야 하는 상황에서도 쑥스러워서 그렇게 하지 못하는 내성적인 친구들이 많았다. 그런 아이들에게는 칭찬을 해주면서 목소리를 이끌어내야 하는데 관장이 직접 이야기하면 효과가 상당히 컸다. 예를 들어 한 친구의 집에 전화해서 '아이가 이번에 목소리도 크게 내고 잘했으니 집에서 칭찬을 해달라'고 말씀을 드리면 아이들 어깨에 힘이 들어가고 자신감을 얻는다.

어릴 때 배운 태권도에서 이런 말을 기억한다. '겨루기는 상대를 쓰러뜨림에 있는 것이 아니라 자기 자신의 수련상태를 파악함에 있는 것이다.' 상대를 꺾었음에 기뻐하는 것이 아니라 자신이 강해졌음에 기뻐해야 한다. 이러한 정신상태를 기르는 운동으로 아이들을 가르치다 보니 아이들과 학부모가 다 좋아하고 따르는 강하고 모범적인 태권도장으로 발전할 수 있었다.

어느새 동영 출신이라는 프라이드가 생겨나

아이들이 국기원 심사를 준비할 때는 사범들에게 훈련을 시키지 않고 직접 지도를 했는데, 국기원에서 우리 체육관이 어떤 차별점을 가지고 있는지 보여줄 수 있었기 때문이다. 동영체육관은 품새와 겨루기가 다른 체육관하고 확실히 달랐다거나 다른 곳의 발차기와 다르게 우리 아이들의 발차기에 힘과 절도가 있다는 점들을 아이들에게 확실히 주지시키는 교육을 했다. 당연히 사범들도 잘 지도하겠지만 관장이 직접 지도하는 것이 효과가 컸다. 주말에 반복적으로 훈련을 시키고 자신감을 심어주고서 국기원에 갔다. 보통 부모님들이 바빠서 잘 오지 못하는데 그때 우리는 학생 수가 많고 동영 출신이라는 프라이드도 세서 아이 일임에도 부모님들이 기꺼이 참여해 주셨다. 국기원 시험장에 가면 그 많은 아이들 중에 우리 아이들이 제일 잘하는 게 보였는데 잘 다져진 팀워크 덕분이었다. 아이들 간에 편차가 있을 수도 있지만 다섯 명이 처음의 시작과 마지막 동작을 동시에 끝내면 모두가 잘해 보인다. 동작이 일사불란하면 심판도 점수를 잘 줬다. 그 점을 염두에 두고 교육을 계속했고, 점점 입소문이 나서 '야, 어딜 가? 태권도는 동영이야' 하는 평판이 나면서 여기저기 멀리서 오는 수련생들까지 확보

했다. 인원이 많다 보니까 내가 원하는 방식으로 태권도 교육을 지속할 수 있었고, 강남구 태권도대회에서 항상 우승을 하는 성과로 이어졌다.

태권도에서 줄넘기까지
한국체육대학교
KUKKIWON

줄넘기, 인성과 체력단련을 위한 최고의 운동

근력이 강화된다

줄넘기를 하면 하체와 상체 근육, 복근을 모두 사용하기 때문에 몸 전체의 근육이 탄탄해지고 강화되는 효과가 있다. 이러한 근력 향상은 근지구력 향상에도 도움이 된다.

뼈가 튼튼해진다

점프하면 우리 몸은 뼈를 더 강하고 빽빽하게 만들어 지상 반작용력에 의해 야기되는 일시적인 스트레스에 반응한다.

심폐지구력이 향상된다

줄넘기하기 위해 계속 점프하면 근육에 혈액과 산소를 공급해야 하는데, 이를 위해 심박수와 호흡수가 증가한다. 따라서 줄넘기를 꾸준히 하면 심장을 강화하고 폐활량을 증가시켜 더 오랫동안 운동을 할 수 있는 몸이 만들어진다.

신체 협응성과 균형감을 향상시킨다

줄넘기는 일정한 리듬을 유지하면서 팔과 다리, 그리고 몸통을 적절하게 움직여야 가능한 운동이기 때문에 신체의 각 부분을 효율적으로 통제하고 조정하는 협응성이 발달한다.

운동에 대한 재미를 느낄 수 있다

줄넘기는 간편하게 즐길 수 있어 일상에 활력을 더하는 효과적인 운동 중 하나다. 기본적인 줄넘기가 익숙해지면 리듬감 있게 뛰기, 발 바꿔 뛰기 등 새로운 기술을 적용해 지루함을 덜어낼 수 있다.

도움말= 하이닥 운동상담 김명준 (운동전문가), 하이닥 운동상담 김유림 (운동전문가)

오랫동안 강남의 동영태권도아카데미에서 아이들에게 태권도 품새와 겨루기를 가르치며 재미있고 즐겁게 교육을 시키다가 새로운 것에 도전을 하고 싶었다. 그게 바로 줄넘기였는데 처음 줄넘기를 시작했던 건 30대 초반이었다.

줄넘기 교육의 새로운 가능성을 보다

어느 날 허물없이 지내던 선배가 줄넘기 자격증이나 따러 가자고 하길래 "줄넘기 자격증도 있느냐, 줄넘기로 돈을 벌 수 있느냐?"고 물었던 기억이 난다. 연세대학교에 가서 줄넘기 교육을 하는데 그곳에서 아이들이 정말 좋아하겠다는 새로운 가능성을 봤다. 어렸을 때부터 줄넘기를 잘하긴 했었는데 교육받고 보니 내가 2중 뛰기, 3중 뛰기와 같은 스피드 뛰기 줄넘기에도 특출나게 잘하는 편이었다. 그때 같이 갔던 형이 당연히 본인이 더 잘할 것이라고 생각했다가 자극을 받고서 더 열심히 하더니 한 달 만에 나보다 더 잘하게 되는 모습을 봤다. 그 형님은 줄넘기 국가대표가 되었고, 나는 국가대표는 안 됐지만 줄넘기 교육자로서 태권도를 응용해서 흰줄넘기, 노랑줄넘기, 파랑줄넘기와 같은 급수별 줄넘기 프로그램을 만들었다. 거기에 성장발육줄넘기, 체형교육줄넘기, 다이어트줄넘기, 음악줄넘기, 기술줄넘기로 세분화한 교육도 시켰다. 이것을 기반으로 〈파워점프〉라는 동호회에서 어른들을 대상으로 무료로 실시한 교육의 만족도가 높아서 계속 함께하게 됐다.

처음에 줄넘기로 돈을 벌려고 하면서 아내에게 수입은 어떻게 하면 좋겠냐고 물으니 집사람이 웃으면서 한마디 했다. "당신이 다 가지라고. 누가 줄넘기로 돈을 벌겠냐?"고, 누가 돈 주고 줄넘기를 배우겠냐고 생각했던 것이다. 처음 오픈했을 때 한 달 수입이 50만 원, 100만 원 정도 나왔다. 그 정도로는 집사람이 줄넘기에 관심을 두지 않았다. 사실 남자들은 아내의 눈치를 보지 않나. 이 돈은 내가 쓴다고 하니까 얼마나 되겠냐며 태권도만 건들지 말라고 했는데 수입이 100만 원, 200만 원, 300만 원씩 자꾸만 올라가다가 6개월째에 800만 원까지 올라갔다. 많은 타임도 필요 없고 1인당 8만 원이니 두세 타임을 하고도 그 정도를 버니까 집사람이 카드 매출을 보고서 어떻게 된 것이냐고 물었다. 그때부터는 수입을 제대로 잡아서 아내에게 주기로 했다.

점점 소문이 나서 〈파워점프〉라는 동호회가 생기고, 파워점프가 어떻게 두 타임 만에 7, 8백을 벌 수가 있냐며 소문은 점점 더 커져만 갔다. 줄넘기반을 운영하면서 점점 분야를 세분화해 흰줄넘기, 노랑줄넘기, 초록줄넘기와 같은 체계를 만들고, 마케팅전략을 짜서 학교에 홍보를 하자 학교 측에서도 줄넘기의 신세계를 보고 함께하기로 했다. 당시 아침 7시, 8시에 학교에 가서 무료로 아

More than a game
삼성생명
2014 대한민국 줄넘기 한마당
충북지부 화이팅!!

이들 훈련을 시켰었다. 그렇게 정성을 들인 아이들이 대회에 출전해서 우승을 했으니 그 공이 다 내게로 왔다.

지금은 한국줄넘기협회 회장을 하면서 회원들을 무료로 가르쳐주고, 그 회원들과 함께 으쌰 으쌰 해서 2013년도에 대한민국 최초로 한중일 줄넘기 세계대회를 유치했다. 잠실 학생체육관에서 그렇게 많은 학생을 동원해서 대회를 치른 경우가 역대 한 번도 없었다고 했다. 그때 하루 대회에 2,830명 정도의 선수가 참여했고 학부모까지 포함하면 규모가 6, 7천 명 정도가 됐다. 태권도 기록을 다 깼다. 당시에는 수입이 상당한 수준의 상황이어서 비용 부담을 다 하고 대만 에이전트를 통해서 대만과 일본의 국가대표를 초청하기도 했다. 그렇게 1회, 2회 대회를 치르다 보니 사람을 동원할 수 있는 능력이 있다는 것이 알려지면서 정치권 쪽에서 러브콜이 들어왔다.

줄넘기는 자세교정, 기초체력 향상 등 놀라운 운동효과 보여

사실 줄넘기로 청년실업을 해결하고 싶었다. 체육과 학생들이 해마다 몇 천 명씩 졸업을 하는데 자기 전공을 살리지 못하고 다른 곳으로 가는 것이 너무 안타까웠다. 새로운 시장을 개척해서 블루오션 사업을 만들려고 성인 중심으로 교육을 시켰다.

줄넘기의 효과는 내가 생각했던 것보다 훨씬 뛰어났다. 사람들은 줄넘기를 한 지 2년 정도 지나자 오다리가 교정되면서 키가 1.3센티 컸다고 좋아했다. 발뒤꿈치와 무릎을 붙이고 운동을 하니까 자세가 바르게 잡히면서 교정효과가 나타났다. 다른 강사들에

게도 물어보니까 엑스다리였던 여성분이 줄넘기를 하면서 자연스럽게 2센티가 컸다는 등 자세 교정 효과를 본 분들이 많았다. 줄넘기를 넘을 때 한쪽 어깨가 올라가면 줄이 걸리게 되는데 거울을 보면서 힘을 주고 자세를 잡아가다 보니 근력도 길러지고 어깨 균형도 잡혔다. 줄넘기가 유산소운동이라서 체지방도 빠지고 성장 발육에도 도움이 되고, 기초체력이 좋아지니 집중력도 향상된다. 5분 동안 앉아서 공부하던 아이들이 10분 정도 집중해서 공부할 수 있는 체력을 기를 수 있다. 이런 변화가 바로 수익 창출로 이어졌고, 줄넘기로 사업하는 분들이 다 잘 되고 있다는 데에 자부심을 가지고 있다.

지금도 아내는 의원을 계속해야 되느냐고 물어볼 때가 많다. 아내의 다른 속내는 시의원하면서 그렇게 고생하지 말고 줄넘기 사업을 더 벌여 좀 더 여유 있게 생활하는 쪽이 어떻겠냐는 의미이리라. 줄넘기 사업으로 전국투어나 교육 세미나를 하면 홍보도 되고, 수익도 되니까 사업 쪽으로 가는 것이 낫지 않냐는 이야기이다. 물론 아내의 말도 일리가 있다. 하지만 의원으로 이런저런 경험을 쌓다 보니 줄넘기협회 회장일 때는 보지 못했던 의미 있는 사업의 숨겨진 2인치가 눈에 들어왔다. 그걸 해보고 싶다. 의원이 할 수 있는 역할을 눈으로 보고 나니 조금만 더 뛰면 청년실업이 어느 정도 해소될 수 있겠다는 자신감이 붙고 있다. 줄넘기는 아직 미완의 사업이지만 나에게 또 하나의 가능성의 세계를 보여주는 매력적인 사업이기도 하다. 그 길을 정치인의 길을 걸으며 새로운 의미를 찾을 수 있는 길로 모색해 보는 것도 흥미 있고 재미있는 길일 것 같다.

J T M

대한민국의 상징 태권도

1994년에 유럽에서 열린 대회에 나갔을 때만 해도 유럽인들이 우리나라에 대해 아는 건 태권도, 김치, 삼성 세 가지였고, 그중 1번이 태권도였다. 지금은 태권도의 위상이 높아지면서 한국의 태권도가 아니라 세계의 태권도가 되었다. 대한민국의 국기 태권도였지만 그 대단한 스포츠가 우리만의 종목만으로 머물렀다면 그건 사실상 실패다. 세계적인 스포츠로서 성공적으로 흥행을 이뤄내려면 앞으로 더 많은 연구와 보완을 해야 하며, 그러기 위해서는 승부 조작이 근절되어야 한다. 각 협회의 규정과 규약을 철저히 지키고, 심판교육과 센서, 영상판독을 적재적소에 맞게 잘 잡아나간다면 태권도도 또 다른 전성기를 맞이할 수 있을 것이라고 생각한다.

세계인의 무도로 성장한 태권도의 위상

태권도는 우리나라의 대표적인 고유 무술로 이제는 세계적인 스포츠가 되어 대한민국의 자랑이 되었다. 특히 격투기와 같이 몸으로 싸우는 기술만을 배우는 것이 아닌. 몸과 마음, 정신 단력을 통한 '올바른 인간화'를 중요시하는데 의미를 두고 있다.

태권도는 1961년 9월 16일 대한태권도협회가 창설되면서 더욱 발전의 기틀을 마련하게 되었다. 이후 1963년 전주에서 개최된 44회 전국체전에 정식 종목으로 채택되었으며, 국가의 지원과 각급 학교에서 널리 장려되며 1970년대에 들어서는 국기(國技)로 자리 잡게 되었다.

1960년대 해외원조사업의 일환으로 태권도 시범단이 해외에 진출하며 그 이름을 알리기 시작한 태권도는 자기 자신을 단련하고 심사를 통해 증명되며 시범을 통해 발휘되는 체계적인 시스템으로 외국인에게도 많은 사랑을 받고 있다. 이러한 태권도의 모습을 통해 외국인들은 종주국인 대한민국에 대한 이미지를 긍정적으로 여긴다.

이후 태권도계는 많은 사범들이 해외로 진출하여 세계 각국에 태권도 보급에 심혈을 기울이면서 1973년 서울에서 제1회 세계태권도선수권대회가 개최되었다. 이듬해에는 아시아태권도선수권대회도 개최되어 태권도의 국제화가 이뤄지게 된다.

태권도는 1988년 서울올림픽과 1992년 바르셀로나 올림픽에서 시범 종목으로 치러졌으며, 2000년 시드니 올림픽 때부터 정식 종목이 되었다. 그리고 현재 전 세계 210여개 국가에서 태권도를 수련하고 있을 정도로 괄목할 발전을 이루었다.

외국에서의 태권도는 동방의 예의 있는 나라의 무예로 알려져 있다. 강한 신체를 만드는 운동은 많지만 그와 더불어 건전한 정신을 수양하는 운동은 흔하지 않다. 또한 세계 200개국이 넘는 나라에 보급될 정도로 널리 알려진 태권도는 세계 태권도 연맹을 필두로 다양한 활동을 전개해 나가고 있다.

2015년 온두라스를 포함한 중남미 국가의 가장 큰 사회적 문제로 폭력이 거론되고 있는데 이를 태권도를 통해 해결하려는 움직임이 있을 정도로 태권도가 국가의 안보로 직결되는 역할을 기대하기도 한다. 또한 태권도가 올림픽 정식종목이 되면서 맨손과 맨발 즉, 자신의 신체로만 상대하는 많은 스포츠 중 발을 이용한 화려한 기술을 가진 종목은 태권도가 단연 으뜸이다.

서울특별시 태권도 진흥 및 지원조례 제정의 의미

필자가 지난 2020년 9월 10일에 발의한 「서울특별시 태권도 진흥 및 지원 조례안」이 제302회 임시회 본회의에서 통과되었다.

이번에 통과된 조례안의 주요내용은 대한민국 국기 태권도의 성지인 국기원의 지원 근거를 마련하고, 태권도단체 및 태권도시설에 대한 행정적·재정적 지원 가능성 마련, 학교체육의 태권도 활성화를 위한 시장과 교육감의 협력방안 규정, 태권도 보급 확대를 위한 홍보행사에 대한 시장의 역할 규정 등이다.

한편, 「서울시 태권도 진흥 및 지원 조례안」에서 규정하는 태권도 진흥사업은 태권도 우수 선수지도자 및 태권도 팀의 육성 및 지원, 태권도 관련 문화교육 콘텐츠 개발 및 보급, 시민 맞춤형 태권도 교육보급 활성화, 태권도 국제조직 기반 구축 및 국제교류 지원, 태권도 관련 기관단체들과의 협력체계 구축, 태권도 국내외 위상 제고를 위한 관내 태권도시설 명소화 등이다.

이를 근거로 하여 서울시가 태권도 진흥을 위한 사업을 실시하는 자치구, 태권도단체는 물론 대한민국의 국기 태권도의 성지인 국기원 등에 예산의 범위에서 보조금을 지급할 수 있도록 규정하였다. 특히, 국기원은 이번 조례 제정을 통해 1972년 개원 이후 50년 만에 서울시의 지원을 받을 수 있게 되어 국기원의 숙원사업인 명소화 사업의 탄력을 받게 되었다.

필자는 태권도 조례안을 발의하면서 "대한민국 국기 태권도가 우리나라를 대표하는 세계적인 스포츠임에도 불구하고 대한민국의 수도이자 천만시민이 거주하는 서울시의 지원이 미미했던 현실이 안타까웠다."면서, "이번 조례 제정을 통해 서울시가 국기원을 비롯하여 태권도 진흥을 위해 노력하는 자치구나 태권도단체 등에게 행정적 및 재정적 지원을 할 수 있는 근거가 마련됐고, 앞으로 태권도 진흥을 위한 여러 사업들이 활발하게 이뤄지는 것은 물론 서울시의 지원도 확대될 것으로 기대한다."고 조례 발의 취지와 소감을 전했다.

그러면서 "이번 조례 제정을 통해 국기원은 서울시의 재정 지원을 토대로 세계적인 관광명소로 거듭날 수 있을 것으로 기대한다."는 점을 강조하면서, "앞으로도 국기 태권도의 진흥과 발전을 위해서 법적 및 행정적인 토대를 마련하기 위해 다양한 목소리를 경청하고 이를 반영할 수 있도록 최선을 다하겠다."고 약속했다.

작지만 강한 나라, 동방의 예의 있는 나라라는 호칭을 얻은 대한민국은 K-pop 열풍과 더불어 각종 미디어의 수출을 통해 이미 그 이름을 널리 알리고 있다. 하지만 그 이전에 이미 전 세계에 보급된 태권도의 종주국이라는 이름으로 널리 알려졌다. 사실 태권도가 처음 진출하면서 '코리아가라데'라는 이름으로 시작되었다. 하지만 지금은 올림픽과 다양한 시범활동, 언론매체를 통해 태권도의 종주국으로 널리 알려지게 되었다.

대한민국을 자랑스럽게 빛냈던 스포츠

1994년에 대학교에 다닐 때 독일에 갔는데 유럽인들이 코리아를 몰랐다. 사우스코리아, 노스코리아 이렇게 표현을 하길래 '태권도' 하니까 금방 알아들었다. 지금이야 경제적으로 세계 상위권에 올라있고 OECD 국가가 되었지만 그 당시 우리나라는 경제대국도 아니었으니 많이 알려지지도 않은 나라였다. 그런 대한민국을 세계에 알리는 역할을 했던 것이 스포츠였다. 88년 서울올림픽을 통해서 시작이 됐고, 2002년 월드컵의 붉은 악마, 박찬호와 박세리로 대한민국이 점차 알려지게 됐다. 1등이어야만 우리가 알려질 수 있다 보니 문화 체육 쪽에서는 성적 지상주의가 만연하게 됐다.

한국 스포츠를 빛낸 별들이 있어 대한민국이 알려지다

고(故) 손기정 선생부터 '피겨 여왕' 김연아까지 한국 스포츠 역사를 빛낸 별들은 정말 밤하늘에 반짝이는 별만큼이나 다양하게 빛났다.

우리나라에서 스포츠가 차지하는 영향은 지대하다. 특히 일제의 저항 수단으로서 스포츠가 선봉에 있었다. 정부 수립 이후에는 외교 첨병 역할을 했으며, 남북한 대립구도에서는 우리나라든 북한이든 스포츠로서 체제의 우월성을 입증하는 수단이 되었다. 권위주의 시절에도 스포츠를 국민 대통합의 촉매제로, 갈등 중재자로서 활용했다. 한편으로는 손기정의 쾌거로 나라 잃은 설움을 잊게 해주기도 했으며, 1997년 IMF 사태 때는 경제난으로 인해 생긴 근심과 걱정을 박찬호와 박세리의 활약으로 잠시나마 잊게 해주기도 했다. 2002년 한일 월드컵은 한반도 전역에 붉은 물결이 일게 하며 온 국민을 하나로 묶어주기도 했다.

대한민국을 빛냈던 스포츠 영웅들의 면면을 살펴보면 한국 현대사의 격동의 순간들이 주마등처럼 스쳐 감을 금세 느낄 수 있다.

우선 대한민국이라는 국호가 생기기 전의 일제 식민지 시대부터 해방 전후에는 대한민국이라는 초보 국가의 가난하고 힘겨운 국민들의 사기를 진작시키고 설움을 한방에 날려버린 서민의 벗으로서 스포츠 영웅들이 있었다. 베를린 올림픽 마라톤의 영웅 손기정과 태극기와 성조기를 반반 새긴 보스톤 마라톤 영웅 서윤복, 역도의 신화 김성집, 아시아의 돌주먹 김기수 선수가 국민들을 열광케 한 영웅들이었다.

격변의 근대화를 일군 한강의 기적 시대엔 여자농구와 여자탁구, 복싱, 레슬링에서 불세출의 영웅인 박신자, 이에리사, 홍수환, 양정모 선수가 전 세계에 한국 스포츠의 매운 맛을 보여주었다.

그리고 우리나라에서 개최된 88서울올림픽엔 유도의 하형주, 복싱의 김광선, 양궁의 김진호, 탁구의 현정화, 배드민턴 박주봉이 한국 스포츠의 위대한 저력을 전 세계에 확인케 해주었다. 이뿐인

가. 70년대엔 독일의 분데스리가를 주름잡던 갈색폭격기 차범근의 굵직한 이름도 기억해야 한다.

대한민국이 IMF의 위기를 맞아 온 국민이 경제난에 빠져 시름에 젖어 있을 땐 맨발의 투혼을 불살랐던 골프 천재 박세리와 시원시원한 강속구로 미국 야구계를 놀라게 했던 LA 다저스의 박찬호 선수가 국민들에게 희망의 메시지를 던져 주었다.

여기에 2002년 한일월드컵에선 4강 신화를 일군 히딩크와 그의 아이들이 있었고, 그 여세를 몰아 이영표, 박지성 선수가 영국의 프리미어리그에서 맹활약하며 축구 종가에 한국 축구의 위상을 떨치기도 했다.

그리고 한국이 경제대국에 이르는 2010년 시점에선 보다 수준 높은 스포츠인 피겨의 김연아 선수와 수영의 박태환 선수가 대한민국의 수준 높은 경기력을 전 세계에 널리 퍼뜨리기도 했다.

이밖에도 일일이 헤아릴 수 없는 훌륭한 선수들이 대한민국을 빛내며 자신의 영광을 조국의 영광과 맞바꾸며 진심어린 스포츠 투혼을 발휘하였다. 역도의 장미란, 동계올림픽의 쇼트트랙 선수들, 스피드 스케이팅의 이상화, 모태범, 프로야구의 히어로 최동원, 선동열, 박철순, 김봉연, 백인천…. 몬주익의 영웅 황영조와 국민마라토너 이봉주 등등.

인간의 한계를 극복하는 선수들에게 박수를

우리나라는 집중력이 좋고 승부욕이 상당히 강한 나라로 알려져 있다. 오래전부터 1등, 금메달만 바라봐왔기 때문에 세계에서

3위면 대단한 성적인데도 그렇게 바라보지 않고, 기대에 못 미치면 또 자기 탓을 했다. 과정을 중요시하지 않고 결과로만 평가를 한다는 점이 과거 우리나라 스포츠의 문제였다.

우리 아이가 건강하고 행복하게 스포츠맨십을 가지고 정정당당하게 성장하기를 바라는 것이 요즘 부모의 바람이고, 나아가 국민의 마음이다. 이제 국민들의 선진화된 스포츠 의식을 정부나 체육관계자들이 잘 파악해 선진적인 체육인의 마인드를 함양시키는 방향으로 노력을 해야 한다. 육체적인 고통만 있어도 힘들어서 안 하려고 하는데, 그런 인간의 한계를 극복한다는 것이 쉬운 일이 아니다. 육체적, 정신적 고통을 이기면서 여기까지 온 체육인들을 높게 평가하고 존중해 주는 것이 체육 선진국으로 나아가는 방향이 아닐까 싶다.

MZ 세대가 이끄는 즐기는 스포츠

대한민국 선수단은 비록 메달 경쟁에서는 기대에 못 미쳤지만 코로나19로 전 세계가 고통받는 2021년 여름, 우리 대표팀 선수들은 '시대의 아픔'에 시달리는 국민들에게 스포츠라는 언어로 치유의 메시지를 전했다.

주역은 단연 MZ세대였다. MZ세대 대부분이 올림픽 대회 첫 출전인 만큼 긴장한 탓에 제 실력을 발휘하지 못할 가능성도 있었다. 그러나 코로나19 상황에서 첫 출전은 오히려 '호재'로 작용했다. 무관중 경기가 평소 연습하던 환경을 만들어줬기 때문이다. 이 덕분에 MZ 선수들은 메달은 물론, 각종 새 기록을 세우며 존재감을 알렸다.

가장 큰 주목을 받은 올림픽 스타는 양궁의 안산이다. 올림픽 양궁 역사상 최초 3관왕에 오른 그는 경기 내내 심박수 80~110bpm을 유지하는 침착함을 보였고, 결승전 마지막 슛오프에서도 심박수 120bpm이 넘지 않아 '멘탈갑' 면모를 자랑했다. 신재환 또한 굳건하면서도 묵묵히, 국내에서 상대적으로 비인기 종목인 체조 도마 연기를 펼쳐온 끝에 금메달을 목에 걸었다.

MZ세대 특유의 집념도 빛을 발했다. 황선우는 이번 올림픽 남자 자유형 100m 준결승에서 47초56이라는 아시아신기록 및 세계주니어 신기록을 세웠다. 그는 한국 선수 최초이자 아시아 선수로는 65년 만에 이 종목에서 올림픽 결승에 올랐다.

2m35라는 한국 신기록으로 높이뛰기 4위에 오른 우상혁도 메달을 목에 걸지는 못했으나 본인을 응원해준 국내 팬들에게 거수경례를 해 감동을 전했다.

특히 결과보다 과정의 공정을 우선시하고, 메달색깔보다는 좋은 승부를 펼쳤다는 것에 의의를 두는 MZ세대 선수들의 활약과 국내 MZ 세대 팬들의 응원이 주목을 받았다.

– 〈대한경제〉 2021. 8. 8. 기사

도쿄올림픽을 통해서 운동을 즐기는 이른바 MZ 세대들의 운동하는 모습이 국민들에게 새로운 즐거움을 선사했다.

이런 젊은 선수들이 자기 분야에서 최선을 다해서 실력 있는 선수로 자라나기 위해서 체육계의 환경도 밝고 긍정적인 방향으로 변해야 함을 느끼게 한 올림픽이었다.

도쿄올림픽, MZ세대가 이끌었던 즐기는 스포츠의 현장

선진국에서는 공부보다는 스포츠를 우선순위로 두고, 운동을 즐기고 난 다음에 그 에너지로 공부에 집중하는 교육이 대세라고 한다. 한마디로 운동이 하나의 생활이 되어 운동으로 즐거움도 찾고 건강도 돌보는 것이다. 이번 대회에서 우리 젊은 선수들이 자기와의 싸움에서 승리하는 모습을 보면서 많은 것을 느꼈다. 높이뛰

기의 우상혁 선수 같은 경우 기록 경신에 만족하면서 즐기는 모습과 절도 있는 자세, 우리나라를 대표적으로 표현하는 모습이 감명 깊었다. 그런 모습들이 앞으로 MZ세대의 스포츠, 대한민국을 이끌어갈 선수들이라고 생각하지만 현실로 돌아가면 그렇지 못하다는 데 아쉬움이 많다. 전 세계의 220여 개 국가 중에서 16위를 했다는 건 대단한 기록이고, 성적 측면은 선수들의 기량 향상과 집중지도로 풀어나가야 하겠지만 또 한쪽에서는 선수들의 인권문제에 대해서 계속 이야기가 되고 있다.

수영의 황선우 선수, 높이뛰기의 우상혁 선수, 체조의 여서정 선수, 또 탁구의 신유빈 같은 선수들은 젊은 친구들인데도 불구하고 자기 기량을 충분히 발휘하는 동시에 당당하고 즐거운 모습을 보여줬다. 국민들은 당당하게 즐기는 것을 메달보다 더 좋게 평가하고 가치 있게 보는 것 같았다. 높이뛰기의 우상혁 선수의 경우에는 사실 아주 냉정하게 성적만 놓고 보자면 그렇게 스포트라이트를 많이 받을 선수가 아니었다. 그런데 계속 웃으며 경기에 임했고, 성공하고 나면 박수를 유도하는 모습이 눈에 띄었다. 기록을 깨더라도 예전의 선수들은 자기 혼자만의 제스처 정도만 취했는데 이 선수는 너무나 즐거워서 박수를 치고 함박웃음을 지었다. 경기가 끝나고 거수경례하는 것을 보니 상무 출신인 것 같았다. 군인이 그러기가 쉽지 않았을 텐데 밝게 즐기는 모습을 보면서 코치 감독들이 잘해주고 있구나, 코치 감독들이 많이 변하고 있구나 생각했다. 아마 코치들이 이제 다 왔으니 긴장하지 말고, 너희들이 대한민국 최고니까 마음껏 즐기라고 했을 것 같다. 여기 와서 된다, 안 된다 무엇을 따지겠는가. 대한민국 최고의 선수들인데 당연히 여기 와서는 즐겨야 한다고 생각하고, 지도자들도 선수들에게 그렇게 전달하지 않을까 생각한다.

양궁 같은 경우 당연히 우리나라가 될 거라고 생각하고 있었지만 텐텐텐이 연속해서 나오다가 마지막 한 발에 승부가 가려졌다. 그렇게 만들기도 힘든 상황이 선수들이 경기를 치르며 만들어져서 국민들의 긴장감이 고조되다가 잘 되었을 때 큰 희열감을 선사했던 것이다. 그런 순간이 계속해서 두세 번 나왔다. 또 안산 선수가 최초로 3관왕을 했다. 메달이 유력한 종목에서의 인간승리와 메달을 기대하지 않았던 곳에서의 선전, 이 두 갈래로 나눠서 볼 수 있었던 올림픽이었다. 굉장히 잘했고 훌륭한 일을 했지만, 한편으로는 우리 대한민국이 이 정도에서 만족하는지 되짚어봐야 하지 않을까 생각한다.

도쿄올림픽 출전 서울시청 선수들 격려해

필자는 서울시의회 문화체육관광위원회 부위원장으로서 2020 도쿄 하계올림픽에 참가하여 메달 획득은 물론, 존중과 배려로 스포츠 정신을 일깨워 준 서울시청 소속 선수들에 대해 환영의 인사를 전했다.

이번 올림픽에 참가한 서울시청 소속 선수들은 서울시청 직장운동경기부에 소속된 4종목 6명과 제102회 전국체육대회 등에 서울시 대표로 출전하는 8종목 12명으로, 이 중 태권도의 이다빈 선수와 유도의 조구함 선수는 은메달을 획득하였으며, 펜싱 단체전의 김지연, 윤지수 선수와 유도의 안창림 선수는 동메달을 획득하였다.

한편, 올림픽에 출전한 서울시청 소속 선수들은 △사격 진종오, 체조 김한솔, 태권도 이다빈, 펜싱 전희숙, 김지연, 윤지수(이상 직장운동경기부), △사격 한대윤, 수영 황선우, 이은지, 클라이밍 서채현, 유도 안창림, 한희주, 조구함, 육상 안슬기, 체조 이윤서, 배드민턴 최솔규, 핸드볼 정진희, 정지인(이상 서울시 대표) 선수 등이다.

필자는 "서울시청 소속 선수들이 올림픽이라는 큰 무대에 나가서 은메달 2개와 동메달 2개라는 성과를 거둔 것도 큰 의미를 가지지만, 무엇보다도 상대 선수들에 대한 존중과 배려를 통해 스포츠 정신을 전 세계에 보여준 것에 더욱 큰 의미를 부여할 수 있을 것"이라는 점을 강조하면서, "현재 서울시청 소속 선수들의 훈련 환경은 매우 열악한 수준이다. 열악한 환경 속에서도 올림픽 메달이라는 성과는 물론, 전 세계인들에게 스포츠 정신에 대해 일깨워 준 서울시청 소속 선수들이 진정한 챔피언"이라고 찬사를 아끼지 않았다.

서울시청 소속인 태권도의 이다빈 선수는 결승전 패배로 눈앞에서 금메달을 놓쳤지만 상대 선수를 향해 웃으면서 엄지를 들어올려 상대를 존중하고 배려하는 모습을 보여 주었으며, 유도의 조구함 선수 역시 결승전 경기 후 금메달을 획득한 상대 선수의 손을 들어주는 모습을 보여주어 진정한 스포츠 정신을 전 세계인들에게 보여주었다. 그 외의 서울시청 소속 선수들도 경기결과와 메달의 색깔에 연연하지 않고 스포츠 정신을 실천하여 전 세계의 모범이 되었다.

필자는 "서울시청 소속 펜싱팀의 조종형 감독님은 이번 올림픽에서 대한민국 펜싱 국가대표팀 총감독으로서 대표팀이 세계 최강의 펜싱팀이 되는데 큰 역할을 하셨음에도 불구하고, 서울시청 펜싱팀 감독으로서는 매우 열악한 환경 속에서 후진양성을 위해 최선을 다하고 계신 참된 지도자"임을 강조하면서, 서울시청 직장운동경기부 소속 지도자들의 열악한 처우와 관련하여 "이처럼 훌륭한 선수들 뒤에는 훌륭한 서울시청 소속 지도자들의 역할이 매우 컸음에도 불구하고, 지도자들은 정년을 보장받지 못하거나 낮은 임금 등과 같이 열악한 처우 속에서 선수들을 지도하고 있다"면서 열악한 지도자들의 처우에 대해서도 토로했다.

무엇보다 어려운 체육환경에서도 최선을 다해 자신의 기량을 전 세계에 선보인 선수들과 지도자들의 처우개선에 관해서도 서울시의회의 체육관련 책임자로서 "서울시와 서울시체육회는 선수들과 지도자들의 처우를 개선하여 훈련 만족도를 상승시키는 한편, 봉사활동 및 저소득층 운동 지도 프로그램 수행 의무 확대 등 사회공헌 의무규정을 강화하여 사회적 역할을 부여하는 방향에 대해 검토할 필요성이 있다."고 대안을 제시하는 것도 잊지 않았다.

이제까지 금메달이 많이 나와도 열 개에서 열여섯 개 사이였지만 그래도 올림픽 메달은 대부분 두 자릿수였던 것으로 알고 있다. 국민들 시각에서는 우리나라가 항상 랭킹 상위권에 있었다. 그동안 그렇게 열심히 해왔기 때문에 어느 정도 우리가 목표에 접근을 해나가야지 않을까 하는 개인적인 욕심이 있다. 선수들도 그런 욕심을 가지고 도전을 해야 하는 것이 맞다고 생각한다. 국가대표로서 세계의 무대에서 순위에 들지 않더라도 당당하게 스스로를 표현할 수 있는 계기를 만드는 동시에 그들의 노력이 묻혀서는 안 될 것이다. 올림픽이 우리 선수들에게 그런 대회가 되기를 바라고 있고 기왕이면 거기서 메달까지 나온다면 더 좋겠다.

운동을 즐길 수 있는 학교 체육의 방향

이제는 우리 선수들의 운동하는 인식을 바꿔야 할 필요가 있다. 운동하는 선수들 중에 내성적인 선수들이 많다. 선수들은 사회와 많이 접촉하지 않고 자기 안에서의 싸움을 하다 보니 그 안에서는 본인을 내세울 수 있지만 바깥으로 나오는 순간 내성적인 성향을 가지게 되는 것이다. 선수들이 자신감과 리더십을 갖고 운동을 즐길 수 있는 사람이 되려면 기본적으로 학교생활을 잘 해야 한다. 학우들과의 좋은 관계 속에서 자기표현과 사회성이 높아진다. 선수들과 학교 학생들 사이의 교감과 선수들 간의 교감이 다르고, 선수들 간의 사회성과 학생들과의 사회성이 다르다. 선수들은 대부분 운동 중심으로 똘똘 뭉치는 반면에 학교에는 훨씬 다양한 분야와 다양한 성향의 친구들이 있으며, 그들과의 교류를 통한 교감이 중요하다. 운동에서는 자신감을 찾았지만 학업이 위주가 되는 학교의 공동체 생활에서는 자신감을 찾기 어려울 수 있다.

운동선수들, 일반 학생과 어울리며 사회성을 키워야

운동선수들은 초등학교, 중학교, 고등학교 때 집중적으로 한 종목에만 집중하면서 선수생활을 하기 때문에 일반 학생들을 만날 기회도 적고 친구를 사귈 기회도 거의 없다. 선수들에게 공동체 생활을 통해서 리더십을 키워나가는 동시에 학교에서의 사회성을 키우려면 일반 학생들과의 관계 개선이 중요하다. 거기서 나오는 에너지가 운동도 즐겁게 하게 되는 선순환을 만들어낸다. 학교에서 즐거우면 운동생활도 더 즐겁고, 학교생활이 재미없으면 운동도 그냥 선수로서의 틀 안에서만 하게 된다. 공부는 정신적, 육체적 스트레스를 많이 받으면서 하기 때문에 사실 공부하는 학생은 운동에 큰 관심이 없지만, 운동하는 선수들은 학교에서 공부하는 학생들만큼 스트레스를 많이 받지는 않는다. 따라서 선수들은 학교는 편하게 공부하며 지적 소양을 쌓는 곳이라고 생각하면 성적에 크게 얽매이지 않고, 많은 것을 배우겠다는 의지를 가지고 학교생활을 하면 좋겠다. 이를 위해서는 친구들과의 관계가 원만하고 돈독해야 하고, 그렇게 다져진 관계 속에서 운동을 하면 성취도가 매우 높아질 것이다.

은메달을 딴 한 중국 선수가 국민들에게 죄송하다고 하는 TV 장면을 보면서 불과 2-30년 전의 우리나라 같아 몹시 씁쓸했다. 우리나라 선수들이 메달권이 아닌데도 스스로가 너무 자랑스럽고, 지금 대한민국 신기록, 아시아 신기록을 다 냈기 때문에 앞으로의 스스로가 더 기대된다고 말하는 그 당당함은 정말 대단한 것이다. 다음 올림픽에서는 가장 높은 곳에 태극기를 올리겠다는 말은 선수들이 아니라 주로 지도자들이 했었는데 어느새 선수들이 당당하게 그런 말을 할 정도로 선수와 감독 간의 수평적인 관계를 엿볼 수 있었다.

또 한 가지는 예전의 운동선수들은 생계를 책임져야 하는 가장의 역할을 하는 선수들이 많은데 반해 최근 운동선수들은 가족들과의 유대관계가 좋아 보인다. 예를 들어서 체조의 여서정 선수의 경우는 아버지가 뛰어난 체조선수라서 부담이 클 만도 한데, 어려서부터 아버지와 같이 체조를 할 때마다 기술을 익히면 맛있는 사탕을 줬다는 이야기가 너무나 흐뭇했다. 또 황선우 선수의 경우는 어머니가 아들이 체력이 너무 떨어져서 수영을 가르쳤는데 이미 중학교 때 한국 신기록을 세웠다. 예전에는 그런 것들이 집안의 보물처럼 여겨졌지만, 지금은 선수의 여가선용이나 자기의 인생의 목표를 갖는 것을 존중하고 함께 즐거워해준다. 이처럼 부모가 선수와 함께 격려하고 독려하고 이겨낸다는 점이 과거와 현재의 차이점인 것 같다. 가장 중요한 것은 선수와 가족과의 관계다.

최근의 올림픽이나 세계대회에 출전한 선수들의 자신감 넘치는 운동관은 가정과 학교생활로 정리가 된다. 스포츠가 상당히 힘든 건 사실이지만 공부와 운동이 다른 점은 그래도 운동은 쌓이는 게 아니고 푸는 것이다. 왜 푸느냐고 말하냐면, 땀을 흘리게 되면 자연스럽게 엔도르핀이 생기면서 행복지수가 높아지는 걸로 알고 있다. 물론 공부도 문제를 잘 풀면 나름대로 스트레스가 풀리지만 그것과 스포츠는 차원이 다르다.

운동으로 하루가 즐거워지는 심신 발달의 선순환을

공부하는 학생들과 운동하는 학생들과의 성향이 분명히 다르긴 하다. 교육방식도 다르다. 스포츠에서는 부모와 같이 항상 땀을 흘림으로써 행복지수에 좋은 영향을 미친다고 생각한다. 요즘 딸과 공부 쪽에서 자꾸만 마찰이 생기면서 아이가 스트레스를 받는다. 반면 운동 쪽은 본인 스스로 땀을 흘리면서 개운함을 느끼고, 뱃살이 빠졌다는 등 눈에 보이는 성과도 누리고 있다. 어른들도 마찬가지로 운동을 함으로써 건강과 체중 감량으로 인한 스트레스 해소 등 여러 가지 운동효과를 통해 하루가 즐거워진다.

어렸을 때부터 운동의 즐거움을 느끼고 성장한 학생들은 부모가 되어서도 행복한 가정생활을 꾸리는 데 큰 영향을 받는다. 운동을 즐기는 부모와 자식 간에는 땀 흘리는 운동을 통해 얻는 소중한 땀방울의 의미를 잘 안다. 필자도 어려서부터 선수생활을 하면서 지방에서 경기를 치르며 땀 흘리는 수고의 대가도 알았고, 부모님과 여행을 가고, 부모님이 경기장에 와서 응원해 주면서 부모 자식 간의 끈끈한 사랑의 감정을 고스란히 가슴에 담고 살고 있다. 이런 나의 소중한 가족애는 중학교 2학년, 초등학교 6학년, 7살의 세 딸에게 자연스럽게 전달이 되고 있다. 이처럼 운동을 통해 느끼는 땀의 의미와 아낌없이 자식을 응원하는 부모의 마음이 부모와 자식, 그리고 3대까지 끈끈히 이어져서 우리 가족은 우리만의 당당하고 자신감 있는 스포츠 가정으로 성장할 수 있었던 것 같다.

서울시의원 김태호의 행복한 강남 만들기

강남이 행복하고 안전한 지역을 만들기 위하여

시의원의 역할은 우리 사회를 깨끗하게 하고 문화를 아름답게 가꾸는 등 일일이 열거할 수 없는 다양한 일들을 하는 것이지만 그 중에서도 가장 기본이 되는 일은 나를 뽑아준 지역구의 발전과 성장을 위한 의미 있는 기반을 다지는 것이다.

2018년 강남(을)에서 제10대 서울시의원으로 당선된 이후 지금까지 다양한 지역 사업들을 이뤄냈다. 이는 나를 선량한 일꾼으로 뽑아주신 강남구 수서동, 세곡동, 일원본동 지역민들을 위해 마땅히 해야 할 일이기도 했다.

2018년 제7회 전국동시지방선거 선거운동

2018년 제7회 전국동시지방선거 당선발표 후 가족들과

교육환경, 도로교통 개선 사업

먼저 교육환경 개선사업은 대모초등학교와 수서중, 세종고, 밀알학교의 교내 안전관리 및 노후 기구 교체 등의 사업들을 벌였다. 대모초등학교 교내 안전관리를 위해서는 석면 해체 제거 작업, 수배전 시설 개선, 노후 조리기구 교체 등을 했고, 대왕중학교 특별실 환경 개선 을 위해 체육관 투광등 교체들 했다. 또한 수서중학교 교내 안전관리를 위해 석면 해체 제거 작업을 했고, 서울로봇고등학교 냉난방 시설 개선, 세종고등학교 노후 조리기구 교체, 중산고등학교 체육관 외부 창호 개선 등, 밀알학교 본관 외벽개선, 본관 교실 출입문 개선 등을 했다.

강남구 관내 초등학교 대상 서울시 우수어린이 시상식을 서울시의회 본관에서 진행

강남 데시앙포레아파트 SH공사 유지보수 관련 주민간담회

교육환경 개선사업은 우리 아이들이 쾌적한 환경에서 공부에 집중할 수 있도록 하고, 안전한 학교생활을 영위할 수 있도록 하는 데 초점이 맞췄다. 또한 안전한 신체활동이 이뤄질 수 있도록 노후화된 체육관 시설을 개선하였으며, 안전한 먹거리를 위해 조리실의 노후시설에 개선사업이 이뤄졌다.

다음으로, 도로교통 분야이다.

대표적인 사업으로 헌릉로 중앙버스전용차로 조성, 어린이 보호구역 개선, 교통사망사고 줄이기 캠페인, 수서차량기지 이전 관련 별도 용역 추진, 헌릉로 확장, 거리가게 및 적치물 개선 관리 등의 사업이 추진되었다.

이를 보다 구체적으로 살펴보면 다음과 같다.

먼저 교통 편의시설 정비를 위한 예산확보 일환으로 강남구 내 버스정류소 364곳 버스정보안내단말기(BIT)를 설치, 탄천-세곡천

수서중 통학버스 예산확보 간담회

보행교 신설 추진, 밤고개로 상습교통정체 해결을 위한 보행환경 대폭 개선, 밤고개로 중앙분리대 설치, 수서중학교 통학버스 운영 추진, SRT 전용역 주차장 운영 등의 다양한 사업이 추진 중이다.

헌릉로 중앙버스전용차로는 양재시민의 숲에서 위례신도시에 이르는 대중교통 동서축을 마련하는 것으로, 세곡동 일대 주민들이 대중교통을 이용하여 서울 도심과 강남을 접근하는데 크게 기여하게 될 것이다.

어린이 보호구역 개선사업은 기존 보다 어린이를 식별하거나 어린이 보호구역 내 교통사고를 감소하는데 기여할 것이며, 교통사망사고 줄이기 사업과 연계하여 관내 교통사고의 감소를 유인하여 시민들이 안전하고 지역을 다닐 수 있도록 하는데 기여하게 될 것이다.

바닥신호등 설치사업은 최근 스마트폰 사용이 급증함에 따라

2019년 지방의원우수의원 수상 후 교통위원회 직원들에게 축하 인사

이와 관련한 교통사고가 급증하고 있는데 대한 대응방안으로 바닥에 신호등의 변화를 표시하도록 하여 시민들이 스마트폰을 사용하면서도 안전하게 도로를 횡단하거나 통행할 수 있는 환경을 조성할 것이다.

도시안전관리, 문화관광진흥 개선사업

다음으로 도시안전관리 분야이다.

도시안전관리 분야 사업을 위해 확보한 예산으로는 영동대로 지하공간 복합개발, 탄천자전거 통행로 겸 보행교 신설, 일원지하차도 보수, 지하차도 배수로 구조개선, 노후 도로조명시설 개량 사업, 도로 부속시설물 일상 유지관리, 도로사업소 청사 신축, 안전취약시설 등 보수 보강 사업, 세곡천 수질개선 용역, 안전취약가구 안전점검 및 정비, 시민 안전문화 활성화 사업 등을 추진했다.

밤고개로 자전거도로 확충공사 간담회

밤고개로 자전거 도로 확충 공사 현장

이를 보다 구체적으로 살펴보면 다음과 같다.

수서6단지 어린이 놀이터 바닥재 노후화 및 포장면 배수불량 환경개선공사, 강남데시앙포레 결빙세대 세탁배수관 및 급구, 급탕배관 등에 대한 보완공사, 무단횡단 금지시설 설치 등의 사업이 추진되었다.

또한 영동대로 지하 공간 복합개발 사업을 통해 지하도시의 중심은 물론 버스 환승정류장을 통한 버스와 철도 간 편리한 환승에 따른 시민들의 교통편의가 증진되도록 했다.

이밖에도 탄천자전거 통행로 겸 보행교 신설 사업, 지하차도 보수 및 배수로 구조개선 사업, 노후 도로조명시설 개량 사업 등을 통해해당 구간을 이용하는 주민들의 교통편의가 증진시키고 안전한 교통의 흐름이 유지교통사고 발생률을 감소시킬 수 있는 환경을 조성할 것이다.

다음으로 문화관광진흥 분야이다.

문화관광진흥 사업을 위해 확보한 예산으로는 풍문고 전통문화체험 및 가례 재현사업, 율현공원 별꽃페스티벌 등을 추진했다.

광평대군파 묘역 안내판 신설 정비사업을 통해 세종대왕의 다섯째 아들인 광평대군 묘역이 시민들의 역사적인 쉼터로 자리 잡을 수 있도록 했다.

이를 통해 지역 축제의 활성화를 통한 지역 주민들의 문화향유 기반을 조성하는데 이바지했다.

사회복지, 환경보전 개선사업

다음으로 사회복지 분야이다.

사회복지 사업을 위해 확보한 예산으로는 수서동 593번지 공공도서관 건립 추진, 아동보호 전문기관 운영, 종합사회복지관 기능보강, 장애인 주간보호시설 기능보강, 장애인 직업재활시설 기능보강, 여성 노숙인 시설 기능 보강, 어르신 복지시설 기능보강 등의 사업이 추진되었다.

이를 통해 수서동 공공도서관은 지역 거점도서관 역할을 수행할 것이며, 지역의 생활밀착형 지식정보 제공 및 복합문화교육공간으로 운영되어 지역주민의 정서적 쉼터의 공간이 되도록 했다.

또한 아동보호 전문기관 운영을 통해 학대받는 아이들의 피해를 최소화하고 보호활동을 통해 아이들의 인권이 보호될 수 있도

세곡동 주민자치위원 간담회

록 하였고, 장애인 주간보호시설 기능 보강을 통해 장애인들이 안심하고 활동을 할 수 있는 환경을 제공하였으며, 장애인 직업재활시설 기능보강 예산 투입을 통해 직업재활 활동은 물론 고용기회를 제공할 수 있도록 하였다.

수서동 어르신 자장면 나눔 봉사활동

여성 노숙인 시설 기능 보강을 통해서는 여성 노숙인들이 안심하고 생활할 수 있는 환경을 조성하는 한편, 어르신 복지시설 기능 보강으로 어르신들이 태풍 및 한파로 인한 피해로부터 안전할 수 있는 환경을 조성하였다.

다음으로 환경보전 분야이다.

환경보전 분야 사업을 위해 확보한 예산으로는 율현공원 시설 개선사업, 탄천 하수처리구역 사각형거 보수보강, 자원회수시설 위탁운영, 대모산 등산로 정비, 에코스쿨 조성, 율현공원 시설물 정비, 세곡천 생태 복원 및 녹화, 세곡근린공원 유아숲 체험시설 조성, 주민편익시설 시설 개선 1억 원, 가로수 생육환경 개선 및 가로변 녹지량 확충, 미세먼지 저감 조림, 사계절 꽃길 조성, 마을 정자목 쉼터 조성, 관내 사회복지시설 산림병해충 방제 등의 사업이 추진되었다.

이를 통해 탄천 물재생센터 내 일원에코파크 내 도서관 건립 추진, 에코파크 시계탑 설치, 친환경생태도시 조성을 위한 하천 생태 교란 위해식물 제거 및 서식환경 개선사업을 펼쳤다.

율현공원 시설 개선사업은 총 3단계 사업으로, 1단계 사업은 율현공원 내 수목시설물 확충과 시설 개선 공사로 진행되며, 2단계 사업은 숲속도서관을 통한 책쉼터 조성과 장미원 수목 및 휴게시설 확충 등으로 진행되고, 3단계 사업은 저류지 운동 공간 및 생태학습장 개선사업과 스트리트가든 등으로 진행되었다. 율현공원 시설 개선사업은 지역주민의 보행 안전과 공원을 매개로 한 일

왕북초등학교 코로나19 대응 관련 현장방문

율현공원 1~3단계사업 관련 서울시 소관부서 면담

상의 스트레스를 치유할 수 있으며, 지역주민들의 삶의 질은 현재 보다 더 높은 수준으로 향상될 것이다.

또한 탄천하수처리구역 하수처리구역 사각형거 보수보강 사업을 통해 노후화된 하수처리구역 시설의 보수보강으로 시민들의 안전을 확보할 것이며, 기존보다 친환경적인 자원회수시설의 운영을 통해 시민들에게 깨끗한 환경을 돌려드렸다.

그 외에, 탄천 물재생센터 내 일원에코파크 내 도서관 건립 추진, 에코파크 시계탑 설치, 친환경생태도시 조성을 위한 하천 생태교란 위해식물 제거 및 서식환경 개선사업을 통해 우리 지역이 친환경적으로 변화할 수 있도록 만들기 위해 최선의 노력을 경주했다.

정치는 어떻게 보면 대단히 복잡한 퍼즐 같은 것일지도 모르지만 한편으로 생각해보면 뭔가 문제가 있으면 문제를 해결해내는

4월7일 서울시장 보궐 선거 줌 화상회 첫 도입 강남을 선거 운동-서울에 여성청년과 함께

장치라고 볼 수도 있다. 사실 사람들이 사는 곳에는 항상 무언가 꽉 막힌 부분도 있고, 이것만 해결하면 훨씬 좋은 상황이 될 것 같은 일들도 많다. 그래서 사람 사는 데는 늘 민원이 필요한데, 대체로 해결할 수 있는 민원도 많지만 해결할 수 없는 민원도 많다. 역설적으로 법적이나 제도적으로 해결이 잘 안 되는 것들이 많다 보니 민원은 생기는 것이고 그 문제만 풀면 될 것 같은데 그럴 수가 없어서 사람들은 답답해하는 것이다. 이럴 때 좀 더 적극적으로 열정을 가지고 해결하려고 노력하면 최소한의 방법들이 찾아질 것이다. 나는 그런 과정에서 정치가 그 역할을 해주는 것이 아닌가 하는 생각을 갖고 내 나름의 소명의식을 갖고 시민들의 답답한 구석을 잘 긁어주는 시의원이 되기 위해 노력했고 앞으로도 그럴 것이다.

2018.8.1~2019.7.29 서울시의회 지방분권 TF 활동 공로패